QUARANTAINE

Titre original :
Lockdown

ISBN 978-2-330-19132-0

PETER MAY

QUARANTAINE

roman traduit de l'anglais
par Ariane Bataille

BABEL NOIR

Pour Susie.

Ce virus grippal est le pire que j'aie jamais vu…
personne, nulle part, ne sera à l'abri.

ROBERT WEBSTER, virologue,
Saint Jude Children's Research Hospital de Memphis,
Tennessee, USA.

PRÉFACE

En 2005, alors que je désespérais de trouver un éditeur qui serait intéressé par *L'Île des chasseurs d'oiseaux*, ou par *Le Mort aux quatre tombeaux*, premier livre de la série *Assassins sans visages*, je me suis lancé dans des recherches pour un roman policier dont l'action se déroulerait pendant une pandémie de grippe aviaire.

À l'époque, des scientifiques prévoyaient que le H5N1 entraînerait probablement la prochaine pandémie grippale. Si, en 1918, la grippe espagnole avait tué entre vingt et cinquante millions d'individus à travers le monde, ils estimaient que la grippe aviaire – avec un taux de mortalité d'au moins soixante pour cent – ferait beaucoup plus de victimes.

Comme j'avais eu l'occasion de réunir une documentation considérable sur la grippe espagnole avant d'écrire *Cadavres chinois à Houston*, quatrième tome de ma série chinoise, le sujet m'était déjà familier. Mais je ne m'attendais pas à découvrir au cours de mes investigations sur le H5N1 les horreurs qu'une pandémie de grippe aviaire était susceptible d'infliger au monde entier.

J'ai commencé à me pencher sur le chaos que cela provoquerait, la vitesse à laquelle la société telle que nous la connaissons risquerait de se désintégrer. Et j'ai choisi pour cadre la ville de Londres, épicentre de la pandémie, soumise à un confinement total. C'est dans ce contexte que les ossements d'une enfant assassinée sont découverts sur un chantier où des ouvriers travaillent d'arrache-pied à la construction d'un hôpital d'urgence. Mon détective, Jack MacNeil, se voit chargé de l'enquête, alors que sa propre famille est frappée par le virus.

Travaillant moi aussi d'arrache-pied, j'ai écrit *Quarantaine* en six semaines. Le roman n'a jamais été publié. Les éditeurs anglais jugeaient ma description de Londres assiégée par l'ennemi invisible du H5N1 beaucoup trop irréaliste, trop improbable – bien que toutes mes recherches aient prouvé que cela pouvait réellement se produire. Là-dessus, un éditeur américain a acheté la série des *Assassins sans visages* ; et, de leur côté, mes romans policiers chinois ont commencé à être publiés aux États-Unis. Mon attention s'est alors focalisée outre-Atlantique. J'ai relégué *Quarantaine* dans un dossier Dropbox, où il est resté. Jusqu'à maintenant.

Aujourd'hui, j'écris ces lignes en France, à l'abri chez moi d'où je n'ai le droit de sortir qu'en des circonstances exceptionnelles. Un nouveau coronavirus, la Covid-19, ravage le monde, et la société telle que nous la connaissons se désagrège rapidement. Malgré son taux de mortalité inférieur à celui de la grippe aviaire, les politiciens ont fort à faire pour contrôler le chaos et la panique que ce virus a répandus à travers le monde. Les parallèles avec *Quarantaine* sont terrifiants. Il me semblait donc que c'était le moment de repêcher ce vieux manuscrit et de le partager avec mes lecteurs – ne serait-ce que pour leur faire prendre conscience que la situation pourrait être encore pire qu'elle ne l'est.

PETER MAY
France, mars 2020

PROLOGUE

Son cri résonne dans l'obscurité, étranglé par la peur. Tremblant, chargé de terreur, il donnerait la chair de poule à n'importe quel être humain bienveillant, lui ferait dresser les cheveux sur la tête. Mais les murs épais de cette vieille maison se sont refermés sur l'horreur de la nuit et les seules oreilles qui l'entendent sont sourdes à sa détresse.

Elle l'entend monter les marches. Furieux, frustré, il jure, peste et postillonne dans le noir. Elle sait qu'il lui veut du mal. Cet homme qu'elle connaît, en qui elle avait confiance, qu'elle aimait, même. Elle se noie dans sa propre incompréhension. Comment est-ce possible ? Elle se souvient de sa main fraîche sur son front fiévreux pendant ces longs jours sans fin où elle a été malade. La pitié dans ses yeux. Des yeux qui brûlent désormais de colère et de méchanceté.

Elle retient sa respiration. Il continue à monter. Il la croit tout en haut. Elle se glisse hors du bureau et voit son ombre se diriger vers les mansardes. Ses petits pieds foulent l'épaisse moquette, descendent à toute vitesse vers la lumière qui tombe à travers les vitraux du vestibule. Ses doigts attrapent désespérément la poignée. La porte est fermée à clé. Elle ne peut pas sortir.

En l'entendant hurler dans le grenier, elle se fige sur place. Il sait qu'il l'a ratée. Elle hésite un moment. Dans les toilettes, sous l'escalier, des marches mènent à la cave. Mais, une fois en bas, elle sera prise au piège. Seul un ancien soupirail à charbon donne sur l'allée entre les maisons, et bien qu'elle soit menue, elle n'est pas assez petite pour se faufiler par cette ouverture.

L'escalier tremble sous ses pas. Paniquée, elle se retourne et se retrouve face à une petite fille. Un fantôme en chemise de nuit blanche, aux cheveux noirs coupés court, aux grands yeux noirs en amande, au visage gravé dans la craie. La vision de cette enfant la cloue sur place, la peur la transperce comme le feront les lames des couteaux qui l'attendent, puis elle comprend qu'elle recule devant son propre reflet. Méconnaissable, déformé par la terreur.

— Choy !

Elle l'entend crier dans l'escalier. Soudain, elle se souvient de la femme qui leur a fait visiter la maison, des mois plus tôt. La fausse cloison dans le mur de la grande salle à manger. Une pièce qu'ils n'ont jamais utilisée. Toujours laissée dans une pénombre étouffante où la lumière du jour et celle des réverbères s'infiltrent à tour de rôle par les fentes des volets. La femme de l'agence avait déplacé une petite table pour retirer un panneau et révéler une porte cachée. Une vieille porte blanche avec une poignée ronde ; elle l'avait ouverte sur l'obscurité qui régnait au-delà. L'obscurité froide, humide, moisie d'un réduit aux murs de brique où une famille de six personnes se tapissait à l'abri des bombes pendant les black-out.

Choy ne savait pas ce que la dame entendait par « Blitz », mais elle l'avait entendue raconter que lorsque les Allemands avaient fini de pilonner Londres, ils repartaient vers le sud et larguaient sur ce malheureux quartier les bombes qui leur restaient. Dès que les sirènes retentissaient, les gens filaient se réfugier dans leur trou à rats où ils écoutaient, attendaient et priaient dans le noir. Dès qu'il crie à nouveau son nom, Choy file, elle aussi, vers la salle à manger.

Vite, elle repousse la table et cherche à tâtons les loquets du panneau bleu foncé. Il est lourd, ses petites mains s'acharnent à le débloquer. Elle l'entend marcher sur le palier du premier étage, puis dans la grande chambre de devant. Elle rabat le panneau sur un côté et pousse la porte qui s'ouvre sur les ténèbres. Un air froid et humide l'enveloppe aussitôt. Elle entre, tire le panneau derrière elle. Incapable de le fixer de l'intérieur, elle prie pour qu'il ne voie rien. Elle referme la porte, il n'y a plus de lumière. Elle s'accroupit, les bras autour des genoux pour se tenir chaud. Le réduit est si froid, si noir, si définitif. Sans issue. Elle a du mal à imaginer six personnes serrées dans cet espace. Et encore plus de mal à imaginer ce qu'ils ressentaient en écoutant les bombes tomber tout autour, en se demandant si la prochaine serait pour eux. Mais elle n'a pas besoin de faire un effort d'imagination pour se représenter l'homme qu'elle entend maintenant descendre les marches, et l'éclat sur la lame qu'il tient à la main. L'orphelinat de Guangdong est un lointain souvenir, tout comme l'enfant qu'elle était alors, une autre personne, une autre vie. Tout a tellement changé en six mois ; six mois seulement, mais une éternité pour elle ; cette autre vie n'est que l'ombre d'un rêve.

Son propre souffle, court, rapide, lui semble incroyablement bruyant. Cependant, il ne l'empêche pas de l'entendre marcher dans le vestibule. Ses pas lourds sur le parquet.

La colère dans sa voix quand il crie son nom. Puis le silence. Un silence qui s'étire, s'éternise. Elle retient sa respiration, aussi longtemps qu'elle en est capable, car elle est sûre qu'il tend l'oreille. Toujours le silence. Puis un grattement provient de l'autre côté du panneau et elle pousse un petit cri. Son cœur bat si fort qu'elle a l'impression qu'on lui frappe la poitrine.

La poignée tourne. Elle se recroqueville contre le mur du fond tandis que la porte s'ouvre lentement. Il apparaît en ombre chinoise contre la lumière du vestibule qui brille dans son dos. Elle voit sa propre haleine s'embuer dans l'air froid éclairé par cette même lumière. Il se baisse lentement, tend une main vers elle. Elle ne distingue pas son visage, mais elle sait qu'il sourit.

— Viens voir papa, dit-il doucement.

CHAPITRE 1

I

Les Amis d'Archbishop's Park – du moins ceux qui étaient toujours en vie – crachaient du sang. Ceux qui ne l'étaient plus se retournaient sans doute dans leurs tombes. Des années de planification minutieuse visant à préserver ce petit espace de verdure agréable au profit des habitants de Lambeth avaient été balayées par la loi du Parlement sur les mesures d'urgence. Un drapeau pendait mollement dans le noir au-dessus des tours crénelées du palais. L'archevêque de Canterbury s'y trouvait en résidence. Mais avec le redémarrage des bulldozers à cinq heures du matin, après seulement six courtes heures de silence, il était peu probable qu'il dorme encore. Comme il était peu probable que ses prédécesseurs, ceux qui avaient fait don du parc au quartier, reposent en paix.

Des lampes à arc éclairaient le chantier. Les chenilles avaient défoncé et malaxé la terre où jouaient autrefois les enfants, l'écho de leurs petites voix noyé sous le rugissement des engins. Les balustrades délimitant les terrains de foot et de basket avaient été arrachées et jetées. Les restes broyés des balançoires et des cages à poules s'empilaient à l'ouest du parc contre les bâtiments délabrés, en attente de destruction. L'ancien bloc des sanitaires, qui aurait dû être transformé en café, avait été démoli. Le temps était compté. Des centaines d'hommes avaient été affectés à cette tâche. Tous travaillaient par tranches de dix-huit heures. Aucun ne se plaignait. C'était bien payé, alors qu'on ne pouvait rien dépenser.

Les silhouettes en combinaisons orange, équipées de casques et de masques blancs, se déplaçaient sous les lumières sans parler. Chaque homme gardait le silence – ainsi que ses distances par rapport aux autres. Les cigarettes fumées à travers les fibres fines des masques laissaient des taches rondes de nicotine ; un brasero restait allumé en permanence pour y brûler les mégots. La contagion se répandait trop facilement.

La veille, ils avaient creusé les trous des fondations. Aujourd'hui, une flotte de camions toupies venait les remplir de béton. Une grue géante était déjà montée sur place, prête à hisser et poser les poutres d'acier. L'après-midi précédent, des délégués du comité d'urgence avaient parcouru à pied la courte distance depuis Westminster pour observer, pleins d'espérance et de peur, l'acte de vandalisme qu'ils avaient autorisé en désespoir de cause. Le coton blanc qui masquait leurs visages ne cachait pas l'anxiété de leurs regards. Eux aussi avaient gardé le silence.

Une voix s'éleva soudain par-dessus le bouillonnement du ciment et le grondement des pelleteuses. Une silhouette isolée tendait un bras dans la nuit, pour ordonner une pause. C'était un homme grand, mince, athlétique, perché au bord d'un cratère de trois mètres, dans l'angle nord-ouest du site. La goulotte à béton s'écarta, puis s'arrêta en vibrant. Elle s'apprêtait à vomir sa bouillie grise dans la terre. L'homme s'accroupit pour scruter l'intérieur sombre du trou.

— Il y a quelque chose au fond !

Furieux, le contremaître traversa l'étendue boueuse à grandes enjambées.

— On n'a pas de temps à perdre pour ça. Allez ! cria-t-il en agitant une main couverte d'un gant épais vers l'ouvrier aux commandes de la goulotte. Continue !

— Non, attendez, ordonna l'autre.

Sur ce, il sauta dans le trou et disparut à leur vue. Le contremaître leva les yeux au ciel.

— Bon sang de bois. Approchez un projecteur !

Un groupe se rassembla autour du trou tandis qu'on tirait un trépied dans un grand bruit de ferraille. La lumière fut orientée vers le fond, où l'homme se penchait sur une forme sombre, pas très grande. Il se tourna vers les visages qui le regardaient, et dit en se protégeant les yeux contre l'éclat de la lampe :

— C'est un putain de sac. Un putain de fourre-tout en cuir. Un connard a dû s'imaginer qu'on avait creusé ce trou pour qu'il puisse y jeter sa merde.

— Allez, sors de là, lui cria le contremaître. On ne peut se permettre aucun retard.

— Qu'est-ce qu'il y a dedans ? demanda quelqu'un.

L'homme s'essuya le front avec sa manche et retira un gant pour ouvrir la fermeture à glissière. Tous les autres se courbèrent un peu plus afin d'essayer de distinguer quelque chose. Soudain, ils le virent reculer d'un bond, comme s'il avait touché des fils électrifiés.

— Putain !

— Qu'est-ce que c'est ?

Ils apercevaient quelque chose de blanc, qui accrochait la lumière. L'homme releva la tête. Il avait le souffle coupé, le sang s'était retiré de son visage déjà pâli par le manque de sommeil.

— Nom de Dieu !

— Alors qu'est-ce que c'est, merde ? s'impatienta le contremaître.

L'homme dans le trou se pencha de nouveau sur le sac, avec précaution.

— Des os, dit-il doucement. Des os humains.

— Comment tu sais qu'ils sont humains ? lança un ouvrier dont la voix sembla incroyablement forte.

— Parce qu'il y a un putain de crâne qui me regarde. Mais il est petit. Trop petit pour un adulte. C'est sûrement celui d'un enfant.

II

MacNeil était loin. Quelque part où il n'aurait pas dû se trouver. Un endroit chaud, confortable, sûr. Malgré tout, une sensation étrange le hantait, dissimulée dans un coin de sa tête, une désagréable impression de manque, ou celle d'avoir oublié quelque chose. Puis il se rappela, dans un sursaut déprimant, qu'il n'était pas allé travailler depuis des mois. Comment pouvait-il avoir oublié ? Ça lui était déjà arrivé auparavant, il le savait. Il en gardait un vague souvenir. Oh, bon sang, comment leur expliquer ? Comment leur dire où il était, ou pourquoi ? Oh, bon Dieu. Il se sentait malade.

En entendant le téléphone sonner, il sut que c'étaient eux. Il ne voulait pas répondre. Que pouvait-il leur dire ? Ils l'avaient payé pendant tout ce temps, et il n'avait même pas pris la peine de se montrer. Les autres l'avaient sans doute couvert. Fait ses heures à sa place. Ils seraient furieux, l'accuseraient. Et le téléphone qui sonnait toujours ; non, il ne répondrait pas.

— Ta gueule ! cria-t-il à l'appareil, qui l'ignora.

Chaque sonnerie s'enfonçait comme un coup de poignard dans son cœur et continuerait à le poignarder jusqu'à ce qu'il décroche. Son front se couvrit de sueur. Quelque chose se collait à lui. Plus il essayait de s'en libérer, plus ça collait. Il se retourna, s'écarta, battit des pieds et se réveilla en haletant ; ses yeux agrandis par la peur fixaient le plafond ; sous sa tête aux cheveux ras, son oreiller était trempé. Les chiffres 06:57 s'étiraient en fragments numériques vers le rose clair. C'était la seule chose qu'il avait emportée de chez lui. Un cadeau de Sean. Un réveil projetant des chiffres infrarouges au plafond. Pas besoin de tourner la tête pour regarder l'heure pendant toutes ces nuits d'insomnie. Il y avait toujours cette grosse horloge céleste pour lui rappeler à quel point le temps passait lentement.

Bien sûr, ce n'était pas réellement Sean qui l'avait acheté. Martha connaissait son goût pour les gadgets. Mais Sean avait eu le plaisir de le lui offrir. Le plaisir innocent que seuls les enfants semblent éprouver en donnant, aussi réel que la joie de recevoir.

MacNeil se dégagea de ses draps trempés de sueur et balança les jambes hors du lit. L'air froid le saisit. Réveille-toi ! Sur la table de chevet, le téléphone sonnait toujours.

Comme dans son rêve, il savait qu'il ne s'arrêterait pas. Il l'attrapa, souleva le combiné, et les lèvres collées aux dents grommela :

— Oui ?

— J'espère que vous êtes sobre, MacNeil.

MacNeil décolla la langue de son palais et sentit dans son haleine un relent de whisky.

— Je ne reprends mon service que dans douze heures, dit-il en se frottant les yeux.

— Non, tout de suite, mon vieux. Double service. J'ai pensé que puisque c'était votre dernier jour, vous pourriez le supporter. J'ai deux autres hommes hors-jeu.

— Merde.

— Oui, c'est vraiment la merde. Un corps a été largué dans notre secteur, je n'ai personne d'autre à envoyer.

MacNeil inclina la tête en arrière et jeta un regard fatigué à la grande horloge du plafond. De toute façon, il n'avait pas la moindre idée de la façon dont il aurait occupé les douze heures suivantes. Il était incapable de dormir pendant la journée.

— Ça se présente comment ?

— Des os. Découverts au fond d'un trou par des ouvriers du chantier d'Archbishop's Park.

— C'est un archéologue qu'il leur faut, pas un flic.

— Ils étaient enfermés dans un sac en cuir, et ne se trouvaient pas là hier.

— Ah.

— Feriez mieux d'y aller sur-le-champ. Le ministère gueule comme un putois parce que les travaux doivent être interrompus. Vous m'emballez ça vite fait, hein ? Je n'ai vraiment pas besoin de cette merde.

MacNeil grimaça quand le téléphone claqua à son oreille. Laing venait de raccrocher.

Dans la salle de bains, de l'autre côté du palier, il fixa son reflet d'un regard vide tout en se lavant les dents. Les brosses des autres occupants s'agglutinaient dans un verre opaque. Lui conservait toutes ses affaires dans sa chambre et ne touchait à rien, allant même jusqu'à nettoyer les robinets avant de les manipuler. Il avait besoin de se raser. Et quelques heures de sommeil en plus auraient aidé à atténuer les cernes sombres sous ses yeux. Rien, cependant, ne réparerait les dégâts de ces derniers mois. Le masque gravé par le stress sur ce visage de moins de quarante ans. Ce n'était pas une vision sur laquelle il avait envie de s'attarder.

Il racla avec son rasoir le chaume noir de ses joues et entendit bouger dans la chambre voisine. Le vendeur de voitures. Lorsque MacNeil avait loué une chambre dans cette maison, le propriétaire, qui vivait toujours au rez-de-chaussée, lui avait présenté la liste de ses codétenus. Un médecin divorcé, interdit d'exercice, capable de concocter un remède pour la plupart des maux. Pratique à avoir sous la main, surtout en cette période. Le vendeur de voitures. Homo, au dire du propriétaire, mais pas encore prêt à l'admettre. Deux responsables du syndicat des cheminots, qui ne s'appelait plus comme ça mais dont il avait oublié le nouveau nom. L'un venait de Manchester, l'autre de Leeds ; ils purgeaient leur peine au Comité exécutif de Londres – le syndicat disposait depuis longtemps d'un local sur Baalbec Road. Il y avait une seule femme dans la maison. Elle ne sentait pas très bon et avait une mine de déterrée. D'après le propriétaire, elle se droguait ; mais comme elle payait rubis sur l'ongle, il se gardait de la juger.

C'était un assortiment étrange d'êtres humains égarés, vivant en marge de la société dans une espèce de quatrième dimension où vie et mort ne signifiaient rien. On y existait, sans plus. Lorsque MacNeil avait emménagé – cinq mois plus tôt, seulement ? – il s'était senti comme un étranger. De passage. En observateur. Il n'y était pas à sa place et ne resterait pas. Mais tous avaient dû penser la même chose. Et maintenant, comme eux, il n'entrevoyait aucune issue. Son regard ne se tournait plus de l'extérieur vers l'intérieur, mais de l'intérieur vers l'extérieur.

Il avait choisi cet endroit parce qu'il pensait pouvoir faire venir Sean. Ce n'était pas un quartier pauvre. Il conservait une atmosphère de raffinement désuet. Le parc de Highbury Fields se trouvait au bout de la rue. Ils pourraient y jouer au ballon ensemble, promener le chien – s'ils en avaient eu un. Quelques noms de rues lui rappelaient l'Écosse. Aberdeen, Kelvin, Seaforth, Fergus ; ils avaient un côté familier et réconfortant, échos de son pays natal quitté depuis longtemps. Il y avait aussi une piscine près de Highbury Corner. Le propriétaire lui avait appris qu'elle était autrefois découverte. Mais une génération d'individus moins robustes l'avait entourée de murs et couverte d'un toit. Encore un lieu où Sean et lui pourraient partager – comment disait-on ? – de bons moments. MacNeil s'était même dit qu'il pourrait se procurer des billets pour la saison des matchs des Gunners à l'Emirates Stadium.

Mais la mère de Sean avait refusé de laisser le garçon traverser la ville jusqu'à Islington. C'était trop dangereux. Lorsque la crise serait passée, peut-être.

MacNeil mit son manteau et releva son col. Celui de sa chemise blanche commençait à s'élimer, et il cachait l'absence du premier bouton en serrant au maximum le nœud de sa cravate ; son costume, lui, aurait mérité un passage au pressing. Puis il enfila ses gants et dévala l'escalier. Un mois plus tôt, le propriétaire aurait pointé la tête, histoire de lui dire bonjour. Mais aujourd'hui, plus personne ne se parlait. Tout le monde avait trop peur.

III

Au moment où il refermait la porte, il entendit le téléphone sonner dans sa chambre. N'ayant aucune envie de reparler à Laing, il se dépêcha de sortir son portable de sa poche pour l'éteindre.

L'intérieur de sa voiture était glacial quand il se glissa au volant. La condensation embuait le pare-brise. Il actionna la ventilation et s'engagea dans Calabria Road. La radio diffusait une sélection des tubes de l'année précédente. Rien de nouveau n'était sorti depuis deux mois. Les chansons s'enchaînaient directement l'une après l'autre ; MacNeil se réjouissait de l'absence de ces crétins de DJs bavards qui sévissaient en général sur les ondes matinales. Il avait raté les infos de sept heures et demie.

Comme toujours, son trajet pour pénétrer dans la City était déterminé par les points de contrôle de l'armée. Il y avait des secteurs tout simplement inaccessibles, même pour lui. Certaines lignes de démarcation ne pouvaient pas être franchies sans une autorisation spéciale. MacNeil prit la direction du sud, longea ensuite Petonville Road vers l'ouest puis tourna dans Euston Road. Il était presque sept heures quarante-cinq, une lumière blafarde perçait à travers les nuages d'un gris d'étain qui semblaient frôler, au loin, le sommet des gratte-ciel. Dans une autre vie, taxis, bus et voitures bouchaient les artères de la ville, comme du cholestérol. MacNeil n'arrivait pas à s'habituer aux rues vides. Sous la clarté naissante, ce calme avait quelque chose d'effrayant. De temps en temps, il croisait un transport de troupes ; des militaires équipés de lunettes et masques à gaz le regardaient sous les bâches kaki, comme des soldats sans visage tout droit sortis d'un épisode de *Star Wars*, serrant contre eux des fusils qu'ils étaient souvent obligés d'utiliser.

Maintenant qu'il faisait jour, il y avait un peu plus de véhicules privés et commerciaux qui circulaient, munis de l'habilitation requise pour se déplacer dans les zones désignées de la ville, surveillées par caméras et satellites. Les contrôles devenaient plus rigoureux autour du centre, où la plupart des pillages avaient eu lieu. Le gouvernement utilisait l'ancienne infrastructure de régulation des embouteillages pour surveiller tous les véhicules entrant et sortant. MacNeil longea la limite nord de la City, dépassa la gare déserte d'Euston puis bifurqua vers le sud dans Tottenham Court Road, où une caméra enregistra sa plaque d'immatriculation, aussitôt envoyée à l'ordinateur central. Sans habilitation, il pouvait s'attendre à être arrêté d'une minute à l'autre.

Les artères commerçantes ressemblaient à un champ de bataille. Les vitrines qui n'avaient pas encore été fracassées étaient protégées par des planches. Des carcasses calcinées de véhicules volés se consumaient au bord des trottoirs, les débris et détritus d'une société autrefois civilisée jonchaient les rues dévastées. Vestiges d'une nouvelle nuit de violence. Le Dominion Theatre, en face de la station de métro de Tottenham Court Road, n'était plus qu'une coquille noire carbonisée. Chaque fois qu'il pleuvait, l'air empestait l'odeur de brûlé des décors de *Mort d'un commis voyageur* – dernière pièce à y avoir été jouée. Le McDonald's aussi, dans Oxford Street, avait été incendié. Hamburgers grillés directement à la flamme. Le Harmony Sex Shop avait été cambriolé tant de fois que ses propriétaires ne se donnaient même plus la pleine de le barricader ; une sirène en dessous de cuir noir le regarda passer avec une moue provocante.

Plus au sud, *La Souricière* avait fini par quitter l'affiche après un nombre record de représentations au St Martin's Theatre, à l'allure désormais sinistre et négligée avec tous ses néons cassés, arrachés de la façade.

MacNeil fut arrêté au point de contrôle de Cambridge Circus. Il aurait dû y être habitué depuis le temps, mais chaque fois il se sentait mal à l'aise en face de la demi-douzaine de fusils semi-automatiques pointés sur sa tête. Un soldat masqué, à l'expression renfrognée, lui lança un regard noir ; tout en gardant ses distances, il tendit une main gantée de latex pour prendre ses papiers qu'il se dépêcha de lui rendre comme s'il avait peur qu'ils soient contaminés – ce qui n'était pas impossible.

Il descendit ensuite Charing Cross, traversa Trafalgar Square et aborda Whitehall. Il y avait un peu d'activité à cet endroit, un service civil fonctionnait encore tant bien que mal, le gouvernement essayant de continuer à s'occuper d'une société en voie de désintégration. Des hommes et des femmes masqués circulaient autour des sphères du pouvoir, avec le même sentiment de sombre désespoir que la plupart des habitants de la capitale.

En approchant du fleuve, il vit une fumée noire s'élever, dans le ciel plombé, des quatre cheminées de l'ancienne Battersea Power Station. On ne pouvait imaginer symbole plus fort de l'impuissance humaine face à une Nature impitoyable. À combien de morts en était-on arrivé maintenant ? Cinq cent mille ? Six cent mille ? Davantage ? Personne ne croyait plus les chiffres. Il n'existait aucun moyen de les vérifier. De toute façon, même à leur niveau le plus optimiste, ceux qu'annonçait le gouvernement étaient à peine imaginables.

Les infos de huit heures relataient la nouvelle qui avait tourné en boucle toute la nuit. Mais MacNeil l'entendait pour la première fois et elle le frappa de plein fouet. Peu après minuit, les médecins du St Thomas Hospital avaient annoncé le décès du Premier ministre. Deux de ses enfants étaient déjà morts, et sa femme se trouvait dans un état critique. Tout le monde savait qu'il était très malade, ça n'avait jamais été un secret. Mais si le personnage le plus puissant du pays pouvait être emporté aussi facilement, quelle chance avaient les autres de s'en tirer ?

D'une voix retentissante, le journaliste rapporta qu'il fallait maintenant s'attendre à une lutte de pouvoir entre le vice-Premier ministre et le chancelier de l'Échiquier, pour le contrôle du parti. Le vice-Premier ministre, une espèce de crapaud que MacNeil n'avait jamais aimé, avait l'avantage puisqu'il prenait automatiquement la place du Premier ministre – du moins temporairement. MacNeil comprenait difficilement qu'on puisse avoir envie d'occuper ce poste, vu les circonstances. Pour certains, l'attrait du pouvoir semblait irrésistible. Il espérait en douce que le chancelier gagnerait. À son avis, l'actuel occupant du 11 Downing Street était un homme éminemment plus sensé, d'une intelligence brillante et d'une grande droiture.

En traversant Westminster Bridge, où un autre point de contrôle de l'armée l'attendait, il jeta un coup d'œil vers l'ouest et les onze étages de St Thomas Hospital qui se dressaient sur la rive sud de la Tamise. Quelque part derrière la façade de verre et de béton, gisait l'homme qui avait dirigé le pays. Froid, impuissant, contaminé par ses propres enfants. Au-delà, les trois ailes subsistant du bâtiment d'origine, *Friday*, *Saturday* et *Sunday*, étaient pleines, il le savait, de patients atteints du virus. Si les quatre autres ailes n'avaient pas été détruites par les Allemands pendant le Blitz, peut-être n'aurait-il pas été nécessaire de construire une extension d'urgence dans le parc situé de l'autre côté de la rue.

CHAPITRE 2

I

MacNeil gara sa Ford Focus en face du service des urgences de Lambeth Palace Road, à l'arrêt de bus où il ne gênerait à coup sûr aucune des quatre lignes qui empruntaient d'ordinaire ce trajet.

Les grilles de l'entrée d'Archbishop's Park avaient été arrachées pour que les gros engins puissent accéder au chantier. Il reconnut les fourgons banalisés des techniciens du FSS* ; vu la proximité du labo, ils auraient mis moins de temps à pied par le petit sentier coupant le parc depuis l'angle sud-est.

Obligé de regrouper ses troupes dans une unité centrale à cause du confinement de la capitale, le FSS avait choisi d'installer la plupart des services médicaux et scientifiques indispensables à la police dans l'ancien laboratoire de Lambeth Road. Les policiers dépêchés sur place attendaient visiblement l'arrivée de MacNeil.

Ce dernier contempla le parc dévasté, les monstrueuses machines immobiles au milieu des vestiges déchiquetés

* Forensic Science Service = service de criminalistique. *(Toutes les notes sont de la traductrice.)*

de ce qui avait été une petite oasis de verdure entourée d'un océan de verre et de béton. Debout par petits groupes, des centaines d'ouvriers vêtus de la tenue orange caractéristique bavardaient en fumant. Dans la lumière brumeuse du matin, quelques silhouettes blanches masquées, en combinaison de Tyvek, étaient rassemblées autour d'un trou qui, à cette heure-ci, aurait déjà dû être rempli de béton. Casque blanc sur la tête, un homme en costume sombre sous un manteau en poil de chameau qui lui descendait à mi-mollets se fraya avec précaution un chemin dans la boue en apercevant MacNeil. Comme lui, il portait un masque en coton blanc, mais il s'arrêta cependant à bonne distance.

— Inspecteur MacNeil ?

MacNeil lui jeta un coup d'œil méfiant.

— Oui. Qui êtes-vous ?

— Derek James. Du cabinet du vice-Premier ministre. Vous comprendrez que je ne vous serre pas la main.

— Qu'est-ce que vous voulez ? demanda l'inspecteur, qui avait l'habitude de toujours aller droit au but.

— Je veux que le chantier redémarre, répliqua l'autre sur un ton un peu acerbe.

— Eh bien, moins on parlera, plus vite je pourrai me mettre au travail et plus vite je débarrasserai le plancher, rétorqua MacNeil en le dépassant pour aller rejoindre l'assemblée des fantômes.

James le suivit, toujours soucieux de ne pas salir ses chaussures.

— Je ne crois pas que vous saisissiez bien la situation, monsieur MacNeil. Ces travaux sont réalisés en vertu du décret du Parlement sur l'état d'urgence. Des millions de livres ont été investies dans ce projet. Un calendrier strict doit être respecté. Tout retard peut coûter des vies.

— Beaucoup l'ont déjà perdue, monsieur James.

— Ceux-là, on ne peut plus les aider. Les autres, si.

MacNeil s'arrêta net et se retourna vers l'homme du ministère, qui recula aussitôt comme s'il craignait de recevoir sur lui le souffle de l'inspecteur.

— Écoutez. Dans ce pays, tout le monde a droit à la justice. Vivant ou mort. C'est mon boulot. Veiller à ce que justice soit faite. Quand j'aurai terminé, vous pourrez faire le vôtre. D'ici là, je ne veux plus vous voir.

Il fit demi-tour et rejoignit d'un pas lourd les hommes en Tyvek.

— Où en est-on ici ?

— Un sac d'os, Jack, répondit l'un d'eux, la voix étouffée par son masque. Le trou a été creusé hier seulement. Donc, ils ont dû être jetés cette nuit. (Il regarda les centaines de visages qui les observaient de loin.) Et tous ceux-là ne souhaitent qu'une chose, qu'on se barre daredare.

— Chaque chose en son temps.

Un des hommes en combinaison de Tyvek tendit à MacNeil des surchaussures :

— Tenez, vaut mieux mettre ça.

Tout en les prenant, MacNeil observa le trou. Une silhouette était accroupie au fond.

— Qui est-ce ?

— Votre vieux pote.

— Oh, merde. Tom Bennet ! grommela-t-il en levant les yeux au ciel.

Le technicien de la scientifique sourit derrière son masque qui s'étira sur son visage.

Après les surchaussures en plastique, MacNeil enfila une paire de gants en latex.

— Aidez-moi à descendre.

Le sac était en cuir de bonne qualité, marqué du logo Puma sur le côté. Tom, qui le maintenait ouvert entre ses mains gantées, leva la tête lorsque MacNeil atterrit près de lui.

— Ne m'approchez pas trop près. On ne sait jamais.

MacNeil l'ignora et demanda :

— Qu'est-ce que c'est ?

— Des os d'enfant.

Il se pencha pour mieux voir. Les os paraissaient très blancs, comme si on les avait exposés au soleil, triste collection de pièces ayant autrefois constitué un être humain. Une odeur aussi nauséabonde que celle d'une viande oubliée dans le réfrigérateur un mois après sa date limite de consommation le fit reculer.

— Qu'est-ce qui pue comme ça ?

— Les os.

Les yeux du jeune médecin légiste se plissèrent d'amusement devant la réaction de dégoût de MacNeil.

— Je ne savais pas que les os sentaient mauvais.

— Oh, mais si. Jusqu'à deux, voire trois mois après la mort.

— Ce gosse était donc encore vivant il n'y a pas très longtemps ?

— Très récemment, même, vu l'odeur.

— Mais où est passée la chair ?

— Entièrement retirée. Avec un instrument très tranchant.

Tom souleva un os assez long et le posa délicatement en travers de ses paumes.

— Le fémur. L'os de la cuisse, si vous préférez. On y distingue les entailles laissées par le couteau, ou un autre ustensile. Elles sont profondes et larges, c'était donc un instrument lourd.

MacNeil observa les marques, presque parallèles, en biais comme si elles résultaient d'un mouvement répété de hachage.

— Pas le travail d'un expert, hein ?

— Je ne sais pas si je pourrais qualifier quelqu'un d'expert du dépeçage, mais en tout cas c'est un boulot plutôt grossier. (Tom fit courir un long doigt fin autour du renflement de l'articulation.) On voit le gâchis provoqué pour le désarticuler, et les restes de tissus et de ligaments qui n'ont pas pu être enlevés.

MacNeil regarda de nouveau l'intérieur du sac et souleva avec précaution ce qui ressemblait à une côte. Tête penchée sur le côté, il l'examina d'un œil curieux, en effleurant du bout des doigts le petit arc lisse et blanc.

— Comment est-il possible de nettoyer les os aussi parfaitement ?

Tom haussa les épaules.

— Ils ont probablement été lavés. J'en ai déjà fait l'expérience sur un crâne. Dans l'eau bouillante, avec un peu d'eau de Javel et de lessive.

— Ça n'aurait pas tué l'odeur ?

Les yeux de Tom se plissèrent de nouveau d'amusement.

— Qu'on la cuise ou non, la moelle continue à pourrir.

MacNeil remit la côte dans le sac et se redressa. Il regarda les visages des hommes penchés au-dessus d'eux pour écouter leur conversation, puis s'adressa à Tom :

— Vous pouvez dire si c'est une fille ou un garçon ?

— Pas encore. Mais je situerais son âge entre neuf et douze ans.

MacNeil hocha la tête d'un air songeur et se demanda comment on pouvait procéder à une autopsie sur un squelette désarticulé.

Comme s'il avait lu dans ses pensées, Tom se releva à son tour :

— Impossible d'effectuer une véritable autopsie, bien sûr, dit-il. Tout ce que je pourrai faire, c'est aligner les os et chercher des indices.

Une mèche de cheveux blonds s'était prise dans l'élastique de sa charlotte en plastique et ses yeux d'un bleu vif le fixaient avec une telle intensité que MacNeil détourna les siens.

— Évidemment, continua-t-il, je ne suis pas expert en squelette. Je serai capable de ranger les côtes, mais pas forcément dans le bon ordre. Pareil pour les os des doigts, que je n'attribuerai peut-être pas à la main à laquelle ils appartiennent. On aurait eu besoin de notre anthropologue pour ça.

MacNeil se força à croiser le regard du médecin légiste.

— Ça pose un problème ?

— Elle est malade.

— Oh.

— Mais je peux faire un rapport général, repérer les blessures les plus importantes, les parties manquantes, récupérer des échantillons de moelle et faire procéder à une analyse toxicologique. Amy pourrait peut-être nous aider. Elle s'y connaît en crânes et en reconstruction faciale.

En entendant prononcer le nom d'Amy, MacNeil sentit son cœur bondir, et il se demanda si cela s'était vu sur son visage. Une légère rougeur, peut-être. Il lui sembla que Tom l'observait attentivement, à l'affût d'un signe, mais si c'était le cas ses yeux n'en trahissaient rien.

— Oui, pourquoi pas, dit-il en pivotant et en levant une main pour qu'on l'aide à sortir du trou.

— Attention, fit Tom. Certaines personnes pensent qu'il est dangereux de me tourner le dos.

MacNeil tordit le cou pour lui lancer un regard noir, menaçant, qui se passait de mots.

Tom sourit.

— Vous êtes tellement viril.

Le silence planait sur le chantier, telle une nappe de brouillard. Chose extraordinaire ici, au cœur de la capitale. Ni bruits de circulation, ni éclats de voix, ni conversations, ni rires, ni rugissements d'avions en descente vers Gatwick ou Heathrow. Juste les cris plaintifs des mouettes remontées de l'estuaire pour échapper aux tempêtes de la mer du Nord, éclats blancs tournoyant au-dessus des têtes, comme des vautours à l'affût de la mort.

La mort était là, mais il ne restait rien à picorer sur les os.

MacNeil se rendit compte que tout le monde avait les yeux fixés sur lui. L'homme du ministère se tenait à l'écart, bras croisés sur la poitrine.

— Alors ? demanda-t-il.

— Je veux que tout le monde quitte le chantier. Nous le bouclons pour enquête.

Derek James inclina la tête sur le côté. Seuls ses yeux trahissaient sa colère quand il déclara :

— Ça va poser des problèmes.

— Il y en aura si personne n'obéit, rétorqua MacNeil en élevant la voix pour que tout le monde l'entende. Ceci est une scène de crime.

II

— Mais qu'est-ce que vous lui avez dit, putain ?

— Que c'était une scène de crime et qu'on allait perquisitionner le site.

Laing lui lança un regard sceptique.

— Eh bien, en tout cas, il est furax. Vous avez une idée des emmerdes qui me retombent directement sur la tête ?

— À peu près.

— Vraiment ?

Laing regarda sa montre et attrapa la télécommande pour allumer la télévision installée sur un meuble à tiroirs.

— Vous savez, quand j'ai débarqué de Glasgow à la Met, il y a trente ans, je croyais vraiment avoir laissé derrière moi les cow-boys de votre acabit. Les gens sont mieux élevés ici, vous voyez ce que je veux dire ?

— Oui, ils vous menacent plus poliment.

— Je n'avais pas imaginé une seule minute que j'aurais à me farcir un dur à cuire des Highlands juste avant de prendre ma retraite.

D'un mouvement rageur, il monta le son de la télévision. On y parlait encore de la mort du Premier ministre et, de toute évidence, il voulait savoir ce que la presse en disait.

MacNeil jeta un coup d'œil à un cadre posé dans la bibliothèque, derrière le bureau ; c'était une photo de l'inspecteur chef avec sa femme. Quel drôle de couple. Laing, un flic de la vieille école aux manières agressives, issu de la classe ouvrière de Glasgow, adorait jurer et raconter des blagues cochonnes. Avec ses cheveux enduits de brillantine, ses joues luisantes et couperosées généreusement aspergées d'Old Spice, on le sentait avant de l'apercevoir. Son épouse, en revanche, très distinguée, fille d'un médecin de Chelsea, férue de théâtre et d'opéra, donnait des cours d'anglais et d'art dramatique à la Queen Mary University de Londres. Ils habitaient, dans les quartiers ouest, une grande maison mitoyenne. Laing devenait un homme complètement différent en sa présence. MacNeil ne comprenait pas ce qu'elle lui trouvait ; quoi que ce fût, elle réussissait à révéler chez lui ce qu'il y avait de mieux. Certaines personnes étaient douées pour ça. Il se dit que, pour sa part, Martha n'avait peut-être pas fait ressortir ses pires côtés, mais elle n'avait pas non plus révélé les meilleurs. Il enviait leur relation.

Par la porte ouverte de la salle des inspecteurs, il aperçut seulement deux policiers en civil, quelques agents en uniforme et une poignée d'employés administratifs. Ici aussi, la pandémie avait frappé.

Puis son attention fut attirée par la télévision. Il tourna la tête vers l'écran : plusieurs personnages en costume sombre étaient assis derrière une table disparaissant sous les micros. Tous portaient des masques, comme les journalistes qui les assaillaient de questions. Au centre de la table se tenait un homme dont le visage lui était devenu familier au cours des derniers mois, même avec son masque. Il avait de grands yeux sombres sous d'épais sourcils noirs contrastant avec ses cheveux blonds coupés court, et des lunettes très caractéristiques à monture ovale argentée. D'une voix douce, onctueuse, il s'exprimait en anglais avec un léger accent dont l'origine était impossible à définir. Docteur en médecine, Roger Blume dirigeait le groupe d'étude sur le FluKill de Stein-Francks.

— Putains de sangsues ! grogna Laing en écho à ce que pensait justement MacNeil. Je vois que le cours de leurs actions grimpe encore.

Stein-Francks était un laboratoire pharmaceutique français dont le médicament antivirus, FluKill, avait été désigné par l'OMS, pendant la période prépandémique, comme le plus susceptible de se montrer efficace contre la grippe aviaire si celle-ci devait finir par se transmettre entre humains. L'OMS avait prévenu qu'il fallait s'attendre à une telle éventualité. Résultat, les pays riches en avaient commandé pour plus de trois milliards et demi d'euros. À elle seule, la Grande-Bretagne avait acheté près de quinze millions de doses destinées à traiter un quart de la population. Les personnels de santé et les forces de l'ordre devaient être les premiers à en bénéficier. On ne guérissait pas de la grippe en prenant du FluKill ; au mieux, on pouvait espérer une amélioration des symptômes et un raccourcissement de la durée de la maladie, ce qui augmentait les probabilités de survie. Avec un taux de mortalité proche de quatre-vingts pour cent, tout ce qui pouvait augmenter les chances de s'en sortir s'arrachait.

La conférence de presse de Stein-Francks annonçait l'intensification de la production de FluKill afin de satisfaire la demande croissante. Au milieu de la meute des journalistes, un cynique demanda au Dr Blume si cela pouvait avoir un lien avec le fait que plusieurs pays en voie de développement venaient de faire part de leur intention de fabriquer leur propre médicament générique. Blume écarta d'un haussement d'épaules l'hypothèse que sa société ne serait intéressée que par le maintien de son monopole.

— Nous avons en France des installations flambant neuves, spécialement dédiées au FluKill, dit-il. Elles seront opérationnelles dès la semaine prochaine. C'était un projet de longue date. En aucun cas une action menée dans la précipitation pour battre la concurrence. Nous sommes en mesure de produire ce médicament mieux et plus vite que n'importe qui. Et nous disposons de tous les contrôles de qualité propres à assurer son efficacité.

— Votre vaccin ne s'est pas révélé très efficace, lui.

Le ton du journaliste reflétait le sentiment d'animosité général du pays envers quiconque tirerait profit de cette catastrophe.

— C'est profondément regrettable, reconnut Blume. Non pas pour de basses raisons commerciales, mais parce que des vies auraient pu être sauvées.

— Et pourquoi n'a-t-il pas marché ? lança une autre voix accusatrice.

— Parce que nous nous sommes trompés. La grippe aviaire sévissait depuis longtemps, mais le premier cas humain n'a été confirmé qu'en 1997. En l'occurrence, le virus a été transmis de l'oiseau à l'homme. Mais à partir de ce moment-là, ce n'était plus qu'une question de temps avant que le virus de l'oiseau s'associe à un virus de grippe humaine, le rendant transmissible d'homme à homme. Nous savions que le jour où cela arriverait, le genre humain se retrouverait face à un énorme problème. Une pandémie serait inévitable et sans doute pire que la grippe espagnole de 1918. Qui a tué cinquante millions de personnes. La course était donc engagée pour trouver un moyen de la combattre avant qu'elle ne démarre. (Il passa une main sur son crâne.) Avec beaucoup d'autres, nous avons essayé de créer en laboratoire quelque chose qui, pour le système immunitaire, ressemble à un virus transmissible de la grippe aviaire. Et nous avons fabriqué ce vaccin qui mélangeait et associait des gènes du virus H5N1 de la grippe aviaire à un virus de grippe ordinaire. Pour cela, nous avons choisi la souche H3N2, à l'origine des plus récentes épidémies de grippe. (Le médecin secoua la tête.) L'objectif était de remplacer, un par un, les huit gènes de chaque virus par les huit gènes de l'autre, afin de voir quelles combinaisons engendraient des versions capables de se propager facilement chez les humains. Le problème, c'était qu'avec plus de deux cent cinquante combinaisons possibles, tomber sur la bonne équivalait en quelque sorte à gagner le gros lot.

— Mais vous pensiez l'avoir trouvée.

— Oui. Car lorsque le véritable virus a fait son apparition, nous avons découvert que nous avions créé quelque chose de presque identique. Avec, néanmoins, une différence suffisante pour que le système immunitaire ne s'y trompe pas ; et nous savions qu'il nous faudrait au minimum six mois pour corriger cela.

— Est-ce que quelqu'un de chez Stein-Francks peut expliquer pourquoi la pandémie a démarré à Londres plutôt qu'en Asie ?

— Ce n'est pas notre rôle, répondit tranquillement Blume qui, s'il avait détecté l'hostilité des journalistes, choisissait de l'ignorer. Il faut interroger la Health Protection Agency. Mais il n'est pas difficile de comprendre qu'un seul individu contaminé arrivé du Vietnam, de Thaïlande ou du Cambodge à Londres, New York ou Paris suffit à semer le germe. En cette époque moderne où les voyages en avion sont monnaie courante, nous vivons dans un village planétaire. Et nous avons produit avec les bus, les avions, les rames de métro, des incubateurs idéaux pour engendrer et propager une maladie contagieuse. Cette catastrophe humanitaire nous pendait au nez.

La suite des informations, diffusée depuis le studio de la chaîne, était consacrée aux derniers rebondissements de la course au pouvoir, vacant depuis la mort du Premier ministre. Mais cela n'intéressait plus Laing, qui éteignit la télévision. Pivotant sur son siège, il contempla MacNeil d'un air songeur :

— Vous êtes vraiment con, mon vieux. Partir maintenant. Vous êtes un bon flic…

Il hésita. Agacé d'avoir fait ce compliment. Il détestait le reconnaître.

— Dans quelques années, vous auriez pu prendre ma place.

— Lorsque Sean aura presque fini sa scolarité, dit MacNeil en secouant la tête. Il n'y a pas de seconde chance avec les enfants. Impossible de remonter le temps.

Son regard dériva, au-delà de Laing, vers Kennington Road. Les boutiques et restaurants situés en face du commissariat. La serrurerie Trafalgar, le restaurant Perdoni, le coiffeur pour hommes Peter's, le Tandoori Impérial. Tous lui étaient plus familiers que son propre fils. Nom d'un chien il avait passé moins de temps avec Sean qu'avec Laing !

— Il faudra que je récupère votre FluKill avant votre départ, demain, continua ce dernier. Désolé, Jack, mais vous n'êtes plus en première ligne. Enfin, vous ne le serez plus.

— Très bien.

Laing abattit alors ses deux mains sur le bureau :

— Bon, vous avez deux heures pour perquisitionner le chantier avant que je donne le feu vert aux pelleteuses.

CHAPITRE 3

I

La reconstruction d'un squelette ressemblait un peu à un puzzle. À travers son masque en coton, Amy sentait l'odeur de décomposition monter de la table, devant elle. Ce qui lui rappela sa première reconstruction faciale. À Manchester. Elle y était allée en train, et avait séjourné chez des cousins. La victime, une femme, était morte depuis près de trois mois. Bien que son crâne ait lentement bouilli dans de l'eau additionnée de lessive et d'eau de Javel, il sentait si mauvais qu'elle avait dû travailler dans une chambre d'hôtel louée par le FSS. Personne n'avait envie qu'elle empuantisse un labo ou un bureau.

Le directeur de l'hôtel avait observé d'un œil méfiant le manège des flics en civil qui garaient leurs voitures banalisées devant la porte pour rendre visite à la jeune Chinoise de la chambre 305. Il la soupçonnait sans doute de se prostituer. Quoi qu'il en soit, la femme de chambre s'étant plainte de l'odeur, il avait fini par prier Amy de quitter les lieux.

Tom avait déplié la housse mortuaire sur la table recouverte d'un drap propre, assemblé les os dans leur position anatomique approximative et laissé ceux des mains et des pieds en petits tas. La colonne vertébrale était bien divisée en trois sections, cervicale, thoracique, lombaire, mais avec les vertèbres dans le désordre. Ainsi que les côtes. Amy sourit quand elle vit le schéma de squelette épinglé au mur. Les os n'avaient jamais été le point fort de Tom. Dès son premier jour à la fac de médecine, il s'était beaucoup plus intéressé aux organes, à l'appareil cardiovasculaire, au cerveau. Amy, elle, avait été attirée par l'ossature. Après tout, c'était autour de cette structure que le reste du corps tenait en place. Et cela avait fini par la conduire, de manière assez improbable, à se spécialiser dans la dentition.

Elle commença par reconstituer soigneusement les mains. Des petites mains d'enfant. Sur les 206 os du corps d'un adulte, plus de la moitié se trouvent dans les mains et les pieds. À la naissance, on en a 350. Certains fusionnent en grandissant. Amy ne savait pas exactement combien elle en trouverait chez cet enfant, mais s'il en manquait, elle s'en apercevrait.

En même temps que la demi-douzaine de personnes présentes, elle releva la tête lorsque la porte s'ouvrit en grand sur Zoe. Ils savaient tous qu'elle était sortie fumer dehors, sur les marches, avant même de sentir l'odeur de tabac dont elle était imprégnée.

— Masque ! cria quelqu'un.

Elle avait oublié de le remettre.

— Oups, désolée, dit-elle en le remontant sur sa bouche et son nez. Mais vous savez, vous pouvez aussi bien l'attraper en touchant quelque chose qu'une personne contaminée aura touché avant. Tant qu'on ne vous éternue pas en plein visage.

Étudiante de troisième cycle en microbiologie, en formation au FSS, Zoe aimait bien faire étalage de son savoir. Or, tout le monde connaissait à présent les propriétés contagieuses du virus de la grippe. Le gouvernement avait d'ailleurs pris des mesures d'urgence interdisant l'impression et la distribution des journaux car le papier était un vecteur idéal de transmission. Manipulé par une personne contaminée, il passait la maladie à un autre lecteur. Et une fois que le virus était sur les mains, on pouvait le faire pénétrer dans le corps via les aliments, ou même en se frottant les yeux. Les informations n'étaient donc plus diffusées que par la radio, la télévision et Internet.

Zoe s'approcha de la table d'Amy pour examiner le squelette :

— Un enfant, hein ?

— Oui, acquiesça simplement Amy, agacée d'être interrompue.

Elle percevait maintenant le relent de cigarette. Préférable à celui de corps mal lavé qui flottait autour de l'étudiante quand elle vivait encore avec son petit ami. Une fois, Zoe avait avoué avoir repêché son chemisier dans le panier de linge sale parce que son tiroir était vide. Si elle avait eu l'air de trouver l'anecdote amusante, les autres n'y avaient vu que l'explication à son odeur. Depuis qu'elle était retournée chez ses parents, ça allait mieux. Sa mère devait laver ses affaires.

— Vous êtes au courant qu'on se prépare à produire en masse un nouveau masque capable d'aseptiser les agents pathogènes si une personne contaminée tousse ou éternue, continua-t-elle. Il a des milliers de perforations minuscules qui permettent de respirer, et qui l'empêchent de se coller au visage. Mais le truc malin, c'est que les perforations sont traitées avec un désinfectant qui stérilise toute projection passant au travers. Futé, hein ?

— Très.

Amy essayait de trier les métatarses du pied droit.

— Vous avez une idée du nombre de gouttelettes contenues dans un éternuement ?

— Des millions.

— Oui, et chacune porteuse du virus. Comme un aérosol contaminé. Merde alors, vous ne trouvez pas ça super qu'on nous ait donné du FluKill ?

— Espérons qu'on n'ait pas à l'utiliser.

Amy mourait d'envie de lui dire de foutre le camp, mais ce n'était pas dans son caractère de se montrer impolie. Heureusement, elle fut sauvée à l'improviste par Tom.

— Vous n'avez rien d'autre à faire, Zoe ? lança ce dernier avec un regard dédaigneux.

— Si, docteur.

Vexée, l'étudiante s'éloigna à grandes enjambées. Amy sourit avec gratitude.

— Merci, Tom.

— Quelle chieuse, celle-là, murmura-t-il. Alors, comment tu t'en sors avec notre petit inconnu ?

— Elle m'est de moins en moins inconnue.

— Elle ?

— Oui. C'est une fille. Et elle n'aurait pas vécu aussi longtemps si ses os avaient été disposés dans l'ordre que tu leur as donné.

Il sourit d'un air lascif.

— Je suis beaucoup plus porté sur la chair, moi.

Amy compléta le puzzle du pied droit.

— En parlant de ça, comment va Harry ?

Tom leva les yeux au ciel et poussa un soupir théâtral.

— Tu sais que je n'arrête pas de tomber amoureux de mecs hétéros, et que le premier gay qui craque pour moi se trouve être la créature la plus volage que la Terre ait jamais portée. Or tu me connais. Moi, je suis l'homme d'un seul homme.

— Ce que je sais, c'est que toi et Harry ne formez pas vraiment le couple idéal.

— Oui… il y a toujours un nœud qui se faufile entre nous.

Amy ne put s'empêcher de sourire. Tom l'avait toujours fait rire, depuis leur rencontre à la fac de médecine, douze ans plus tôt. Pendant un cours d'anatomie, justement, où Tom avait lâché un commentaire grossier sur le professeur qui le faisait bander. Bien qu'ils aient choisi ensuite des spécialités différentes, ils étaient restés amis pendant toutes leurs études, et même après. Elle ne savait pas comment, sans lui, elle aurait supporté les mois atroces qui avaient suivi l'accident. Il avait été, littéralement, le meilleur ami qu'une femme pouvait rêver. Aussi lui pardonnait-elle toutes ses manies et ses sautes d'humeur, et le laissait-elle dormir chez elle sur le canapé chaque fois qu'il se fâchait avec Harry. Ce qui arrivait régulièrement.

Avec un geste vague vers la table voisine, elle demanda :

— Tu peux me passer cette fiche dentaire qui est là-bas ?

— Va la chercher toi-même, ma vieille.

En le voyant pencher la tête sur le côté et hausser les sourcils, elle pensa qu'il était vraiment beau. Quel dommage. Cette masse de cheveux blond paille, ces yeux bleu clair. Il avait pour principe de ne jamais se plier à ses exigences. Il avait toujours insisté pour qu'elle fasse les choses elle-même. Il n'était pas son esclave, et elle n'était pas impotente. C'était en la forçant à agir qu'il l'avait rendue indépendante. Elle empoigna le boîtier de commande fixé sur son accoudoir droit, fit pivoter le fauteuil et l'approcha de la table où se trouvait la fiche dentaire.

De l'autre côté de la salle, un éternuement violent fit se retourner toutes les têtes ; chacun étant déjà hypersensible au moindre reniflement, un éternuement aurait pu suffire à provoquer un arrêt cardiaque. Zoe leva la main en signe d'excuse et sourit.

— Tout va bien. Je vous jure. Je n'ai rien. C'est juste à cause du chat de mes parents. Je suis allergique.

II

La zone allant du trou où avait été découvert le sac jusqu'à la rue était divisée en carrés. Les fines cordelettes en plastique blanc tendues entre des piquets évoquaient un peu les lignes de latitude et de longitude des cartes géographiques. Autour du périmètre, un ruban de scène de crime jaune et noir ondulait dans le vent glacé soufflant du fleuve. Une équipe de six hommes en combinaison de Tyvek, surbottes et capuchon en plastique se déplaçait de carré en carré – chacun affecté à une surface de recherche précise, chaque élément récupéré dans la boue soigneusement rangé, ensuite, dans son propre sachet transparent.

Les ouvriers du chantier se tenaient par petits groupes orange dans le parc. Les camions toupies étaient partis ;

les engins les plus lourds, immobilisés, froids et silencieux, attendaient eux aussi.

L'homme du ministère s'était installé à l'arrière d'une BMW noire garée sur le trottoir, devant l'hôpital. Vitre baissée, il fumait cigarette sur cigarette en regardant, à travers les nuages de fumée qu'il soufflait, la police scientifique accomplir son travail. Depuis la poubelle à roulettes retournée sur laquelle il s'était juché, à côté de l'ancien terrain de basket, MacNeil devinait sa fureur. Devant lui, le contremaître, très nerveux, n'arrêtait pas de faire les cent pas.

— C'est à cause des primes, mon vieux. La seule foutue raison pour qu'on risque notre peau ici, c'est le fric. Et si les délais sont pas respectés, on les aura pas.

— Quels délais ? demanda MacNeil en lui jetant un regard indifférent.

L'autre secoua la tête :

— Sept jours. C'était déjà serré. Mais maintenant…

MacNeil haussa les épaules.

— À quoi ça rime de fixer des objectifs aussi irréalistes ?

— C'est pas moi qui décide, mon vieux. Les Chinois ont construit un hôpital entier en une semaine pendant l'épidémie du SRAS. Alors, là-haut, ils se sont dit pourquoi on ferait pas pareil ? C'est même pas un hôpital qu'on construit. Juste une extension. Un endroit qui pourra être chauffé et où on pourra mettre des lits. Un endroit pour mourir.

— Et c'est vraiment bien payé ?

— Ben, de toute façon, en ce moment, y a rien à gagner ailleurs. Et on est bien traités, non ? Beaucoup de gars viennent de l'autre côté de la M25. Et à partir du jour où cette autoroute a marqué la frontière, on a su que si on la passait pour entrer, on pourrait plus la repasser dans l'autre sens. Ça fout les jetons, hein, on se croirait dans un film. Voir tous ces soldats sur les ponts avec leurs fusils.

— Où habitez-vous ici ?

Le contremaître gloussa.

— Ça faisait partie du contrat. Comme tous les grands hôtels pour touristes sont vides, on a nos chambres là-bas, et des repas à n'importe quelle heure. Avec quelques gars, on est au Ritz. Il y en a d'autres au Savoy. On pourra y rester jusqu'à la fin de la crise.

Une ombre voila son sourire, et il ajouta avec un regard noir à l'intention de MacNeil :

— À condition qu'on respecte les délais.

Au loin, la sirène d'une ambulance déchira l'air froid de janvier. Un malade de plus. Un lit occupé de plus. Tous les hôpitaux de la ville étaient pleins, mais en raison du taux élevé de mortalité, des places se libéraient les unes après les autres. La maladie avait réduit le personnel d'environ trente pour cent. Les soignants couraient des risques énormes et comptaient un grand nombre de victimes. Malgré le FluKill. Personne n'allait plus travailler. Seules de rares boutiques ouvraient quelques heures par jour. Il n'y avait plus de transports en commun. Les aéroports avaient fermé pour une durée indéterminée, l'économie de la capitale était en chute libre et le reste du monde prêt à tout pour aider Londres à enrayer la maladie. D'abord en interdisant tout trafic à destination et en provenance du Royaume-Uni. Ce n'était qu'une question de temps, bien sûr, avant que le virus se propage au monde entier. Mais s'il pouvait être contenu en attendant l'arrivée d'un vaccin…

MacNeil soupira et sentit les premières gouttes de pluie sur son visage quand il le leva vers le gros nuage bas, noir et ardoise, planant dans le ciel.

— Jack.

Une silhouette en Tyvek avançait vers lui d'un pas lourd dans la boue des profondes ornières creusées par les engins de chantier.

— Pour nous, c'est bon.

MacNeil regarda sa montre. Ils avaient mis moins des deux heures qu'on leur avait accordées.

— Vous avez trouvé quelque chose ?

L'homme de la police scientifique brandit un sachet en plastique ; à l'intérieur, il y avait un bout de carton rosâtre.

— Peut-être un indice. Peut-être pas.

— Qu'est-ce que c'est ?

— Un ticket de métro, à la journée, heures creuses. Date illisible, mais on devrait pouvoir tirer des renseignements de la bande magnétique.

MacNeil prit le sachet et le leva vers la lumière. Les informations imprimées avaient été délavées par la pluie, presque effacées par la boue. Un angle était déchiré. Depuis huit semaines, plus aucune ligne de métro ne fonctionnait. S'ils n'avaient que ça comme indice, ils n'iraient pas très loin. Il rendit le sachet au technicien et sauta de son perchoir.

— Vous pouvez retourner construire votre hôpital, lança-t-il au contremaître.

III

Amy passa la main sur la surface lisse du crâne et ressentit une curieuse empathie pour cette petite fille. Aucune trace de blessure. En dehors de celle infligée au maxillaire par la Nature. Aucun moyen de déterminer la cause de la mort, à moins que les tissus récupérés par Tom ne révèlent la présence d'un poison quelconque. Mais cela lui semblait improbable. Pourquoi voudrait-on empoisonner un enfant ? Une petite créature aussi frêle ? Elle aurait été complètement vulnérable, sans défense, face à la force d'un adulte.

Qu'elle ait été assassinée ne faisait aucun doute. Sinon, pourquoi se serait-on évertué à retirer la chair des os afin d'éliminer toute preuve ? Pourtant, se débarrasser des os dans un chantier après s'être donné la peine d'accomplir un travail aussi minutieux relevait d'une négligence étonnante. Enfin, ce n'était pas à elle de se préoccuper de ça. Toute son attention et sa compétence devaient se concentrer sur l'identification de la victime. Essayer de lui redonner vie de façon à pouvoir retrouver son assassin.

Elle observa les orbites vides qui, autrefois, avaient contenu des yeux sombres et brillants, elle le savait. Comme elle avait tout de suite su que sur ce crâne poussaient d'épais cheveux noirs. Impossible d'en deviner la longueur. Amy caressa du bout des doigts la pommette gauche puis descendit vers la mâchoire, marquée par la déformation qui avait défiguré l'enfant.

Elle sentit que Tom, debout derrière elle, se penchait à son oreille :

— Ne regarde pas tout de suite, mais voilà *l'homme singe*.

Amy leva les yeux. MacNeil traversait le laboratoire. Elle l'observa avec impartialité en se demandant comment elle le verrait si elle ne le connaissait pas. Il était vraiment très grand – sa caractéristique la plus frappante. Mais pas maigre. Bien proportionné, en fait. D'où sa stature imposante. S'il n'était pas beau, ses yeux verts mouchetés d'orange dégageaient en revanche une chaleur extraordinaire. Sa coupe de cheveux très courte n'était pas seyante, malgré ses tempes grisonnantes qui lui donnaient une certaine distinction. Il avait une allure plutôt débraillée dans son costume étriqué et son manteau trop large. Elle nota aussi qu'un de ses lacets était dénoué ; puis elle remarqua la boue sur ses chaussures et la petite traînée de terre qu'il laissait dans son sillage. *L'homme singe*. Tom ne l'aimait pas parce qu'il le croyait homophobe.

N'ayant aucun souvenir de la première fois où elle avait posé les yeux sur MacNeil, Amy ne pouvait même pas imaginer l'impression qu'il lui avait alors faite. Sa mémoire antérieure à l'accident avait encore d'étranges lacunes. Des petites choses qui la frustraient, au point d'en pleurer parfois. Uniquement quand elle était seule. Tom ne supportait pas qu'on s'apitoie sur soi. Il se tenait à côté d'elle à présent, ange gardien protecteur, bras croisés sur la poitrine, menton en avant, mettant presque MacNeil au défi d'oser brusquer sa pauvre petite amie handicapée. Après tout, c'était grâce à lui qu'elle avait obtenu ce travail ici, après s'être retrouvée dans l'incapacité de poursuivre sa carrière.

Sans prêter la moindre attention à Tom, MacNeil s'arrêta devant la table pour observer le squelette de l'enfant. Puis, adressant un vague signe de tête à Amy, il demanda :

— Qu'est-ce que vous pouvez m'en dire ?

— Pas mal de choses, en fin de compte.

Amy reporta son attention sur l'enfant et fit courir ses doigts sur son front, presque comme si elle était encore en vie.

— Elle n'a pas eu de chance.

— Comment savez-vous que c'est une fille ?

— Comment je sais que ce squelette était celui d'une fille ? Pas à cause d'un facteur déterminant. Mais plutôt grâce à une accumulation d'indices, et aussi une pointe d'instinct.

— Laissons votre instinct en dehors de ça. Tenez-vous en aux faits.

— D'accord, dit Amy, imperturbable. Les faits, donc. Chez la femme, les tendons sont généralement moins développés que chez l'homme. (Elle fit glisser son doigt le long d'un fémur.) On voit clairement les crêtes sur lesquelles s'attachent les muscles et les tendons. (Elle remonta vers la région pelvienne.) Le bassin de la femme est conçu pour enfanter et possède plusieurs caractéristiques qui le distinguent de celui de l'homme. Notamment des hanches plus larges.

MacNeil s'autorisa un léger sourire qui étira ses lèvres. Il se rappelait sa mère décrivant la fille des voisins – en qui elle voyait une future épouse possible pour son fils – avec ses hanches faites pour enfanter.

Amy surprit son petit sourire :

— Vous trouvez ça drôle, inspecteur MacNeil ?

— Non, miss Wu.

Elle lui lança un regard appuyé avant de se retourner vers les os étalés sur la table.

— Indépendamment de l'apparence générale, un certain nombre de mesures effectuées sur les os pelviens peuvent permettre de déterminer le sexe. En premier, la différence de proportion entre la longueur du pubis et celle de l'ischium, communément appelé indice ischio-pubien.

— Vous connaissez, bien sûr, l'indice ischio-pubien, dit Tom avec un petit sourire agaçant qui retroussa les coins de son masque.

— Bien sûr.

Puis, s'adressant à Amy, MacNeil demanda :

— Vous avez effectué ces mesures ?

— Oui.

— Et alors ?

— Rien de concluant en elles-mêmes. Ce n'est qu'une enfant ; à son âge, les caractéristiques sexuelles ne sont pas encore complètement développées. Mais l'indice tend à pencher en faveur d'un sujet féminin.

Elle prit le crâne et l'installa délicatement sur ses paumes.

— Le crâne est souvent un meilleur indicateur. D'abord, il est plus petit chez la fille que chez le garçon. Les mastoïdes et les arcades orbitaires sont moins proéminentes, les orbites et le front plus arrondis.

Tout en parlant, elle suivit d'un doigt ces courbes, puis regarda MacNeil dans les yeux.

— Je suis certaine à quatre-vingt-quinze pour cent que c'est une fille.

— Et les cinq pour cent restants ?

— L'instinct. Mais vous m'avez dit qu'il ne fallait pas en tenir compte.

MacNeil sourit.

— Exact. Que pouvez-vous me dire d'autre ?

— Je peux vous dire que cette enfant venait probablement de l'un des pays émergents les plus pauvres, et qu'elle présentait deux particularités très visibles.

— Comment pouvez-vous le savoir à partir d'un tas d'os ? s'étonna-t-il.

— Tout simplement parce qu'elle est experte en son domaine, MacNeil, observa Tom avec fierté. Amy comptait parmi les meilleurs odontologistes médico-légaux de Londres avant…

Il était allé trop loin pour s'arrêter maintenant, mais son hésitation passa inaperçue.

— Avant l'accident, se dépêcha-t-il d'ajouter. Ce genre de don ne se perd jamais.

Amy rougit et resta concentrée sur son sujet.

— C'est un crâne mongoloïde. Je sais que ce n'est pas très politiquement correct, mais les crânes sont négroïdes, caucasoïdes ou mongoloïdes.

— Quand j'entends caucasoïde, je me représente toujours un robot éboueur de la *Guerre des étoiles*, plaisanta Tom.

MacNeil ne sourit pas.

— Mongoloïde, ça veut dire asiatique ?

— Oui, répondit Amy. Eskimo, japonais, chinois… tous mongoloïdes. C'est ainsi que je me décrirais.

En contemplant ses yeux bridés en amande, ses pommettes hautes, sa mâchoire délicate, son front peu saillant, MacNeil se dit qu'il préférerait la décrire comme une belle femme. Ses longs cheveux noirs brillants étaient attachés de façon assez lâche sur la nuque et sa frange frôlait presque ses cils. Quand elle surprit son regard, ses yeux étincelèrent un instant avant de se poser de nouveau sur l'enfant.

— Mais, en réalité, ce sont les dents qui nous en apprennent le plus sur elle. Les caractéristiques mongoloïdes du crâne sont moins prononcées chez un sujet aussi jeune, alors que les incisives supérieures en forme de pelle sont typiques. Les couronnes des dents sont également plus bulbeuses, et les racines des incisives plus courtes.

— Comment savez-vous alors qu'elle n'était pas comme vous ? Chinoise, ou d'origine asiatique, née et élevée au Royaume-Uni ?

— Parce que ses dents sont parfaites, répondit Amy en souriant. Elle n'a jamais reçu de soin dentaire. Pas le moindre. Elle n'en avait pas besoin. Régime sans sucre, bouche sans carie. Ce qui serait très exceptionnel chez une petite Anglaise de dix ans.

— Elle avait dix ans ?

— Oui.

— Marge d'erreur ?

— À trois ou quatre mois près. Le développement des dents est un indicateur très précis.

MacNeil réfléchit à tout ce qu'elle venait de lui apprendre.

— Vous avez dit qu'elle avait deux particularités très visibles.

— Elle était asiatique, bien sûr. Mais ni indienne ni pakistanaise. Je dirais plutôt chinoise. Je sais que vous trouvez qu'on se ressemble tous, donc à vos yeux elle n'aurait probablement pas été très différente de moi au même âge. À l'exception d'un détail particulièrement flagrant.

Elle marqua une pause, laissant MacNeil attendre la suite avec impatience.

— Elle avait un bec-de-lièvre très marqué. C'est du moins sous ce nom que vous le connaissez. Nous appelons ça une fente labio-palatine. (Elle tourna le crâne vers lui et l'inclina en arrière afin qu'il voie mieux.) Une grave malformation du maxillaire – l'os qui retient les dents supérieures. La fente peut être minime ou prononcée, comme dans ce cas. Elle peut également être unilatérale ou bilatérale. Celle-ci est unilatérale. Vous pouvez voir le déplacement important des dents antérieures supérieures. À mon avis cette petite fille était défigurée. On devait se retourner sur elle dans la rue. Et à l'école, les autres gamins n'ont pas dû l'épargner.

Une version électronique de *Scotland the Brave* s'éleva alors incongrûment des profondeurs du manteau de MacNeil, qui farfouilla dans ses poches, sortit son téléphone et infligea à tout le labo l'hymne écossais adapté en sonnerie. En le rallumant, un peu plus tôt, il s'était aperçu que Martha avait essayé de le joindre deux fois. Elle avait laissé deux messages, mais il ne les avait pas écoutés. C'était elle, de nouveau. Il coupa l'appel sans répondre et fourra l'appareil dans sa poche.

— Un appel important, je vois, dit Tom.

Gêné, MacNeil haussa les épaules.

— Ma femme.

— Ah. Elle-qui-doit-être-obéie*… ou pas.

* Titre d'un roman d'Henry Rider Haggard publié en France en 1920.

— Vous pourrez m'écrire un compte rendu avant de partir ? demanda-t-il à Amy.

— Bien sûr.

— Merci.

Hochant la tête, il enfonça les mains dans ses poches et se dirigea vers la porte. Tom le regarda s'en aller avec un mépris évident :

— Tu as été absolument géniale et lui, il dit juste *merci*.

— Je n'ai fait que mon travail, Tom. Quand il fait le sien, je suis sûre que peu de gens vont mêmc jusque-là.

— Quel crétin, ce mec, grogna Tom. Je ne comprends pas ce qu'une femme peut lui trouver.

— Tu veux parler de sa femme ?

— Elle doit être aveugle, ma parole.

— Ils sont séparés.

Tom lui jeta un regard surpris :

— Ça alors, tu es une véritable mine de renseignements. Mais comment es-tu au courant de ça ?

Amy sourit, haussa les épaules et lui tourna le dos pour cacher son embarras.

— Je ne sais pas. J'ai dû l'entendre dire quelque part.

CHAPITRE 4

Pinkie rêvait souvent de sa mère. Il savait que c'était sa mère parce que, dans son rêve, il l'appelait comme ça. Mais elle ne ressemblait pas vraiment à la femme de son enfance, celle dont il se souvenait. Il se réveillait toujours déçu. D'une façon générale, Pinkie trouvait la réalité décevante. Il préférait penser que sa vie était un rêve et ses rêves la réalité. Ainsi, il pouvait faire tout ce qui lui plaisait, et quand il s'endormait, eh bien, il ne s'était rien passé réellement. C'était le meilleur moyen de composer avec les choses bizarres qu'il aimait.

Pour l'instant, il était de retour chez ses grands-parents. Ça, c'était réel. Il se souvenait si bien de leur maison. Toutes ces nuits passées sur le canapé de la pièce de devant. Glaciale en hiver. Étouffante en été. La bibliothèque contre le mur du fond, à côté de l'extrémité du canapé où il mettait son oreiller. Il ne comptait pas les matins où, réveillé avant tout le monde, il regardait tous les livres alignés sur l'étagère, à hauteur de ses yeux. Des livres aux titres étranges et merveilleux – *La Paix des profondeurs*, *La Vallée des nuages*, *Pour qui sonne le glas*. Écrits par des gens aux noms encore plus curieux – *Aldous Huxley, Lewis Grassic Gibbon, Ernest Hemingway*. *Aldous*, tu parles d'un prénom.

Il lui avait fallu longtemps, deux ans peut-être, avant de se risquer à en prendre un pour ouvrir avec précaution ses pages jaunies. Son grand-père avait été professeur d'anglais au lycée local. Ce livre-là s'appelait *Le Rocher de Brighton*, écrit par un certain *Graham Greene*. Il avait d'abord pensé lire seulement la première phrase. Puis le premier paragraphe, puis la première page. Puis la deuxième. En un an, il avait lu tous les volumes de l'étagère. Mais le premier demeurait gravé en lui. Son étrange noirceur, à une époque lointaine, au-delà de son entendement. Et son héros, ou plutôt son antihéros, pour lequel il avait ressenti une empathie immédiate. Le gangster adolescent, Pinkie. Sans cœur, sans pitié, manipulateur. Très convaincant. Imparfait, bien sûr, mais qui ne l'était pas ?

Il avait aussitôt adopté ce surnom. Et insisté pour que les autres gamins de l'école l'appellent Pinkie. Il ne lui était jamais venu à l'idée que ça pouvait leur paraître risible, ridicule même. Parce que pour lui, ce nom était le synonyme du personnage. Celui qu'il voulait être. Au début, il avait provoqué des fous rires ; mais pas longtemps. Personne ne se moquait deux fois de Pinkie.

À présent, sa mère se penchait au-dessus de son lit. Il sentait son parfum, la chaleur de sa joue contre la sienne. Enfin la douceur de ses lèvres et son souffle léger tandis qu'elle murmurait *bonne nuit, petit bonhomme, dors bien, petit bonhomme*. Mais le téléphone sonnait ; très contrarié, il l'entendait dire *Je dois répondre*, et elle partait. Qui pouvait bien téléphoner à cette heure-ci ? Pourquoi ne le laissait-elle pas sonner ? D'ailleurs, la sonnerie continuait. Sans arrêt, jusqu'à ce que, jurant entre ses dents, Pinkie roule de côté et attrape l'appareil sur la table de nuit. Le rêve venait de s'envoler. Retour dans le monde éveillé.

— Qu'est-ce que c'est, putain ?

— Bonjour, Pinkie. J'espère que je ne vous réveille pas.

Il prit une profonde inspiration pour se calmer. C'était le boulot. Il reconnut tout de suite la voix. L'intonation lisse, étrangement monotone de M. Smith. Il avait pensé que tout était terminé.

— Non. Désolé, j'étais en train de bricoler.

— J'ai un problème, Pinkie.

Il avait du mal à imaginer qu'un problème puisse survenir.

— Quel genre ?

— Ce jeune homme que vous m'avez trouvé… il n'a pas mené l'affaire à son terme.

— Qu'est-ce que vous voulez dire ?

— Je veux dire qu'il n'a pas fait disparaître les os. Il les a jetés dans un chantier. Et maintenant, c'est la police qui les a en sa possession.

— Merde !

Pinkie sentit la colère contracter les muscles de son cou et de ses épaules. Le petit salaud !

— Vous voulez que je le descende ?

— Je veux que vous ouvriez l'œil, Pinkie. Que vous vous assuriez que les os ne les conduisent nulle part. Vous me comprenez ? Faites ce que vous jugerez utile pour que tout rentre dans l'ordre.

M. Smith paraissait très calme, mais Pinkie savait qu'il ne l'était pas. Il l'avait déjà vu perdre son sang-froid ; il le savait capable de choses auxquelles lui-même n'aurait jamais songé. En fait, il avait un peu peur de M. Smith.

— Comment je fais pour me déplacer ?

— Vous pouvez prendre ma voiture. Elle a l'autorisation d'aller partout. (Il marqua une pause.) Je crois avoir trouvé un moyen de surveiller les démarches de la police. Ainsi, nous saurons exactement ce que vous pourriez être amené à faire.

— Pourquoi on ne bute pas les flics, tout simplement ?

— Non, non, se hâta de répondre M. Smith. S'il arrivait quelque chose à l'inspecteur chargé de l'enquête, cela ne ferait qu'attirer l'attention. Et c'est bien la dernière chose que nous souhaitons.

CHAPITRE 5

I

Au volant de sa petite Toyota jaune, Amy prit Tooley Street en direction de l'est. Sa voiture était un modèle du constructeur japonais spécialement adapté pour embarquer un fauteuil roulant, avec un système astucieux de portière coulissante côté conducteur et une rampe d'accès extensible qui l'amenait juste derrière le volant. Il n'était pas bon marché – aucun matériel pour handicapé ne l'est – mais l'argent de l'assurance lui avait permis de s'équiper afin de mener une vie aussi normale que possible.

La circulation était plus facile maintenant dans les rues, pour la plupart désertes. Non qu'Amy s'aventurât souvent dehors ces temps-ci.

Elle croisa un convoi de véhicules militaires qui fonçait en sens inverse, et jeta en passant un coup d'œil aux courbes de verre et d'acier du City Hall, au bord de la Tamise, sur sa gauche. Ce verre, avait déclaré le maire, devait être vu comme une métaphore de la transparence du gouvernement. Pour le moment, on voyait vraiment au travers. Car il était vide. Des promesses creuses n'avaient abouti à rien. Jamais, dans toutes leurs prévisions, les élus n'avaient envisagé une crise de cette envergure.

Elle bifurqua dans Three Oak Lane, où trois chênes avaient dû pousser un jour – disparus depuis longtemps –, arriva sur Gainsford Street et s'engagea dans le parc de stationnement à étages. Sa place de parking se trouvait au deuxième – elle n'avait pas pu en obtenir une autre à l'époque, ce qui la rendait malheureusement tributaire de l'ascenseur. Tant qu'il fonctionnait, cela ne posait aucun problème. Dans le cas contraire, elle se retrouverait en grande difficulté. Descendue sans accroc au rez-de-chaussée, elle se propulsa sur les pavés jusqu'à la grille d'entrée de Butlers & Colonial Wharf, un ensemble d'immeubles neufs et d'entrepôts convertis en habitations autour d'une esplanade. Le gémissement de son moteur électrique lui parut assourdissant dans le silence de cette journée grise, une étrange lumière bleue délavait la couleur miel de la brique. Il n'y avait pas âme qui vive. Jadis, à une autre époque, rues, ruelles et bâtiments grouillaient de vie. Remplis de dockers, débardeurs et manutentionnaires de tout poil. Les voiliers remontaient alors l'estuaire jusqu'au bassin de Londres pour y décharger les denrées exotiques et les épices venues des confins de l'Empire britannique. Au-dessus des rues étroites, des passerelles métalliques construites à des hauteurs et des inclinaisons variées reliaient entre eux les entrepôts. Une arche monumentale ouvrait sur la Tamise, à l'endroit où les ouvriers faisaient chaque jour la queue dans l'espoir de dénicher quelques heures de travail. Aujourd'hui seuls les citadins qui en avaient les moyens peuplaient ces quartiers en pleine renaissance où bars à vins et restaurants gastronomiques animaient les voies pavées. Le silence était presque angoissant. Il ne restait aucun écho du passé.

Amy monta la rampe menant à sa porte d'entrée, déverrouilla la serrure et entra. L'endroit avait été jadis un entrepôt à épices. Son ancienne propriétaire, une vieille dame, lui avait raconté l'avoir visité avec un casque sur la tête avant les travaux de transformation.

— C'était absolument divin, ma chère. Tout embaumait le clou de girofle.

Amy occupait les deux étages supérieurs de ce bâtiment à trois niveaux. Peu pratique pour quelqu'un en fauteuil roulant, mais elle avait décidé de ne rien sacrifier à son infirmité. Si elle avait eu assez d'argent avant l'accident, elle aurait adoré vivre dans un lieu pareil. Maintenant qu'elle en avait les moyens, pas question de faire quelque concession que ce soit. Avec un monte-escalier et un fauteuil roulant à chaque étage, elle pouvait dormir au premier et vivre au second – dans un vaste espace aux poutres apparentes, divisé par des meubles et des bibliothèques. Dans un angle, il y avait une cuisine ouverte ; au fond, des portes-fenêtres donnaient sur un balcon carré métallique assez grand pour y lire et profiter du soleil, en été.

Amy se transféra de son fauteuil roulant sur le monte-escalier. Elle avait développé assez de force dans les bras pour soulever son poids léger. Parfois, elle trouvait l'appareil d'une lenteur exaspérante. Mais aujourd'hui, les yeux fermés, elle se laissait emporter en serrant le petit paquet sur ses genoux. Cette matinée avait été traumatisante. Identifier la victime d'un assassinat est une expérience unique. Mais quelque chose, chez cette pauvre enfant, l'avait touchée d'une manière incroyable. Elle pensa à tous les cadavres qu'elle avait manipulés, aux crânes qu'elle avait rapportés chez elle, à sa capacité à garder ses distances par rapport à la réalité déplaisante de son travail. Jusqu'à maintenant. Comme si l'âme de l'enfant subsistait dans ces petits os. C'était très perturbant. Quand elle tenait le crâne entre ses mains, elle arrivait presque à se convaincre qu'elle ressentait dans sa chair la peur qu'avait éprouvée la fillette.

Sur le palier du premier, toutes les portes étaient fermées, seule la lumière provenant de la porte d'entrée perçait l'obscurité. Une faible odeur inhabituelle flottait dans l'air, mais Amy ne la remarqua pas – elle se concentrait sur le précieux paquet qu'il lui faudrait poser par terre avant de s'installer dans le fauteuil roulant qui l'attendait. L'obscurité ne la dérangeait pas. Il lui arrivait parfois de rester assise pendant des heures, lumières éteintes, en faisant comme si rien ne lui était arrivé. Comme si elle n'avait qu'à se lever pour allumer dès qu'elle en aurait envie.

Elle se dirigea vers le deuxième escalier et s'arrêta brusquement, perplexe, inconsciente de l'ombre qui avançait derrière elle dans le noir. Le monte-escalier n'était pas là. Elle tordit le cou et le vit en haut des marches. Comment était-ce possible ? Ce matin, il était en bas quand elle était sortie. Au même instant, elle sentit le faible parfum qui lui avait échappé quelques secondes plus tôt et son cœur se serra. Une main surgissant derrière elle se plaqua avec vigueur sur sa bouche. Elle essaya de crier, mais ne put ouvrir les lèvres. Levant les deux mains, elle s'agrippa à la manche de son assaillant tandis que celui-ci contournait en silence le fauteuil pour la soulever dans ses bras.

Impuissante, jambes ballantes, Amy ne pouvait rien faire d'autre que se retenir à lui. Il traversa le palier, ouvrit d'un coup de pied la porte de la chambre à coucher et, en trois enjambées, atteignit le lit où il la déposa au milieu des coussins. Puis il ôta sa main.

— Espèce de salaud ! cria-t-elle en l'attrapant par le cou pour l'attirer de toutes ses forces vers elle jusqu'à ce que ses lèvres rencontrent les siennes.

Lorsqu'ils se séparèrent, elle n'avait plus de souffle.

— Tu as été géniale, dit-il avec un grand sourire.

— Je n'ai fait que mon travail, inspecteur.

Il l'embrassa encore, plus légèrement cette fois, avant d'écarter les cheveux qui lui cachaient les yeux. Ces magnifiques yeux sombres. Débordant d'admiration et de désir, il la regarda et lança :

— Que dirait le Dr Bennet s'il nous voyait en ce moment ?

Une ombre voila le visage d'Amy.

— Ça le dégoûterait. Il croit que tu es le genre de flic à passer un type à tabac juste parce qu'il est homo.

— Ça ne me gênerait pas de lui flanquer quelques coups. Pas parce qu'il est homo. Mais parce que c'est un insupportable petit con.

Elle le repoussa.

— Tom est mon ami, Jack. Mon meilleur ami au monde. Sans lui, je n'aurais jamais supporté les deux ans et demi que je viens de passer.

MacNeil laissa échapper un profond soupir et tint sa langue.

— Je sais. Mais tu m'as, moi, maintenant.

— Pour combien de temps ? Tant que le charme de la nouveauté continuera à faire son effet ?

— Ne dis pas de bêtise. Tu sais ce que j'éprouve pour toi.

— Je sais ce que j'aimerais que tu éprouves pour moi. Je ne suis pas sûre que tu me l'aies jamais dit.

— Laisse-moi te le montrer, alors. Je n'ai jamais été très doué avec les mots.

Il se pencha sur elle pour l'embrasser. D'abord, elle résista. Elle détestait que les deux hommes de sa vie s'entendent si mal, au point qu'elle était obligée de voir chacun en cachette de l'autre. Ce n'était même pas comme s'ils étaient rivaux. MacNeil força le passage de ses lèvres avec sa langue et, finalement, elle succomba, submergée par le désir.

Quand on lui avait appris qu'elle ne marcherait probablement plus, elle avait pensé que sa vie sexuelle était terminée. La moelle épinière n'avait pas été sectionnée, seulement endommagée. Par chance, elle gardait le contrôle de sa vessie et de ses intestins ; cependant, elle ignorait si elle ressentirait de nouveau quelque chose à cet endroit. Jusqu'à cette première fois avec MacNeil. Qui lui avait semblé être la première de toutes. Pleine de douleur, de plaisir et de larmes. Avant cela, elle n'avait jamais vraiment cru en ses motivations. Pourquoi un homme aussi sain et athlétique s'intéresserait-il à une petite Chinoise impotente ? Mais il s'était montré si doux qu'elle avait immédiatement compris que sa façade cachait beaucoup de choses. En réalité, c'était un homme timide, attentionné, bourré de complexes instillés par son éducation presbytérienne. Il n'était pas homophobe, tout simplement gêné par l'exhibition de la sexualité. Or Tom affichait son homosexualité comme un badge accroché au revers de sa veste.

MacNeil se débarrassa de sa chemise puis fit glisser l'une après l'autre les boots d'Amy avant de lui retirer son corsage et sa longue jupe noire. Soudain, il s'arrêta.

— On ne devrait pas, dit-il. Je risque de te refiler la grippe. Je suis plus exposé que toi.

Amy le regarda :

— Alors autant cesser de vivre tout de suite, parce que de toute façon, on mourra un jour. Et si on ne profite pas de la vie tant qu'on le peut, on mourra sans avoir vécu.

II

Le fourgon Mercedes blanc faisait un bruit de ferraille sur Aspen Way. La quatre voies était déserte. Il passa sous la ligne du Docklands Light Railway. Côté sud, les eaux grises de West India Quay battaient contre le béton des quais. Les nuages commençaient à se dissiper un peu et une lumière terne d'un jaune délavé se diffusait dans l'air froid du matin.

Pinkie ne se sentait pas à l'aise dans son uniforme mal ajusté, mais le masque à gaz et les lunettes qui recouvraient presque entièrement son visage lui offraient la sécurité de l'anonymat. La visière de sa casquette de baseball baissée au maximum, il surveilla attentivement les militaires qui s'avancèrent dès qu'il engagea son véhicule dans la trouée ménagée pour accéder au North Bridge, juste à côté du marché aux poissons de Billingsgate. Une vingtaine de soldats au moins étaient basés ici, dans ce qui était devenu un camp semi-permanent, une véritable impasse mexicaine avec des snipers postés de l'autre côté de l'eau. Il y avait aussi des blindés et une barrière de barbelés. Il s'arrêta et baissa sa vitre. Dehors, ça sentait le poisson, même si les bateaux n'étaient pas sortis depuis plusieurs semaines. La puanteur imprégnait tout.

Un soldat s'approcha prudemment, son arme pointée vers lui, tendit la main pour prendre ses papiers, leur jeta un bref coup d'œil et les lui rendit. Puis, tout en relevant d'un mouvement bref le canon de son fusil, il ordonna :

— Ôtez votre masque.

Le cœur de Pinkie se serra. Il n'avait pas pensé à ça. Il retira sa casquette et se découvrit le visage.

L'air méfiant, le soldat demanda :

— Où est Charlie ?

— Malade.

Il vit l'autre reculer instinctivement.

— Vous avez été en contact avec lui ?

Pinkie secoua la tête.

— Je ne le connais pas. On m'a retiré d'une autre tournée pour le remplacer.

— Remettez votre masque.

Apparemment soulagé, le soldat se tourna et cria aux préposés à la barrière de le laisser passer. Ceux-ci repoussèrent les rouleaux de barbelés pour lui permettre d'avancer.

Après avoir remis son masque, Pinkie enclencha la première. Le fourgon ronfla puis bringuebala en direction du pont. De l'autre côté de l'eau, les gratte-ciel en verre s'élevaient à pic dans la brume. Les logos des sociétés révélaient leurs propriétaires. *The McGraw-Hill Companies. The Bank of America.* Pinkie parcourut d'un œil inquiet le sommet des immeubles, à la recherche des snipers qui, il le savait, braquaient leurs fusils sur lui. Mais il ne vit personne. Il gravit lentement la rampe, dépassa une guérite de sécurité bleue, vide, et s'arrêta. Le pont était relevé à quarante-cinq degrés depuis l'autre rive. Conçu à l'origine pour le passage des gros bateaux, il constituait une frontière très efficace. Quelqu'un, quelque part, actionna un levier : le tablier descendit lentement jusqu'à devenir, à nouveau, une chaussée enjambant l'eau pour rejoindre Canary Wharf et, plus loin, l'île aux Chiens.

Le fourgon Mercedes blanc traversa lentement. Dès qu'il eut franchi le pont, Pinkie vit, dans son rétroviseur latéral, qu'il se relevait déjà. Il jeta un coup d'œil au bloc-notes du tableau de bord sur lequel le circuit, avec ses points de déchargement, était clairement indiqué. S'il ne voulait pas éveiller les soupçons, il devrait le suivre scrupuleusement. D'autres postes contrôles avaient été établis sur Trafalgar Way et Westferry Road. Au retour, il passerait par celui de West India Avenue, direction Westferry Circus. Mais pour l'instant, il se trouvait dans un véritable no man's land. Une île de quarantaine volontaire au cœur de l'East London.

Pinkie s'était souvent demandé pourquoi on l'appelait l'île aux Chiens alors qu'en fait ce n'était qu'une presqu'île dans un méandre de la Tamise. Maintenant, il se rendait compte que cette petite péninsule était effectivement coupée de la rive nord par un réseau de quais et de bassins construits pour desservir ce qui, jadis, avait été le port le plus actif du monde. Apparemment, le roi Henri VIII y faisait garder ses chiens, d'où son nom. Enfin, c'est ce que Charlie lui avait raconté, juste avant que Pinkie ne lui enfonce en douceur quinze centimètres d'acier froid entre les côtes. Un gentil garçon, Charlie. Dommage qu'il ait dû mourir.

Il prit la direction du sud et traversa Canada Square vers Jubilee Place, le long des canyons de macadam qui séparaient les tours. Pas une âme, pas un chat dans les rues. Canary Wharf ressemblait à une ville fantôme. En face de la station de métro, la statue à la tête inachevée d'une créature mi-homme mi-cheval, flanquée de six arbres nus, avait le regard tourné du côté de l'est et de la forme floue mais reconnaissable du Dôme, sur l'autre rive du fleuve. Un torse manchot était couché en biais sous le ventre du cheval, une tête incrustée dans une niche sur son flanc. Pinkie ne put s'empêcher de sourire. Et on appelait ça de l'art ?

En tournant à droite dans Bank Street, il aperçut devant lui la travée métallique du pont bleu sur lequel passait le Docklands Light Railway, entre Canary Wharf et Heron Quays. On ne voyait aucun signe du vandalisme qui ravageait le centre de la ville. Rien de barricadé. Boutiques et restaurants avaient fermé, mais restaient visibles. The Slug and Lettuce. Jubilee Place Mall. Ordre avait été donné de tirer à vue sur quiconque ne résidait pas ici, quiconque susceptible d'être porteur du virus. Donc personne ne s'aventurait dehors, même pas les habitants car, avant, on ne posait pas de questions – et après, c'était trop tard.

Du coin de l'œil, Pinkie capta un mouvement. Une voiturette de golf blanche, conduite par un homme en uniforme bleu, un fusil planté à côté de lui. Un simple éclair blanc et bleu juste avant qu'elle ne disparaisse dans une zone de chargement. Beaucoup d'anciens agents de sécurité avaient rejoint les milices et réquisitionné ce genre de véhicules. D'où tenaient-ils leurs armes ? Mystère. Mais des gens riches et puissants habitaient le quartier. Or quand l'argent et la vie sont en jeu, tout devient possible.

Sa première halte était un parc de stationnement souterrain sur le côté sud de la place. Il descendit la rampe, pénétra dans un espace lugubre et désert occupant toute la superficie au sol de l'immeuble. Des poutres métalliques supportaient un plafond bas. Quelques véhicules y étaient garés, mais il n'y avait aucun signe de vie. Or il savait qu'on le surveillait, bien sûr. Il s'arrêta, laissa le moteur tourner au ralenti, puis sauta du fourgon pour aller ouvrir les portes arrière. Il consacra la demi-heure suivante à charger des cartons sur une rampe de levage pneumatique qu'il devait baisser ensuite au niveau du sol pour les décharger sur le ciment. Il avait beau être en forme, c'était un travail pénible ; il transpirait abondamment. Rien, sur les cartons, n'indiquait leur contenu ; néanmoins, il était quasiment certain qu'ils étaient remplis de boîtes de conserve. Chaque jour, pas moins d'une vingtaine de fourgons effectuaient la tournée pour approvisionner les quelque vingt-cinq mille habitants de l'île.

Lorsqu'il tira le dernier carton, un bras nu tomba de derrière une pile, tout au fond. La main de Charlie s'était figée dans une position pouvant donner l'impression qu'il avait tenu une balle de cricket et qu'on venait de la lui retirer. Sa peau était mouchetée de sang. D'un coup de pied, Pinkie le repoussa rapidement hors de vue, puis jeta un coup d'œil autour de lui afin de vérifier que personne ne l'avait remarqué. Toujours aucun signe. Par précaution, il déplaça quelques cartons histoire de s'assurer que Charlie ne ferait plus d'apparition fâcheuse, avant de sauter à terre et de refermer les portes, dérobant ainsi le cadavre aux regards trop curieux.

Il remonta dans la cabine. Son masque le gênait, il tenait horriblement chaud. La sueur lui coulait dans les yeux. Les deux prochaines heures promettaient d'être très longues.

III

Allongée sur le dos, Amy fixait le plafond. Sa jambe droite était levée, calée sur l'épaule de MacNeil agenouillé devant elle. Les grandes mains de l'Écossais massaient les muscles de son mollet, ses pouces puissants pétrissaient sa chair. Elles descendirent autour du genou, puis sur la cuisse en longs mouvements de balayage. Elle aurait aimé les sentir sur sa peau. C'était vraiment très étrange de se savoir touchée sans éprouver la moindre sensation. Elle doutait de pouvoir s'y habituer un jour.

De temps en temps, croyant percevoir d'infimes fourmillements dans les pieds, elle espérait que cela reviendrait. Un jour, peut-être, ces appendices inutiles reprendraient vie. Les médecins affirmaient le contraire. Dans ses moments d'optimisme, elle se persuadait qu'ils pouvaient se tromper. Dans ses moments de pessimisme, elle redoutait que ces fourmillements ne soient que le fruit de son imagination. Juste un vœu pieux.

MacNeil, lui, n'avait aucun doute. Bien sûr qu'elle remarcherait. Mais il fallait absolument entretenir la force et la souplesse de ses muscles. Ce serait une catastrophe s'ils s'atrophiaient. Aussi passait-il des heures à faire travailler les jambes d'Amy, activant les muscles par groupes, fléchissant les chevilles et les genoux. Inlassablement. Cet homme paraissait doué d'une patience infinie. Ni l'un ni l'autre ne parlaient pendant ces séances. Il œuvrait en silence, et elle appréciait cette sérénité qu'elle n'avait jamais connue auparavant. Parfois, elle fermait les yeux, se laissait aller, l'esprit vide de toute pensée. D'autres fois, elle réfléchissait à des choses qui la perturbaient, des problèmes de boulot, sa brouille avec son frère. Souvent elle trouvait des réponses, ou des solutions partielles, ou encore du réconfort dans des idées qui ne lui avaient pas traversé l'esprit plus tôt.

Soudain, elle brisa leur code tacite :

— Je l'ai ramenée à la maison, annonça-t-elle.

MacNeil interrompit son geste et fronça les sourcils.

— Qui ?

— Lyn.

— Lyn ? Qui est-ce ?

— La petite fille au palais fendu.

— Mais qu'est-ce que tu racontes, Amy ? demanda-t-il en se penchant en avant pour la regarder dans les yeux.

— C'est comme ça que je l'appelle. Il faut bien lui donner un nom. Lyn m'a toujours plu. J'avais une cousine Lyn à Hong Kong. J'aurais bien voulu que mes parents choisissent pour moi le même prénom.

— J'aime bien Amy, dit-il en recommençant à faire bouger sa jambe. Mais, que veux-tu dire par *je l'ai ramenée à la maison* ?

— Je vais procéder à une reconstruction. Ça aiderait pas mal de savoir à quoi elle ressemblait, non ? À mon avis, elle sera très reconnaissable avec sa lèvre supérieure déformée.

— Tu veux dire que son crâne se trouve ici, chez toi ?

Amy hocha la tête.

— Il ne sent pas mauvais ?

— Si, un peu. Mais je travaillerai là-haut, devant le petit balcon qui donne sur le jardin. Tant qu'il ne pleut pas, je peux laisser les fenêtres ouvertes ; ça devrait aller. (Elle se souleva sur les coudes.) Monte-moi, tu vas voir.

MacNeil aimait l'espace du dernier étage. Le fait de se trouver en hauteur lui donnait l'impression de mieux respirer. Tout l'opposé de sa petite chambre confinée d'Islington. Il aida Amy à tirer une table devant les portes-fenêtres et à réunir le matériel qu'elle rangeait à l'intérieur d'un grand placard aménagé dans le mur du fond. Il ne l'avait encore jamais vue à l'œuvre sur un crâne. La rangée de têtes alignées sur l'étagère du milieu l'avait interloqué. Un chauve, une femme jeune, un petit garçon, deux vieilles dames, un homme à la blessure impressionnante, à moitié terminé.

Amy rassembla autour d'elle livres, dossiers, chevilles et pains de pâte à modeler. Fasciné, MacNeil la regarda installer le crâne sur un socle et manœuvrer son fauteuil de façon à le placer dans la position la mieux adaptée. L'odeur n'était pas trop épouvantable avec les fenêtres ouvertes.

— Tu vas fabriquer un visage à même le crâne ?

— Non, je vais d'abord prendre une empreinte en plâtre de la boîte crânienne, puis mouler la mâchoire inférieure dans de la résine. Il ne faut pas abîmer ce qui pourrait servir de preuve.

Il continua à l'observer avec la même fascination pendant qu'elle commençait ses préparatifs.

— Comment peux-tu savoir à quoi ressemblait un visage juste à partir des os ? Tous les crânes se ressemblent, non ?

— Comme tous les Chinois ? plaisanta Amy.

— Tu sais bien ce que je veux dire, se défendit MacNeil en se sentant rougir.

Elle hocha la tête et sourit.

— Je vais percer des petits trous sur trente-quatre points de référence, tout autour de la tête, puis je collerai dans chacun une de ces minuscules chevilles en bois dont le diamètre ne dépasse pas deux millimètres et demi. Les chevilles portent des marques correspondant aux standards de l'épaisseur des tissus mous, selon un barème défini par un certain Helmer, qui les a calculés à partir de mesures aux ultrasons prises sur des sujets vivants. Elles sont donc assez précises. Ensuite, je sculpterai le visage en recourant à ce qu'on appelle la méthode américaine. C'est un processus plus scientifique qu'artistique. En reliant les différents marqueurs d'épaisseur des tissus avec des bandes de pâte à modeler d'environ cinq millimètres de large, on reconstruit par couches successives les muscles qui se trouvaient sous la peau. Les dents et la mâchoire déterminent l'aspect de la bouche, en l'occurrence la lèvre fendue. La forme de la racine du nez, elle, est déterminée par les dimensions des différents os du nez. Enfin il existe des diagrammes et des systèmes de mesures spéciaux pour le dessin des paupières ; et la race joue évidemment un rôle.

— Où as-tu appris tous ces trucs ?

Amy haussa les épaules.

— Je m'y intéresse depuis toujours. Mais après l'accident, c'était l'une des rares choses qui n'exigeait pas d'avoir l'usage de ses jambes. Mon mentor de la BAHID m'a beaucoup aidée bien sûr.

MacNeil savait qu'Amy était membre de la *British Association for Human Identification* (Association britannique pour l'identification humaine). Une association académique informelle réunissant des experts issus de domaines d'expertise médicolégale variés, des médecins légistes aux avocats en passant par les policiers et les dentistes. Mais il ne l'avait jamais entendue parler de son mentor.

— Tu as un mentor ?

— Oui. Il est assez courant que des praticiens plus âgés, en général retraités, prennent des jeunes sous leurs ailes. Le mien était anthropologue. Sam. Nous communiquons par e-mail et messagerie instantanée.

Il la contempla encore un moment, s'émerveillant de la dextérité de ses longs doigts minces. Elle avait la plus belle peau qu'il ait jamais vue, ivoire pâle, et des lèvres qui se retroussaient toujours comme pour sourire, reflet d'une disposition que le traumatisme et la tragédie avaient durement mise à l'épreuve. Il eut soudain envie de la soulever dans ses bras, de la serrer contre lui, de la posséder, de l'engloutir. Jamais il n'aurait imaginé qu'il pourrait éprouver ce genre de désir envers un autre être humain. Il était surpris, choqué même, par les émotions qu'elle éveillait en lui. Des émotions dont il ne se serait jamais cru capable.

Scotland the Brave tinta soudain dans sa poche. Il sortit son mobile pour jeter un coup d'œil à l'écran. MARTHA. Alors qu'il s'apprêtait encore une fois à l'éteindre, Amy leva vers lui un regard grave :

— C'est elle ?

Il hocha la tête.

— Tu devrais répondre, alors.

Percevant dans ses yeux quelque chose qui le rendit coupable de ne pas l'avoir fait plus tôt, il frappa la touche verte :

— Qu'est-ce que tu veux, Martha ?

— Mon Dieu, où étais-tu passé, Jack ? J'essaye de te joindre depuis des heures.

Une alarme se déclencha dans sa tête en entendant la voix de sa femme se briser.

— Que se passe-t-il ?

— C'est Sean.

— Qu'est-ce qu'il a ?

— Il est malade, Jack.

IV

Pinkie roulait maintenant sur Manchester Road en direction du sud-ouest. Il dépassa l'église Christ Church and St John with St Luke et aperçut, entre les maisons, derrière les arbres des Island Gardens, les dômes jumeaux du Old Royal Naval College de l'université de Greenwich, sur l'autre rive. De l'eau grise et terne montait un air froid et brumeux. Après la station du Docklands Light Railway, il tourna à gauche dans Ferry Street, laissa sur sa gauche le Poplar Rowing Club et continua le long des nouvelles résidences rouge brique construites au bord de la Tamise.

Au bout de la rue, le pub Ferry House était fermé, mais pas les grilles de St Davids Square. Charlie lui avait raconté qu'il faisait toujours une pause cigarette à cet endroit, et que même si quelqu'un le surveillait, personne ne lui avait jamais rien dit. Pinkie pénétra dans l'enceinte. Autour d'une vaste place s'élevaient des immeubles de six étages avec balcons blancs et portes-fenêtres. Au centre, la faible lumière du jour se reflétait en bleu sur la surface d'un grand bassin. Par une trouée, on voyait les rives boueuses du fleuve et, dominant tout le reste, les trois mâts du *Cutty Sark*, en cale sèche sur un quai de Greenwich.

Pinkie mit quinze minutes à décharger ses cartons, sans cesser de surveiller attentivement le moindre signe de vie aux fenêtres donnant sur la place. Il devait y avoir des douzaines d'yeux braqués sur lui, mais il ne voyait rien. Il se demanda comment ces cartons seraient ensuite répartis. Les gens sortaient-ils un par un, ou deux par deux pour venir les chercher ? Un roulement avait-il été instauré ? Comment se réglaient les litiges ? Il avait du mal à imaginer leur vie mais, bien qu'il ne puisse pas les voir, il sentait leur peur. Elle planait dans l'air, dans leur silence, dans cette absence totale de manifestation de vie humaine.

Il termina son déchargement, referma les portes du fourgon et, l'air de rien, se mit à déambuler en direction des berges tout en sortant de sa poche un paquet de cigarettes. Il n'avait nullement l'intention de fumer. À gauche, une porte donnait sur le hall de Consort House, numéros 8 à 42. Il s'assit un moment sur le muret proche de l'auvent, sortit une cigarette, promena son regard sur la ligne des toits. C'était maintenant ou jamais. Il savait qu'on le verrait entrer, mais qui l'arrêterait ? À moins d'être armé d'un fusil. Et qui ouvrirait sa porte, ou vérifierait que la vieille dame allait bien ? Tout le monde avait trop peur. Il écrasa la cigarette qu'il n'avait même pas allumée et la jeta en se levant. Puis il ouvrit la porte, entra, s'attendant à recevoir une balle dans le dos. Mais il n'y en eut pas. Dans le hall, il respira à fond et prit l'ascenseur jusqu'au dernier étage. Arrivé sur le palier, il jeta un coup d'œil rapide aux numéros des portes. Le 42A se trouvait près du mur du fond. Pinkie se glissa rapidement jusqu'à la fenêtre et regarda dehors. Sur le fleuve, un groupe de mouettes en poursuivait un autre, rasant l'eau, piquant, plongeant, criant, avant de remonter en flèche vers le ciel, au-delà de son champ de vision. Il savait qu'elle ne répondrait pas à son coup de sonnette et que défoncer la porte ferait trop de bruit. Mais ce ne serait pas nécessaire ; il possédait d'autres talents. Après avoir tiré de sa poche un petit sachet de plastique contenant des tiges en métal, il examina la serrure durant quelques secondes, et en choisit une.

De l'autre côté du seuil, le sol recouvert de moquette absorba le bruit de ses pas. Il referma doucement derrière lui et traversa avec précaution le vestibule vers la lumière du jour provenant d'une pièce située à l'autre bout. Avant d'entrer, il s'arrêta, dos collé au mur, et pencha la tête de façon à voir l'intérieur. C'était une grande pièce ouverte sur la Tamise, avec une baie coulissante et un balcon. Les murs étaient couverts de tableaux et de photos de famille encadrées. Le mobilier démodé, massif, ornementé rapetissait la pièce tout en la rendant accueillante. Pinkie se serait bien vu vivre dans un appartement comme celui-ci. Il lui rappelait la maison de ses grands-parents. Sauf que ces derniers n'auraient jamais eu les moyens d'habiter ici.

Entendant un cliquetis qui provenait d'un endroit que cachait la porte, il avança prudemment afin de comprendre de quoi il s'agissait. Une dame âgée aux cheveux argentés coupés au carré, une frange tombant sur les yeux, était assise à un bureau ; ses doigts dansaient avec beaucoup d'aisance sur le clavier d'un ordinateur. Elle avait repoussé sur son front des lunettes à la fine monture métallique. À côté d'elle, une table était jonchée de papiers. Elle jouissait d'une vue magnifique sur l'autre rive du fleuve. Mais ses yeux restaient fixés sur son écran. Quel gâchis, pensa Pinkie. Les gens passent trop de temps devant leurs ordinateurs.

Il s'avança dans la pièce en lançant :

— Bonjour !

Stupéfaite, la vieille dame se retourna brusquement et jeta sur lui un regard bleu inquiet.

— Que… qui êtes-vous ?

Pinkie sourit. Elle lui faisait penser à sa grand-mère.

— La providence, mamie.

De sous sa combinaison, il sortit l'arme au canon prolongé d'un silencieux et tira une seule balle. Celle-ci fit un trou net en pénétrant dans le front, mais à la sortie, ce fut différent ; une bouillie rougeâtre éclaboussa toute la vitre. La femme tomba tête en avant, imbibant la moquette de son sang. Pinkie fit la grimace. Il n'aimait pas salir. Ordre et propreté. Voilà les vertus dont sa mère lui avait rebattu les oreilles. Honnêteté, gentillesse, loyauté. Assiduité. Si un travail doit être fait, autant qu'il soit bien fait.

N'entreprends jamais quelque chose que tu ne pourras pas terminer.

Il traversa la pièce pour regarder les photos accrochées au mur. Elle était là. La matriarche. La chef de famille. Enfants et petits-enfants autour d'elle. Heureuse et souriante. Il éprouva un sentiment fugace de tristesse à l'idée d'être celui qui détruisait tout ça. Quel dommage, vraiment.

Un bruit semblable au cri d'un bébé le fit sursauter. Il pivota, pistolet levé, et vit un chat noir avec des socquettes et un plastron blancs renifler la tête de sa maîtresse. L'animal comprenait qu'il y avait un problème, mais ignorait lequel. Pinkie baissa son arme.

— Oh, mon pauvre minet. Qui va te nourrir maintenant ?

Répondant à sa voix, le chat marcha vers lui, queue dressée, légèrement recourbée au bout. Quand Pinkie se baissa et le prit dans ses bras, il se cala, ventre en l'air, pour se faire caresser. C'était un vieux matou habitué aux humains. Il ronronnait si fort qu'il s'en étouffait presque.

Pinkie le porta dans la cuisine et le posa sur un plan de travail pendant qu'il fouillait les placards à la recherche de nourriture. Il la trouva rangée au bas de l'évier, ouvrit deux boîtes et les vida dans deux soucoupes. Cela lui suffirait pour un petit moment. Le chat arqua le dos sous sa main quand il lui caressa doucement la colonne vertébrale.

— Pauvre minet. Pauvre vieux minet.

CHAPITRE 6

I

Tout lui était tristement familier dans cet endroit qu'ils avaient acheté ensemble en mettant en commun ses économies et l'héritage de Martha – et pour lequel il continuait malgré tout à rembourser un emprunt étouffant. C'était un modeste appartement de trois pièces, au rez-de-chaussée d'une maison mitoyenne moderne, à Forest Hill, banlieue verdoyante du sud de Londres. Mais, au moins, il y avait un jardin pour Sean, et ce n'était qu'à vingt minutes de Lambeth en voiture, en dehors des heures de pointe.

Lorsqu'ils étaient arrivés tous les trois, la mère, le père et le nouveau-né, ils nourrissaient de grands espoirs. Huit ans plus tard, cette rue n'était plus qu'un souvenir pénible du naufrage de leurs rêves. Un lieu hanté par l'échec.

Ils avaient fait un mariage d'amour. À vingt-sept ans, MacNeil venait de débarquer à Londres, naïf, tout frais émoulu d'un premier poste dans le comté rural d'Inverness. La Metropolitan Police représentait un challenge, le Big Smoke* une aventure. Ils s'étaient rencontrés dès

* Surnom de Londres.

le premier mois. À une fête de la police. Martha sortait avec un inspecteur, à l'époque, mais leur histoire tirait à sa fin. Ils avaient tout de suite été attirés l'un par l'autre. Le sexe étant la force motrice de leur relation. Ils couchaient ensemble dès qu'ils le pouvaient, où ils le pouvaient. Ils avaient loué un petit studio à Lewisham, et passaient la plupart des jours de congé de MacNeil au lit à manger des glaces, faire l'amour, s'enivrer. Une existence complètement dingue, en montagnes russes, libre de toute responsabilité, sans la moindre pensée pour l'avenir.

Puis, un jour, Martha lui apprit qu'elle était enceinte. Et leur vie changea.

Ni l'un ni l'autre ne comprirent comment c'était arrivé. Ils avaient pris leurs précautions. Pourtant le fait était là. Martha se sentit déchirée. Elle voulait des enfants. Mais pas tout de suite. Elle souleva le sujet de l'avortement. MacNeil refusa d'en entendre parler. Contrairement à ses parents, depuis très longtemps membres de l'Église libre d'Écosse, il n'avait aucune conviction religieuse ; cependant, si lui-même ne croyait pas en Dieu, leur morale s'était enracinée dans son âme. En fin de compte, Martha s'était réjouie qu'il l'en ait empêchée. Surtout le premier jour où elle avait tenu Sean dans ses bras sans pouvoir arrêter les torrents de larmes qui ruisselaient sur ses joues. Et à travers ses larmes, elle avait vu son grand Écossais de mari, ce dur à cuire, pleurer lui aussi.

MacNeil gara sa voiture au bout de la petite allée et verrouilla les portières. Ce qui, autrefois, avait été une large entrée cintrée était maintenant divisé en deux portes – une marron et une blanche. Le cœur glacé par la peur, il gravit les marches. Trois mots avaient suffi pour l'anéantir. *Sean est malade*.

Martha ouvrit avant qu'il ne frappe. Son apparence lui causa un choc. Avec son visage livide et les cernes sombres qui enfonçaient ses yeux fatigués, elle paraissait beaucoup plus âgée que la dernière fois qu'il l'avait vue, tendue, stressée. Cela ne faisait-il vraiment qu'une semaine ? Aucun signe, alors, d'un quelconque problème de santé chez Sean. Les écoles étaient fermées, ils voyaient peu de gens. Comment avait-il pu être contaminé, bon Dieu ? Voilà la seule chose qu'il pensa à lui demander. Et sa question était lourde d'accusation. Martha secoua la tête :

— Je ne sais pas.

Il entendit le désespoir dans sa voix.

— C'est peut-être toi, ajouta-t-elle quand ils furent à l'intérieur de la maison. Nous ne sommes allés nulle part. Tu la lui as peut-être passée.

MacNeil tordit la bouche sans rien dire et refoula la colère qui montait en lui comme un flot de bile.

— Où est-il ?

— Au Dôme. J'ai appelé le docteur cette nuit. Vers 4 heures du matin, il s'est mis à tousser et à cracher. Je n'arrive pas à croire que ce soit arrivé si vite. L'ambulance est venue à l'aube. (Elle le fusilla du regard.) Pourquoi tu ne réponds pas au téléphone ?

— Tu ne m'as pas donné beaucoup de raisons d'avoir envie de te parler ces derniers temps.

Il observa autour de lui le désordre du séjour. Le maillot de foot de Sean aux couleurs d'Arsenal en train de sécher sur un étendoir. Sa console de jeux par terre, à côté de la télé.

— Je travaillais, dit-il en se radoucissant.

— Bien sûr, comme d'habitude, non ? lâcha-t-elle d'une voix amère.

En la regardant, il éprouva une culpabilité familière. Il savait qu'elle avait des motifs de lui en vouloir. Après la naissance du bébé, Martha s'était désintéressée du sexe. Bizarrement, ils ne trouvaient plus grand-chose à se dire. Le peu de temps libre dont il disposait, il le passait avec Sean, et cela semblait la rendre jalouse. À la maison, l'atmosphère devenait atroce. Il n'avait qu'une envie, sortir, se trouver n'importe où pourvu que ce fût ailleurs. Qui se marie à la hâte se repent à loisir, dit-on.

MacNeil haussa les épaules.

— Je suis désolé. Ça a dû être terrible pour toi, toute seule.

Il fit un pas vers elle, dans l'intention de la serrer contre lui pour lui offrir un réconfort tardif. Mais elle tendit un bras en avant.

— Non. Si Sean l'a eue, je peux l'avoir moi aussi.

Aussitôt, il plongea la main dans la poche de sa veste et en sortit le petit flacon de comprimés qu'il avait reçu au début de la crise. Celui que, le matin même, on lui avait demandé de restituer.

— Tiens, prends ça.

— Qu'est-ce que c'est ?

— Du FluKill. On en a distribué à tous les flics.

— Et si tu en as besoin ?

— Je m'en fiche. Je préfère te les donner. S'il te plaît. Prends-les maintenant.

— On n'est supposé en avaler que lorsqu'on est contaminé.

— Eh bien, si jamais tu l'es, plus vite tu les prendras mieux ce sera.

Il lui fourra le petit flacon dans la main. Elle regarda l'étiquette, puis MacNeil.

— Dommage que tu n'aies pas été là quand Sean en avait besoin.

Sa pique lui fit mal. D'autant plus qu'elle était très injuste.

— C'est toi qui m'as demandé de partir.

Elle glissa le flacon dans sa poche.

— Je les prendrai plus tard, peut-être. Tu m'emmènes au Dôme ? Je n'ai pas l'autorisation de rouler en ville. Et il n'y a pas de taxis.

Tout en hochant la tête, il demanda :

— Qu'est-ce qu'ils ont dit ?

— Sur quoi ?

— Ses chances.

— Ils n'ont rien dit. Ils n'ont pas à le faire. Tout le monde connaît le taux de survie.

Les yeux de Martha se remplirent de larmes. Elle se mordit la lèvre inférieure jusqu'au sang.

Incapable de supporter son regard, MacNeil fixa le tapis en se remémorant ses bagarres avec son fils. Ce dernier devait avoir environ trois ans quand ils avaient regardé ensemble, à la télévision, un vieux film avec Clint Eastwood. *Le Bon, la Brute et le Truand.* On ne sait jamais quelles répliques vont rester ancrées dans la tête d'un enfant. À un moment, Eli Wallach traite Eastwood de « Judas, traître, espèce de salaud ». Le lendemain, en jouant à se battre avec son père, Sean lui avait crié : « Jus d'arête, fesse de chameau ! » MacNeil et Martha s'étaient écroulés de rire pendant au moins une demi-heure.

— On ferait mieux d'y aller tout de suite, alors.

Dehors, la lumière paraissait plus vive, malgré la brume qui persistait, et il faisait encore plus froid. Mais la maison était si lugubre et déprimante que la rue avait presque une allure joyeuse.

Il vit des rideaux bouger lorsqu'il ouvrit la portière pour Martha. Les voisins avaient tous été témoins du départ de Sean en ambulance. Désormais, les MacNeil devenaient des parias, des pestiférés des temps modernes. Plus personne ne les approcherait.

II

Ils passèrent sous Blackwall Tunnel South Approach et, au rond-point, tournèrent dans Millennium Way. Devant eux, ils voyaient l'immense toit en fibre de verre qui, accroché à ses mâts d'acier inclinés vers l'extérieur, dominait le terrain vague qu'était Greenwich Nord. La quatre voies leur fit traverser un paysage industriel à l'abandon jusqu'à un parking jouxtant les stations de bus et de métro. Bien qu'il n'y eût ni bus ni métros depuis des semaines, l'endroit était plein à craquer. Des soldats masqués postés à l'entrée leur firent signe d'avancer ; MacNeil dépassa des rangées d'ambulances pour se rapprocher des palissades bleues dressées autour du Dôme – cette folie du Millennium qui avait coûté plusieurs milliards de livres et qui, après une brève existence en salle de concert, avait finalement trouvé son utilité.

On le remplissait de malades et de mourants. Sa gigantesque surface avait été cloisonnée en alvéoles ; on y avait installé des milliers de lits pour soulager les hôpitaux de la ville, tous surchargés. Une flotte d'ambulances et autres véhicules médicaux s'alignaient le long des quais de la station de bus.

MacNeil gara sa voiture sur le terre-plein central, avant le dernier rond-point, au bout de la route. En courant, ils remontèrent une rampe qui conduisait à une ouverture ménagée dans les palissades. Le macadam rouge entourant le Dôme était encombré de véhicules et de membres du personnel médical, masqués, circulant dans tous les sens. Un véritable chaos. Aucun panneau ne guidait les visiteurs puisqu'aucun visiteur n'était attendu. Martha et MacNeil ne savaient ni où aller ni à qui demander des renseignements. Ils ne voyaient aucun agent de sécurité. Personne, d'ailleurs, ne fit attention à eux lorsqu'ils pénétrèrent à l'intérieur de la vaste caverne en toile plastifiée blanche.

Un vacarme incroyable y régnait. Ronflement des appareils de chauffage en hauteur. Milliers de voix s'élevant par-dessus les bruits provenant des malades. Reniflements, toux, grognements, haut-le-cœur. Des aides-soignants en pyjama blanc les dépassèrent en roulant un lit. Le jeune homme allongé dessus était mort, à peine couvert par son drap taché de sang et de vomi, les yeux fixant le vide. MacNeil se sentit pris de nausée. Son fils se trouvait quelque part. Dans cet enfer. S'il devait mourir, autant le ramener à la maison. Il saisit le bras d'une infirmière qui se retourna en demandant :

— Qu'est-ce qu'il y a ?

Son épuisement se lisait dans les ombres de son visage et l'opacité de son regard. Morte de fatigue, elle n'avait pas de temps à consacrer aux vivants.

— Mon fils est ici, quelque part. On l'a amené ce matin.

Un bref sursaut d'humanité fit oublier à la femme sa fatigue.

— Ressortez et suivez la route jusqu'à l'entrée C. C'est là qu'on amène les nouveaux.

Sur ce, elle disparut, avalée par les alvéoles.

MacNeil prit la main de Martha. Échappant quelques instants à l'air confiné et aux bruits des mourants, ils firent le tour du Dôme au pas de course, poussant et bousculant des groupes d'ouvriers qui protestèrent bruyamment. Mais l'urgence de trouver leur fils l'emportait sur tout le reste désormais. Entrée C, les doubles portes étaient grandes ouvertes. Ils se ruèrent à l'intérieur et tombèrent sur un point d'accueil temporaire où on enregistrait sur ordinateur les patients entrants. Assise derrière un bureau, une infirmière relativement âgée les regarda avec circonspection derrière son masque.

— Je peux vous aider ?

— Notre fils a été amené ce matin. Sean MacNeil. Il a huit ans.

— Nous ne sommes pas équipés pour recevoir des visiteurs. Je suis désolée, dit-elle sans le paraître le moins du monde. Nous avons un numéro d'urgence. Le standard est ouvert vingt-quatre heures sur vingt-quatre, sept jours sur sept.

MacNeil remarqua, à côté d'elle, un porte-bloc avec un plan et des noms inscrits au crayon. La raison pour laquelle on les notait au crayon ne lui vint pas tout de suite à l'esprit – il était tout simplement plus facile de les effacer pour les remplacer par d'autres. S'il y avait pensé, il se serait rendu compte de la logique de la chose, vu la vitesse à laquelle s'effectuait le renouvellement. Instinctivement, il tendit la main pour s'en emparer. La femme tenta, sans succès, de le lui reprendre.

— Hé ! Lâchez ça ou j'appelle la police ! cria-t-elle sur un ton frisant l'hystérie.

— C'est moi, la police.

Il parcourut rapidement le plan. Le sol avait été divisé en sections ; les noms étaient beaucoup trop nombreux pour qu'il puisse les lire tous ; et sous la première feuille, il y en avait encore au moins une demi-douzaine.

— Je ne le vois pas, dit-il à Martha d'une voix paniquée, tout en les feuilletant.

L'infirmière poussa un profond soupir, fit courir ses doigts sur le clavier de l'ordinateur, puis se pencha en avant pour reprendre le porte-bloc. Elle trouva Sean à la page trois.

— Section 7B. Suivez les flèches peintes au sol. La 7 est jaune.

Sean se trouvait dans une subdivision de la section 7, avec trois autres enfants dont deux, comme lui, sous perfusion. Il avait le visage d'une pâleur mortelle, à l'exception de ses joues, très rouges. Ses draps trempés de sueur s'entortillaient autour de son corps torturé. À moitié conscient, secoué de temps à autre par des quintes de toux incontrôlables, il paraissait délirer. Ils entendaient nettement le bruit de forge de ses poumons encombrés de fluide. Un médecin en blouse blanche, ganté, les empêcha d'approcher davantage.

— Qu'est-ce que vous fichez ici, bon sang ?

— C'est notre fils, dit Martha d'une voix à peine plus forte qu'un murmure.

Elle dut s'éclaircir la gorge pour répéter d'une façon plus audible. Le médecin jeta un regard las vers Sean et haussa les épaules.

— Je suis désolé.

Tout le monde était désolé.

— Comment le traitez-vous ? demanda MacNeil.

Le médecin détacha le porte-bloc accroché au pied du lit, le consulta et soupira.

— On l'a mis sous stéroïdes. Évolution classique. En SDRA.

Martha s'agrippa au bras de son mari :

— Qu'est-ce que ça veut dire ?

MacNeil le savait. Au début de la crise, tous les policiers avaient reçu des informations sur les symptômes et l'évolution quasiment invariable de cette grippe. Comme toutes les autres, elle commençait par des douleurs musculaires, de la fièvre, des maux de gorge et de la toux. Puis elle dégénérait très vite en une insuffisance respiratoire progressive et irréversible qu'on appelait le syndrome de détresse respiratoire aiguë – ou SDRA. Similaire, au début, à une pneumonie, elle ne réagissait ni aux antibiotiques ni aux antiviraux. Les stéroïdes constituaient le dernier recours, mais même eux avaient peu de chance de stopper l'inflammation progressive qui entraînait une perte de protéines, une fibrose et finalement la mort.

— Ça signifie que tout dépend de la résistance de votre enfant, dit le médecin. De l'efficacité de son système immunitaire pour lutter contre la maladie.

MacNeil regarda le petit garçon souffrant sur son lit. Si petit, si vulnérable. Des adultes mouraient de cette grippe qui fauchait des hommes très robustes. Quel espoir pouvait avoir un enfant ? Submergé par un sentiment d'impuissance, il ferma les yeux. Il était son père, bon Dieu ! Il était censé le protéger, le garder en vie, le voir grandir et devenir adulte. En entendant un nouvel accès de toux impitoyable torturer Sean, il rouvrit les yeux et les sentit se remplir de larmes.

— Combien de temps ?

Le médecin haussa les épaules. Il se sentait tout aussi impuissant que le père du garçon.

— S'il résiste encore une heure, il a peut-être une chance.

III

Dehors, MacNeil retira son masque pour aspirer à pleins poumons l'air froid de janvier. En passant son bras autour des épaules de Martha, il la sentit trembler sous les sanglots qu'elle tentait de retenir. Ils avancèrent dans un état second au milieu des allées et venues, indifférents au monde qui les entourait. Franchirent l'ouverture, descendirent sur Millennium Way. Au bout de la route, il y avait d'autres palissades, une autre ouverture à travers laquelle ils passèrent ; un panneau peint à la main indiquait, à deux cents mètres, le Motel Millennium, proposant hébergement et restauration. Mais ils ne trouvèrent qu'un endroit lugubre, abandonné. Des maisons en brique croulantes et condamnées. Un terrain vague parsemé de débris, de mauvaises herbes, de plantes sauvages qui poussaient entre les fissures du macadam. Un lampadaire rouillé dangereusement incliné. Des monticules de terre empilés le long de l'ancien Ordnance Wharf. Voilà ce qu'était devenu le grand rêve du millennium. Une désolation, une épave, une faillite. Triste reflet de leurs propres vies. Un mariage en lambeaux, un enfant en suspens dans l'infernal intervalle entre la vie et la mort.

Les gratte-ciel de Canary Wharf pointaient à travers la brume, sur l'autre rive de la boucle du fleuve. Précurseurs, du moins leurs architectes l'avaient-ils espéré, d'une nouvelle ère de prospérité et de renaissance. Mais, en réalité, aussi dépourvus d'âme que ceux qui les avaient construits, et maintenant désertés, cernés par la peur.

Un bruit sec éclata de l'autre côté de l'eau et se répercuta en écho au-dessus de son flot lent, maussade. Martha releva la tête, comme un animal flairant l'air.

— Qu'est-ce que c'était ? demanda-t-elle, plus par instinct que par curiosité.

La réponse lui importait peu. C'était juste histoire de dire quelque chose.

— Probablement un coup de feu.

Elle fronça les sourcils.

— Qui a tiré ?

— L'accès à l'île aux Chiens est interdit. Il n'y a pas de grippe là-bas. Une bande de types armés est payée pour s'assurer que personne ne l'y introduit.

La réponse de MacNeil fut tout aussi mécanique. Comme Martha, il éprouvait le besoin de parler, de remplir avec des mots le vide dans lequel ils menaçaient de sombrer, au milieu de pensées indésirables.

— Ils ont le droit ? s'étonna Martha.

L'espace d'une seconde, elle oublia pourquoi ils étaient là.

— Apparemment. On peut quitter l'île si on veut, mais on ne peut pas y revenir. C'est un bras de fer avec l'armée, et le gouvernement semble avoir reculé pour éviter l'affrontement. De temps en temps, on entend des coups de feu. Mais je crois que ce sont juste des rodomontades. À mon avis, si quelqu'un se faisait tuer, on enverrait l'armée.

Il y eut d'autres claquements, puis le silence. Seul le halètement poussif d'un remorqueur tirant vers l'aval une ribambelle de containers jaunes le troublait.

Ils marchèrent pendant plusieurs minutes lentement, sans parler. Puis MacNeil annonça :

— C'est mon dernier jour.

Martha leva vers lui son visage, mais il n'avait pas envie de croiser son regard.

— Comment ça, ton dernier jour ?

— J'ai donné ma démission. Je finis demain matin à sept heures.

— Je ne comprends pas.

Il perçut la confusion dans sa voix.

— Qu'est-ce qu'il y a à comprendre ? Je quitte mon boulot, c'est tout.

— Pourquoi ?

— Parce que tu as obtenu la garde de Sean. Parce que je savais que si je ne prenais pas le temps de le voir maintenant, je ne le prendrais jamais.

Elle resta muette un long moment avant de dire :

— Dommage que tu n'y aies pas pensé plus tôt.

— Ne commence pas.

Il écarta son bras de son épaule et sentit remonter, comme d'habitude, la même vieille colère. Chaque fois qu'ils se disputaient, c'était pareil.

— Je ne veux pas de ça maintenant. Sean est la seule chose qui compte.

— Tu as raison, admit-elle en glissant son bras sous le sien et en le serrant. Excuse-moi. Peut-être que si on avait moins pensé à nous et plus à lui, les choses auraient été différentes.

Différentes pour Sean, certainement, pensa-t-il. Mais il doutait que Martha ou lui-même eussent été plus heureux. Sans l'arrivée imprévue du bébé, leur relation se serait épuisée d'elle-même ; chacun aurait poursuivi son chemin de son côté. Combien de couples se retrouvaient piégés dans des mariages sans amour à cause d'un enfant conçu par négligence ? Quelle injustice pour Sean. Il ne demandait que leur amour, rien de plus. Et bien qu'ils le lui aient donné, cet amour n'avait jamais été inconditionnel. Maintenant que leur fils était mourant, il ne leur restait plus que des regrets et une lourde culpabilité. Ils étaient aussi blâmables l'un que l'autre.

— Qu'est-ce que tu vas faire ? Pour gagner ta vie.

MacNeil secoua la tête. Il évitait d'y penser.

— Aucune idée.

— Peut-être, dit soudain Martha, peut-être que si Sean… s'il s'en sort… on devrait réfléchir à la possibilité d'un nouveau départ. Pour son bien.

Fixant d'un air sombre la brume hivernale glacée, MacNeil eut l'impression de tomber en apesanteur dans l'espace.

— Peut-être, lâcha-t-il sans conviction.

IV

Amy fit glisser son curseur sur le menu déroulant de l'écran et cliqua sur ENVOYER UN MESSAGE INSTANTANÉ. Au préalable, elle avait sélectionné Sam dans sa liste de contacts. Elle tapa très vite :

— *Sam, j'ai envie de leur demander d'essayer d'obtenir une analyse d'ADN à partir de l'échantillon de moelle osseuse récupéré par Tom. Qu'en pensez-vous ?*

En appuyant sur la touche Entrée, elle envoya son message, qui partit dans un bruit de glissement *fffououou-ouff*, et attendit la réponse. Elle avait choisi un portrait d'elle-même pour l'image qui apparaîtrait sur l'écran de Sam avec sa question. Sam, pour sa part, avait choisi la photo colorée d'un perroquet. Amy voulait toujours lui demander pourquoi, mais ensuite elle oubliait à chaque fois pendant la conversation – si on pouvait appeler conversation ce genre d'échange de textes. C'était plus instantané qu'un e-mail, moins contraignant qu'un coup de téléphone. On pouvait laisser la fenêtre ouverte, reprendre la conversation quand on le désirait. Sam et elle s'étaient déjà écrit ainsi plusieurs fois au cours de la journée, après qu'elle eut fait à l'anthropologue un bref exposé sur les ossements.

Un autre *fffououou-ouff* la prévint que Sam avait répondu.

— *Pourquoi ?*

— *Pourquoi l'ADN, ou pourquoi je vous pose la question ?*

— *L'ADN.*

Leurs échanges se caractérisaient souvent par une légèreté presque puérile, seule manière possible, pour deux personnes qui ne s'étaient jamais rencontrées que dans l'éther, d'exprimer leur affection mutuelle. Mais, aujourd'hui, Sam paraissait d'humeur bougonne. Les doigts d'Amy coururent sur le clavier.

— *Il y a une petite chance pour qu'elle figure dans la base de données ADN.*

— *Si elle vient d'un pays émergent comme vous le pensez, c'est peu probable.*

— *Exact, mais on s'en mordrait les doigts si jamais on découvrait qu'elle y était. Il ne faut jamais rien négliger, c'est ce que vous me répétez toujours.*

— *On n'obtiendra presque rien de la moelle.*

— *On pourrait prendre la pulpe d'une dent.*

— *Je croyais que le crâne était chez vous.*

— *Oups, oui. Donc, l'os. Je pourrais demander à Tom de prélever un bout du fémur. En fait, il l'a probablement déjà découpé pour extraire la moelle.*

Il y eut une longue pause. Amy regarda le curseur clignoter dans le vide sur son écran. Puis, la réponse de Sam :

— *Ça vaut la peine d'essayer.* (Une autre pause.) *Quels autres tests Tom a-t-il demandés ?*

— *Je ne sais pas. Toxicologie, sans doute.*

— *Ça ne donnera pas grand-chose. Des résultats plus qualitatifs que quantitatifs. S'il y a une trace de drogue, elle sera infime. Ça ne nous renseignera pas sur la dose.*

Amy hocha la tête, comme si Sam pouvait la voir. Elle savait que son mentor avait raison. C'était frustrant. On avait toujours l'impression que les os pourraient vous en apprendre beaucoup plus sur un individu.

— *OK, merci, Sam. À plus tard.*

Elle regarda, à l'autre bout de la pièce, le moulage qu'elle avait réalisé du crâne de Lyn. Même sans la chair qui la faisait ressortir, la fente du maxillaire constituait une défiguration importante, remplaçant par un axe rectiligne les dents normalement placées à cet endroit. Elle saisit le levier du bras droit de son fauteuil et se propulsa en douceur vers la table installée devant la fenêtre. Elle avait percé les trous et collé les chevilles. Maintenant que la colle était sèche, elle pouvait s'atteler à la construction des couches de « muscles » qui donneraient au visage sa définition et sa personnalité. Elle commença à préparer les bandes de Plastiline, sans parvenir toutefois à se débarrasser de sa frustration.

Ce sentiment, qu'elle éprouvait fréquemment, et qui la déprimait souvent, provenait de son incapacité à exercer son métier, à effectuer les choses pour lesquelles elle avait été formée, à réaliser le travail qu'elle avait appris à aimer. Son cerveau était toujours clair et vif, ses doigts n'avaient rien perdu de leur habileté, mais sa mobilité réduite l'empêchait dorénavant de remplir ses fonctions d'experte en odontologie légale. Il y avait des choses qu'elle ne pouvait tout simplement pas faire en fauteuil roulant. Elle continuait à donner des conférences, bien sûr, mais cela ne lui avait jamais beaucoup plu. Elle haïssait la sympathie qu'elle lisait dans le regard des autres et qui, d'une certaine manière, affaiblissait la valeur de son propos.

Elle avait écrit des articles, publié des travaux de recherche. Le FSS recherchait ses conseils, et plus d'une fois des enquêteurs appartenant à des services extérieurs à la Met lui avaient demandé son avis. Elle avait même entrepris de se spécialiser en contusions, à la fois chez les vivants et les morts. Les traces d'instruments, comme on les appelait – marques laissées par une bague dans un assassinat, une boucle de ceinture lors d'un viol, une arme blanche pendant une rixe. Les principes d'analyse étaient identiques à ceux des marques de morsure qui avaient toujours été l'une de ses spécialités – et rien ne l'empêchait de travailler en fauteuil roulant. Néanmoins, ses limites la frustraient.

Elle s'était pourtant toujours efforcée de ne pas céder à l'apitoiement. Trop facile. Chassant la frustration de ses pensées, elle posa la première bande sur la pommette. C'est alors qu'une idée lui vint à l'esprit, et elle se demanda pourquoi elle n'y avait pas pensé plus tôt.

Attrapant le téléphone, elle composa le numéro de Tom, enregistré dans la mémoire. La sonnerie retentit un moment à l'autre bout de la ligne, puis elle entendit :

— Quoi !?

Il n'avait pas l'air content.

— Tom ?

— Bon sang, Amy, je venais juste de m'endormir. La garde a été très longue et je reprends ce soir à sept heures.

— Désolée, je n'ai pas réfléchi. Tu peux parler ?

Couvrant le téléphone avec sa main, Tom eut un échange étouffé avec une autre voix masculine. Puis il reprit :

— Tu tombes plutôt mal.

— Bon, je te rappellerai plus tard.

— C'est important ? demanda-t-il, radouci.

— Ça peut attendre.

Il poussa un grand soupir.

— Oh, merde, Amy, ça y est, je suis réveillé maintenant. Alors, autant m'en parler tout de suite. (Sa voix s'éloigna.) Je t'écoute, je vais juste me préparer une tasse de thé. Comment ça se passe avec le crâne ?

— Bien.

— Tu lui as donné un visage ?

— Hé, arrête, je ne suis pas aussi rapide. Ça prend plusieurs heures. (Elle marqua une pause.) Tom, quels tests as-tu demandé de réaliser sur la moelle osseuse ?

— Merde ! s'écria-t-il en même temps que retentissait un bruit de vaisselle cassée, suivi d'un nouvel échange étouffé. Tu sais, Amy, finalement, j'ai pensé que ça n'en valait pas la peine. Je veux dire que rien de ce qu'on obtiendrait d'une analyse toxicologique ne serait réellement concluant.

— C'est aussi l'avis de Sam.

— Tu en as discuté avec Sam ?

— Oui. Il ne fallait pas ?

— Si, si.

— On s'est dit qu'on pourrait obtenir un échantillon d'ADN à partir de la moelle.

— C'est possible. Mais je ne vois pas très bien à quoi ça servirait, à moins de pouvoir le comparer à quelque chose.

— Et j'ai aussi eu une autre idée. On pourrait aussi faire un test virologique. Un PCR. Pour voir si elle a eu la grippe.

— La moitié de cette putain de ville a eu la grippe ! riposta Tom, que l'idée d'Amy ne semblait pas impressionner outre mesure.

— Oui, mais c'est peut-être ça qui l'a tuée.

— Et pourquoi aurait-on cherché à le cacher ?

— Je n'en sais rien, dit Amy en haussant les épaules. Il me semble juste que ce serait bien de le savoir. Je veux dire que, puisque les informations qu'on va obtenir de ce squelette seront assez limitées, on aurait peut-être intérêt à découvrir tout ce qu'on peut.

Elle l'entendit soupirer de nouveau.

— Tu sais quoi ? Et si tu appelais Zoe pour lui demander de s'en occuper ? Cette petite pétasse aura au moins un truc à faire au lieu de passer ses journées à fumer dehors sur les marches.

V

Le vent avait forci. Il s'était chargé au passage de l'air froid et humide de l'estuaire qu'il entraînait avec lui le long du fleuve jusqu'au cœur de la ville.

MacNeil et Martha refirent en sens inverse le tour du Dôme. L'heure s'était écoulée très lentement ; MacNeil avait tenu à attendre quinze minutes de plus. Rien ne servait d'y retourner trop tôt. En réalité, c'était juste une manière de différer les nouvelles que ni l'un ni l'autre ne voulaient entendre. L'ignorance laisse la place à l'espoir.

Un groupe de soldats, fusil en travers de la poitrine, les dépassèrent au pas de course, des jeunes garçons aux yeux effrayés derrière les masques à gaz, fournis par l'armée, conçus pour une guerre biologique en Irak qui ne s'était jamais concrétisée puisqu'aucune arme de destruction massive n'avait été découverte. Juste après la courbe du Dôme, à quelques entrées de la leur, ils virent les fourgons noirs banalisés prêts à emporter les morts vers les centres officiels d'élimination. Les crématoriums municipaux de toute la ville étant débordés, le gouvernement avait mis au point des installations de secours afin d'éliminer les corps qui s'accumulaient. Il y en avait des milliers en attente chaque jour, et aucun endroit où les garder. Si on ne les brûlait pas dans les vingt-quatre heures, on s'exposait à un risque sanitaire. Les enterrements familiaux étaient proscrits. On avait même interdit les services religieux à cause des risques de propagation de l'épidémie dans les réunions publiques. Le gouvernement avait promis d'organiser des cérémonies commémoratives à une date ultérieure. Le processus de deuil ne pouvait donc pas s'accomplir, et la détresse des familles frisait l'insupportable.

Les doubles portes de l'entrée C étaient toujours grandes ouvertes. Une nouvelle infirmière avait remplacé la précédente derrière le bureau ; engagée dans une conversation très sérieuse avec un groupe d'aides-soignants, elle ne les vit pas passer. MacNeil guida Martha à travers le labyrinthe, en suivant les flèches jaunes jusqu'à la section 7B. Les lits étaient tous occupés. Quatre enfants. Sean n'en faisait pas partie.

— Où est-il ? s'alarma Martha en s'accrochant à son mari.

Dans la section voisine, un médecin rattachait une perfusion sur le poignet d'une fillette. Ce n'était pas le jeune homme auquel ils avaient parlé plus tôt. MacNeil le saisit par le bras :

— Le garçon qui était dans le lit de droite de la 7B, où est-il ?

Irrité par cette agression, le médecin se libéra d'un mouvement brusque et jeta un coup d'œil vers l'allée séparant les sections.

— Le garçon brun ?
— Oui.
— Il est mort.

CHAPITRE 7

Debout dans la chambre de son fils, MacNeil regardait par la fenêtre, au fond du jardin, la balançoire qu'il avait montée et scellée dans la pelouse avec du ciment. Il entendait encore Sean hurler de joie, à la fois terrifié et ravi, quand il le poussait de plus en plus haut. *T'arrête pas, papa, t'arrête pas !*

Un train passa avec fracas de l'autre côté de la clôture en bois ; la vibration secoua toute la maison. C'était une chose qu'ils ne remarquaient même plus.

MacNeil laissa retomber le rideau et se retourna vers l'intérieur de la pièce. Les posters des joueurs d'Arsenal sur les murs, l'écharpe rouge et blanche sur le dossier d'une chaise, les fanions suspendus à un fil d'un angle à l'autre du plafond. Il entendit Martha sangloter dans la pièce voisine. Sous le coup d'un brusque débordement de frustration, il shoota dans le ballon de foot de Sean, qui rebondit sur la commode et renversa un cadre. C'était une photo de vacances en famille sur la Costa Brava qu'ils avaient fait agrandir. Tous les trois accroupis sur le sable devant une plage bondée, le soleil étincelant sur une mer d'un bleu incroyable. Ils avaient demandé à une jeune femme de les photographier avec leur appareil, et le résultat s'était révélé excellent. Un instant de bonheur immortalisé. Maintenant perdu à jamais.

La photo dans la main, il s'assit au bord du lit de Sean, et pensa à ses propres parents pour la première fois depuis très longtemps. Curieusement, la perte de son enfant rendait futile et stupide sa brouille avec eux. Nous n'avons qu'une vie tous autant que nous sommes, et elle est trop courte pour la gâcher par une chose aussi destructrice que la colère.

Maintes fois il s'était répété que ce n'était pas sa faute, mais il savait qu'il n'avait rien fait pour favoriser la réconciliation. Il n'avait jamais été proche de ses parents ; au début il les appelait de temps en temps de Londres. Et chaque fois il entendait ce ton aigre. Ces piques voilées. Comme c'était gentil de donner de ses nouvelles – sous-entendant par là qu'il aurait pu appeler plus tôt. Sa mère était la reine des reproches acides délivrés avec un sourire mielleux.

Lorsque Martha lui avait appris qu'elle était enceinte, il avait repoussé le moment de leur annoncer la nouvelle. Il savait qu'ils désapprouveraient ; d'ailleurs, ils ignoraient qu'il vivait avec quelqu'un. Dans leur monde, le sexe avant le mariage était un péché. Or plus il reculait, plus ça devenait difficile. Au point qu'il décida de les mettre au courant seulement après son mariage – un mariage civil à Londres, avec un couple d'amis comme témoins.

Le jour où il avait fini par leur en parler, ses parents avaient été terriblement offensés. Non seulement parce qu'il n'avait pas prononcé ses vœux devant Dieu, mais parce qu'ils n'avaient pas été invités au mariage. Le mariage de leur propre fils. Alors, l'arrivée prématurée d'un bébé fut la goutte d'eau qui fit déborder le vase.

Il n'avait emmené Martha et le bébé dans le Nord qu'une seule fois. Un voyage qu'il redoutait, et non sans raison. L'atmosphère avait été épouvantable. Si ses parents avaient fait le maximum pour cajoler leur petit-fils, ils s'étaient montrés très froids avec MacNeil, et tout juste polis avec Martha. La veille de leur départ, ils avaient eu tous les trois une explication pendant que la jeune femme sortait promener le bébé dans sa poussette. Au cours de cette confrontation sombre, épineuse, douloureuse, les non-dits furent presque pires que les paroles. Il n'était jamais retourné là-bas.

À présent, assis sur le lit où son fils ne dormirait plus, il pensait pour la première fois à eux sans colère. Se souvenait de choses qu'il avait oubliées. Des choses de son enfance. Rires, gentillesse, protection. Il s'était toujours senti en sécurité auprès d'eux, à l'abri d'un amour réel malgré sa sévérité et son manque de chaleur. Très écossais, très presbytérien. On pouvait ressentir de l'affection pour quelqu'un, mais on ne devait surtout pas le montrer.

Il sortit son téléphone de la poche de sa veste et l'alluma. Un signal l'avertit qu'il avait reçu plusieurs messages. N'ayant aucune envie de les écouter, il fit défiler à la place les numéros en mémoire jusqu'à celui de ses parents. Il aurait dû le connaître par cœur, mais non. Autre signe de leur éloignement – après son départ, ils avaient déménagé, et il ne s'était jamais senti chez lui dans leur nouvelle maison. Chez lui, c'était celle où il avait grandi ; il leur en voulait un peu de l'avoir vendue.

Quasiment anesthésié, il écouta le téléphone sonner dans un endroit distant de près de mille kilomètres. Une autre époque, un autre monde. Il ne savait pas trop pourquoi il éprouvait le besoin de les appeler. Peut-être voulait-il simplement se lover à nouveau dans l'enfance, isolé de la réalité, sans responsabilité. Son père décrocha. Très correct, très précis, annonçant son numéro en entier.

— Papa, c'est Jack.

Il y eut un long silence à l'autre bout du fil.

— Bonjour, Jack. Que nous vaut cet honneur ?

— Sean est mort, papa.

Cette fois, le silence fut interminable. Puis, finalement, il entendit son père prendre une profonde et lente inspiration et déclarer d'une petite voix :

— Je vais chercher ta mère.

Sa mère mit plus d'une minute à venir au téléphone. Sa voix tremblait quand elle dit :

— Oh, mon fils…

Et les larmes roulèrent sur les joues de MacNeil.

En sortant de la chambre, il trouva Martha dans le couloir. À sa façon de le regarder, il comprit qu'elle savait qu'il avait pleuré.

— À qui parlais-tu ?

— À mes parents.

Il la vit se raidir.

— Et qu'est-ce qu'ils ont dit ?

— Pas grand-chose.

— Ils n'ont pas suggéré que c'était Dieu qui nous punissait ?

Il détourna les yeux.

— Non.

Ils restèrent un long moment face à face sans parler.

— Il faut que je parte, dit enfin MacNeil.

— Travailler, je suppose.

Son ton était lourd d'accusation.

— Une petite fille a été assassinée.

— Ton fils est mort, Jack.

— Je ne peux rien y changer. Je ne peux même pas en vouloir à quelqu'un.

Les bras croisés sur la poitrine, elle avait du mal à se maîtriser. Puis ses yeux rougis d'avoir tant pleuré se remplirent à nouveau de larmes.

— Reste.

— Je ne peux pas.

— Tu ne veux pas.

Il secoua la tête.

— Je ne peux pas, Martha. De toute façon, je ne suis pas certain que ça servirait à quelque chose.

Il la frôla au passage en se dirigeant vers la porte. Puis il s'arrêta et se retourna :

— N'est-ce pas ?

Toute tension quitta Martha qui se sentit privée de force.

— Peut-être pas.

— Prends du FluKill. Je ne dois le rendre que demain.

Elle sortit le flacon de sa poche, le considéra un instant, fit demi-tour et gagna la salle de bains dont elle ouvrit la porte en grand. Là, elle dévissa le couvercle et jeta les comprimés dans les toilettes. Puis, elle dit en lançant un regard de défi à MacNeil :

— Au diable, ce putain de FluKill. J'espère bien attraper la grippe. Et en mourir.

Sur ce, elle tira la chasse d'eau, noyant tout espoir de salut.

CHAPITRE 8

I

Les pavillons, ou oreilles externes, restaient les derniers éléments à placer sur la reconstruction faciale de l'enfant qu'Amy avait baptisée Lyn.

La bouche lui avait pris le plus de temps. Normalement, la jonction entre les canines et les premières prémolaires détermine la position des coins de la bouche. Chaque lèvre devrait avoir une hauteur égale à la façade émaillée des incisives supérieures et inférieures. Mais dans le cas présent, le palais fendu avait déformé le maxillaire supérieur à tel point qu'elle s'était vue obligée de recourir à son imagination, en sus de son expérience, pour restituer la déformation de la lèvre supérieure.

Elle avait passé plus d'une heure à la façonner, avec une telle concentration que ce fut seulement en se reculant pour la juger d'un œil critique que sa laideur la choqua. Violemment. Si, avant, elle ressentait de l'empathie pour cette enfant, à présent, c'était une compassion sans limite.

Avec délicatesse, elle ajouta les parties charnues des oreilles. Aucun indice sur le crâne ne permettait d'en déterminer les proportions. Le nez servait de guide général à la fois pour la taille et la position, mais ce ne serait jamais qu'une approximation. Quant aux cheveux, impossible d'en deviner la longueur ni le style. Amy savait que, par leur couleur et leur consistance, ils devaient ressembler aux siens, mais étaient-ils courts ou longs, coiffés en couettes ou en queue-de-cheval, on ne le saurait probablement jamais.

Amy, quant à elle, avait toujours eu les cheveux longs. Ils étaient superbes, d'un beau noir brillant, et elle en avait toujours été très fière. Jusqu'à cette fête de la fac de médecine où, stupidement, à la fois par bravade et sous l'effet de l'alcool, elle s'était mis en tête de les couper court, hérissés en épis. Toute seule. Un vrai désastre. Lorsqu'elle s'était réveillée le lendemain, sobre mais avec la gueule de bois, elle avait fondu en larmes en se regardant dans la glace, et continué à pleurer pendant près d'une heure avant d'aller s'acheter une perruque aux cheveux noirs et longs. Mais, comme elle n'arrivait jamais à la mettre correctement, elle s'était finalement résignée à attendre qu'ils repoussent.

Cette perruque se trouvait toujours quelque part au fond de sa penderie, au premier étage ; quand elle eut terminé les oreilles, elle descendit la chercher. En ressortant de sa chambre, elle trouva MacNeil sur le palier.

D'abord étonnée de le voir, elle comprit aussitôt que le pire était arrivé.

— Oh, Jack, non…

— Ne t'approche pas. Je risque d'être contaminé. Je voulais juste… enfin, je ne pouvais pas supporter de te l'apprendre au téléphone.

— Je ne sais pas quoi dire, Jack.

Il avait l'air totalement désarmé. Comme un petit garçon. Une force de la nature réduite à néant par la tragédie.

— Il n'y a rien à dire.

C'était vrai. Il n'existait aucun mot capable d'exprimer ses sentiments. Elle avait envie de lui montrer ce qu'elle éprouvait, de le serrer dans ses bras, seul réconfort qu'elle pût lui offrir. Mais, rien que par son langage corporel, il était évident qu'il refusait qu'elle s'approche trop de lui.

— Tu as prévenu Laing ?

Il secoua la tête.

— Il n'arrête pas de me laisser des messages depuis trois heures. (Il regarda sa montre.) Il faut vraiment que j'y aille.

— Tu ne comptes quand même pas retourner travailler ? s'exclama-t-elle, choquée.

— Qu'est-ce que je peux faire d'autre, Amy ? J'ai besoin de me concentrer sur quelque chose. Quelque chose qui m'empêche de penser, qui me donne une raison de continuer.

Levant les yeux vers le haut de l'escalier, il ajouta :

— Tu l'as terminée ?

— La première ébauche. J'allais lui essayer cette vieille perruque que je garde dans un coin. Tu veux monter voir ?

Depuis l'autre bout du grenier, il regarda Amy, devant la fenêtre, se pencher sur la table pour placer la perruque sur la tête qu'elle venait de reconstituer. Cela lui prit une bonne minute, le temps de l'ajuster et de l'arranger à sa convenance. Puis il entendit gémir le moteur électrique du fauteuil roulant et la vit s'écarter pour lui révéler le fruit de son travail.

L'espace d'un instant, MacNeil fut obnubilé par la malformation de la lèvre supérieure, puis ses yeux passèrent outre et virent le visage d'une enfant. Un visage plein d'innocence et de jeunesse. Plus rond que celui d'Amy, avec un front plus plat, peut-être caractéristique d'un sous-type asiatique. Elle avait réussi à lui donner vie, à saisir son âme parmi tous ces os. Ces os ramassés à l'aube dans un sac de sport en cuir, dans un parc londonien. Sean était encore en vie à ce moment-là, MacNeil avait encore une raison de mettre un pied devant l'autre. À présent, il était sûr de vouloir, plus que tout au monde, découvrir l'assassin de cette petite fille.

*

Juste au moment où il sortait, son téléphone sonna. Un coup d'œil à l'écran lui apprit que c'était Phil, le technicien de la police scientifique qui lui avait montré le ticket de métro retrouvé sur le chantier d'Archbishop's Park. Il décrocha.

— Jack, j'ai appelé au bureau, mais on m'a dit qu'on ne t'avait pas vu depuis plusieurs heures.

— Qu'y a-t-il, Phil ?

— On a relevé une date sur la bande magnétique. Aucune idée de l'importance que ça peut avoir. Le 15 octobre. Deux semaines avant le début du plan d'urgence.

MacNeil ne voyait pas en quoi ce détail pouvait être pertinent. Il leva la tête vers Amy, qui le regardait du haut de l'escalier, puis demanda :

— C'est tout ?

— Euh, non. On a réussi à prélever une empreinte de pouce partielle. Suffisante pour établir une comparaison, si on trouve de quoi la faire. On interroge l'AFIS*.

Il paraissait peu probable qu'une empreinte partielle de pouce découverte sur un ticket de métro vieux de trois mois, jeté puis retrouvé sur un chantier, les mène quelque part. Mais si son propriétaire était enregistré dans l'ordinateur, l'AFIS établirait très vite le rapprochement.

MacNeil raccrocha et ouvrit la porte.

— Jack.

La voix d'Amy le fit se retourner sur le seuil. L'angoisse crispait son visage.

— Prends ton FluKill tout de suite. N'attends pas de voir si tu as des symptômes.

Il hocha la tête.

— D'accord, dit-il en sortant.

— Jack !

Son ton était si impérieux qu'il se retourna de nouveau.

— Promets-le-moi.

Il inspira profondément. Il détestait lui mentir.

— Promis.

Dehors, il jeta un coup d'œil au ciel tavelé gris et violet qui crachait des petites gouttes de pluie. Il se revit, impuissant, dans l'entrée de la maison de Forest Hill pendant que Martha jetait les comprimés aux toilettes. On disait que vingt-cinq pour cent de la population

* AFIS : Automated Fingerprint Identification System (Fichier automatisé d'empreintes digitales).

attraperait la grippe, dont soixante-dix à quatre-vingts pour cent ne survivraient pas. Lui-même ayant été directement exposé au virus, ses chances étaient minces.

II

Amy roula son fauteuil à travers le vaste espace du grenier, le gémissement du moteur perçant un silence chargé de tristesse et de regret. Les nuages paraissaient plus épais, l'après-midi encore plus sombre. Mais elle se sentait incapable de supporter l'éclat des lampes électriques.

La lumière provenant de la fenêtre jetait des ombres profondes sur le visage de Lyn et l'animait d'une manière très particulière. Du fond de ces ombres, la petite fille la regardait. De loin, les cheveux semblaient vrais. Seule la couleur mastic de la pâte à modeler révélait que la tête avait été sculptée avec des matériaux inanimés. Amy se sentait impuissante. Elle avait redonné à l'enfant son visage, mais pas son identité ; et elle ne pourrait rien faire de plus. Piégée dans son fauteuil roulant pendant que les autres chercheraient son assassin.

Elle se demanda si les choses redeviendraient comme avant entre elle et MacNeil. Le chagrin avait le pouvoir de transformer les gens, de les traumatiser à vie. Surtout la perte d'un enfant. Et puis il y avait la possibilité, très réelle, que l'un des deux, voire les deux, attrapent la grippe. Enfermée dans sa tour d'ivoire embaumant jadis la cannelle et le clou de girofle, elle pouvait facilement oublier les gens qui, dehors, dans le monde réel, le monde des valides, mouraient par milliers. Par dizaines de milliers.

La sonnette de la porte d'entrée brisa le silence et la fit sursauter. Elle crut une seconde que MacNeil revenait, qu'il avait peut-être oublié quelque chose. Mais il ne sonnerait pas, bien sûr, puisqu'il avait une clé. Elle se propulsa jusqu'à l'interphone et souleva le combiné :

— Oui ?

— C'est Tom.

Il connaissait le code de la grille.

— Monte.

Après avoir appuyé sur le bouton, elle attendit quelques secondes, le temps qu'il ouvre la porte. Puis elle l'entendit gravir les marches, et le vit apparaître dans le grenier, le visage pâle, les traits tirés.

— Que se passe-t-il ? demanda-t-elle, pleine de sollicitude.

— Oh, comme d'habitude.

— Harry ?

— C'est parce que je travaille la nuit en ce moment. On dirait qu'il est tout bonnement incapable de rester seul à la maison. Avant, je m'inquiétais à cause du sida, maintenant je me demande ce qu'il pourrait me rapporter d'autre.

— Où va-t-il ?

— Dieu seul le sait. Il ne me raconte rien. Après ton coup de fil, on s'est engueulés et je n'ai pas pu me rendormir.

— Je suis désolée. C'est ma faute. Je n'aurais pas dû t'appeler chez toi.

Tom eut un geste dédaigneux de la main.

— Ça couvait depuis plusieurs jours. Il fallait bien que ça explose à un moment ou un autre. (Il se dirigea vers la cuisine.) Tu permets que je me fasse du thé ?

— Je t'en prie.

— Tu en veux ?

— Non, merci, dit-elle en secouant la tête.

Elle l'observa un moment, pendant qu'il préparait son thé, dans un étrange silence boudeur. Puis, mug en main, il s'approcha de la fenêtre pour observer le travail d'Amy. La tête penchée sur le côté, il contempla pendant plusieurs minutes celle de l'enfant.

— Qu'est-ce qu'elle est laide, finit-il par lâcher.

Aussitôt sur la défensive, sans pouvoir s'expliquer pourquoi, Amy protesta :

— Non, elle n'est pas laide. Elle a même quelque chose de beau. Une sorte de sérénité. Si quelqu'un avait voulu dépenser de l'argent pour elle, sa lèvre aurait pu être opérée et améliorée. Il ne faut pas t'arrêter à ce détail.

— Hé, ce n'est que de la pâte à modeler, répliqua Tom en lui jetant un regard intrigué. Elle n'est pas vivante.

Amy détecta dans son ton un soupçon d'antagonisme.

— Elle l'a été.

Il sirota son thé d'un air songeur, sans la quitter des yeux, jusqu'à ce qu'elle se sente gênée d'être ainsi fixée.

— Alors, qu'est-ce qu'il faisait ici ?

— Qui ?

— Oh, allez. Tu sais bien de qui je parle. MacNeil. Je l'ai vu sortir d'ici.

Amy se sentit rougir.

— Il est venu voir la tête.

— Oh ? Et lui aussi, il l'a trouvée belle ?

— Ne sois pas ridicule.

— Ah, parce que je suis ridicule ? Depuis quand des policiers viennent chez toi pour admirer tes reconstructions faciales ?

Elle ne dit rien.

— Je me suis posé des questions ce matin, quand tu m'as dit qu'il s'était séparé de sa femme. Tu avais l'air de connaître beaucoup de choses sur lui. (Il marqua une pause.) Que se passe-t-il, Amy ?

Elle ne voulait pas lui mentir.

— Ça ne te regarde pas, Tom.

— Mais Amy, c'est l'*homme singe* ! Un stupide primate qui déteste les gays. Je ne peux pas croire que tu aies une liaison avec lui.

— Pourquoi pas ?

— Eh bien, d'abord, parce que tu ne m'en as jamais parlé. Je croyais que j'étais censé être ton meilleur ami.

— Tu l'es.

— Plus maintenant, apparemment.

— Maintenant, tu es vraiment ridicule.

— Ah oui ? Et comment crois-tu qu'on peut coexister, Amy ? Toi, moi et l'*homme singe* ?

— Il n'est pas comme tu l'imagines, protesta Amy, tout en sachant que la situation lui échappait.

Un rire jaune fusa des lèvres de Tom.

— Ben non, bien sûr !

— Je t'assure ! Il n'est pas homophobe. Il ne te déteste pas ; il ne te comprend pas, c'est tout. Peut-être qu'il a même un peu peur de toi.

— Oh, oui, il en tremble.

Amy sentit la colère monter en elle.

— Tu es tellement obsédé par ta sexualité, Tom, que tu la laisses prendre le pas sur tout le reste. Tu es gay, fier de l'être, tu veux que le monde entier le sache – très bien. Mais tu le balances à la figure des gens sans te rendre compte à quel point ça peut être intimidant, ou même embarrassant. Surtout pour un garçon presbytérien des Highlands d'Écosse.

Tom la foudroya du regard et lança, hors de lui :

— Tu m'as menti !

— Non ! Je ne t'ai rien dit, c'est tout.

— Ce qui est un mensonge par omission. Les amis ne font pas ça. Les amis se disent tout.

— Et tu aurais approuvé, je suppose ?

— Bien sûr que non.

— Donc, en d'autres termes, je n'ai pas le droit de fréquenter quelqu'un sans ton approbation.

— Pas l'*homme singe*, merde ! Qu'est-ce que tu lui trouves, bon sang ? Et je me demande surtout ce qu'il te trouve ?

Ces mots lui avaient échappé avant qu'il puisse les retenir.

Amy devint pâle comme la mort ; tout son univers se concentra dans un silence si lourd de douleur qu'elle fut incapable de parler avant plusieurs secondes.

— À une infirme, tu veux dire ? Qu'est-ce qu'il peut trouver à une infirme ?

Sa voix était très calme et ténue.

Les joues de Tom s'empourprèrent.

— Non. Non, ce n'est pas ce que je voulais dire.

— Tu ferais mieux de t'en aller.

— Amy…

— Pars, Tom. S'il te plaît. Va-t'en avant que l'un de nous deux n'en dise davantage.

Il parut prendre conscience de l'impossibilité de faire marche arrière. Du moins pour le moment. Les ponts avaient été coupés. Il posa sa tasse sur la table et dit :

— Je regrette, Amy. Je regrette d'être venu.

III

Le soir où ils s'étaient rencontrés, ou du moins le soir où tout avait commencé, personne n'avait été plus étonné qu'Amy par la tournure des évènements. Ils s'étaient déjà croisés plusieurs fois au labo et elle savait qu'il existait une certaine animosité entre Tom et lui, mais elle en ignorait la raison. Elle venait de commencer à travailler en free-lance pour le FSS ; MacNeil était juste un policier parmi d'autres. Un grand Écossais taciturne qui se conduisait comme si elle n'existait pas. Jusqu'à la fête organisée par le bureau.

C'était Tom qui l'avait persuadée d'y participer. Quelqu'un s'en allait, une salle avait été réservée dans un bar à vin de Soho pour le pot d'adieu. Amy n'avait qu'à laisser sa voiture au garage pour pouvoir boire, et comme la plupart des taxis londoniens étaient équipés de rampes pour fauteuil roulant, elle n'avait aucune raison de ne pas venir.

Elle se sentait intimidée, mal à l'aise. Travaillant à Lambeth Road depuis quelques semaines seulement, ne connaissant pas beaucoup de monde, elle était restée collée à Tom pendant tout le début de la soirée. À son habitude, Tom avait beaucoup trop bu et trouvé en très peu de temps un partenaire avec lequel il avait disparu dans la nuit, laissant Amy se débrouiller seule. Elle s'était ainsi retrouvée isolée dans un coin devant son verre de vin vide, sans que quiconque lui propose de le remplir. Jusqu'à ce qu'une ombre immense tombe sur sa table et qu'elle lève les yeux sur MacNeil, qui la regardait.

— Vous en voulez un autre ?

En réalité, Amy avait surtout envie de partir, mais voilà que *l'homme singe* de Tom lui offrait un verre. Très gentiment, en plus. Comment pouvait-elle refuser ?

Revenu avec un pinot grigio pour elle et un whisky pour lui, il s'assit à sa table :

— Vous ne semblez pas vous amuser beaucoup.

— Vous non plus.

— Non.

— Pourquoi êtes-vous venu, alors ?

Il haussa les épaules.

— Ça fait partie des obligations sociales.

— C'est la première fois que j'entends un policier parler d'obligations sociales, dit-elle en riant.

Il eut un sourire triste.

— Ah, aujourd'hui, dans la police, on aime employer des grands mots. Vous savez ce qu'est un espace défendable ?

— Aucune idée.

— C'est un jardin.

— Vous plaisantez ? s'esclaffa-t-elle.

Il se raidit aussitôt, prit une expression grave et s'adressant sur un ton solennel à un juge imaginaire, dit :

— Votre Honneur, j'avançais sur le sentier sud où je me dirigeais en direction de l'ouest lorsque l'accusé, accompagné de plusieurs agresseurs inconnus, surgit de l'espace défendable localisé à l'extrémité de l'axe routier. (Puis il se détendit et sourit.) Vous savez, on nous envoie suivre des cours de langue étrangère pour apprendre à parler comme ça.

— Vous semblez la maîtriser parfaitement, celle-là.

— J'ai toujours été bon en langues. Je me débrouille pas mal en argot, aussi.

— J'aime bien votre accent.

— C'est vrai ? La plupart des gens se moquent de moi. En Écosse, on me traite de *teuchter*. C'est-à-dire crétin des Highlands, pour votre gouverne.

— Je suis ravie de le savoir. Et vous en êtes un ?

— Un quoi ?

— Un crétin des Highlands.

— Oh, oui. Y a pas plus crétin.

Elle l'observa comme si elle le voyait pour la première fois. Il paraissait étonnamment ouvert. Sans angles ni biais et, visiblement, toujours prêt à se tourner en dérision. Il avait une carrure puissante, des mains immenses qui, elle en était sûre, pourraient faire très mal s'il choisissait de les utiliser comme des armes ; pourtant elle percevait quelque chose d'irrésistiblement délicat dans sa manière d'être. C'est en regardant ses doigts qu'elle remarqua l'alliance.

— Vous êtes marié depuis longtemps ?

— Huit ans.

— Des enfants ?

Il eut un sourire plein d'affection en répondant :

— Oui, un p'tit gars. Huit ans. Un gamin génial.

— Comment s'appelle-t-il ?

— Sean. Comme son père.

La voyant froncer les sourcils, il expliqua :

— Sean est l'équivalent irlandais de John, mais je préfère Jack. Mon père s'appelle Sean, vous comprenez. Son père aussi, et le père de son père. Beaucoup trop de Sean dans cette famille aux racines irlandaises qui remontent je ne sais où. Mais je n'ai pas pu me résoudre à rompre la tradition ; c'est Martha qui a dit, pourquoi pas Sean ? J'ai trouvé ça bien.

— Martha, c'est votre femme ?

— Oui.

La soirée se terminait. Quelqu'un du labo de toxicologie vint leur proposer de se joindre à un petit groupe qui allait manger un curry. Amy préférait rentrer. MacNeil lui aussi devait partir.

— Je vais vous chercher un taxi, si vous voulez.

— Merci.

Elle le laissa l'aider à sortir avec son fauteuil roulant. Dehors, la nuit d'été était douce, les rues remplies de consommateurs quittant les bars et les pubs. MacNeil la pilota jusqu'au coin de la rue où une bande de loubards qui parlaient en langue slave buvaient des canettes de Foster's. L'un d'eux regarda Amy et fit un commentaire qui déclencha les rires des autres. Aussitôt, MacNeil le saisit par le col de sa chemise et le souleva presque du sol. Sa canette explosa sur le trottoir.

— Si tu as quelque chose à dire, petit, dis-le. Et dans un langage compréhensible.

Surpris, ses copains se mirent aussitôt sur la défensive mais, méfiants, restèrent à une certaine distance.

— Non, Jack. S'il vous plaît, intervint Amy.

À contrecœur, MacNeil lâcha le garçon et le poussa dans les bras de ses amis.

— Désolé, dit-il à Amy, l'air gêné.

Tandis qu'il la poussait le long de Shaftesbury Avenue, elle demanda :

— Pourquoi avez-vous fait ça ?

— Je ne supporte pas l'injustice.

— Qu'avez-vous imaginé qu'il disait ?

— Quelque chose de déplaisant. Sur vous.

— On s'y habitue. Toute ma vie on m'a traitée de « chinetoque », parfois de « bridée ». Ou pire. Maintenant, c'est « asiate cul-de-jatte ».

Tout en disant cela, elle pensa qu'elle devait sembler amère. Et elle ne le voulait surtout pas. Elle avait vu ce que l'amertume pouvait faire aux gens.

Sur Shaftesbury Avenue, elle héla un taxi. Le chauffeur s'excusa. Il n'avait pas de rampe.

— On attendra le prochain, dit Amy.

— Inutile, protesta MacNeil.

Il la souleva de son fauteuil comme si elle ne pesait rien, une enfant dans ses bras puissants, et l'installa sur la banquette avant de s'occuper du fauteuil.

— Je viens avec vous. Comme ça, il n'y aura pas de problème à l'arrivée.

En chemin, alors qu'ils traversaient la ville, elle le remercia :

— Vous n'étiez vraiment pas obligé, vous savez.

— Je n'ai rien d'autre à faire.

— Vous avez une femme et un enfant qui vous attendent chez vous.

Il y eut un long silence. MacNeil regardait dehors, il ne répondit pas.

— Non ?

Il se tourna vers Amy ; à la lumière fuyante des réverbères, elle surprit dans ses yeux une expression d'animal blessé.

— Non, finit-il par dire. Personne.

Elle laissa passer un long moment avant de trouver le courage de demander :

— Pourquoi ?

— Nous sommes séparés.

Il fixait ses mains, posées sur ses genoux, et faisait tourner son alliance autour de son doigt. Cette fois, elle comprit qu'il n'expliquerait rien ; elle n'insista pas.

Le taxi passa devant la Tour de Londres, discrètement éclairée, avant de traverser la Tamise par Tower Bridge. Sur la rive sud, il les laissa à l'angle de Gainsford Street et Shad Thames.

— Je vous accompagne à la porte, dit MacNeil une fois qu'il l'eut réinstallée dans son fauteuil roulant.

— Ce n'est pas la peine, vraiment. Je suis une grande fille. Je rentre souvent chez moi quand il fait nuit.

— Oui, mais pas quand je suis là. Ne vous inquiétez pas, je ne vous demanderai pas de m'offrir une tasse de café. Je n'en bois jamais.

Il paya le chauffeur. Amy composa le code de la grille, il l'ouvrit pour elle, et ils traversèrent la cour jusqu'à la rampe menant à sa porte d'entrée.

— C'est bizarre, dit Amy en fronçant les sourcils.

— Quoi donc ?

— La lumière au-dessus de la porte est éteinte. Je la laisse toujours allumée quand je sors.

— Pour avertir les voleurs que la maison est vide ?

Elle lui jeta un coup d'œil avant de préciser :

— J'ai besoin d'y voir pour entrer.

Elle déverrouilla la porte et la poussa. La cage d'escalier était obscure. Elle actionna un interrupteur installé à sa portée, mais rien ne se produisit.

— Où se trouve le disjoncteur ?

— Au dernier étage.

MacNeil regarda le monte-escalier inutile, au pied des marches.

— Comment faites-vous pour monter et descendre quand il y a une panne de courant ?

— C'est la première fois que ça m'arrive.

Il referma la porte et souleva une fois encore Amy de son fauteuil. Tout en passant ses bras autour de son cou, elle se souvint de la sensation de sécurité qu'elle éprouvait quand son père la montait, le soir, dans sa chambre en chantant *Carry me, carry me 'cross the world**.

— Montrez-moi où il se trouve, dit MacNeil en la portant dans le noir jusqu'au grenier.

Dans cet espace tentaculaire, les lumières de la rue qui brillaient à travers les fenêtres diffusaient une pâle lueur jaune. Il déposa doucement Amy sur le fauteuil roulant qui l'attendait, puis alla ouvrir la boîte à fusibles et enclencha un interrupteur ; toutes les lampes s'allumèrent.

* Emporte-moi, emporte-moi à l'autre bout du monde.

— Il a dû y avoir une surtension ou un truc dans le genre. Le disjoncteur a sauté. Vous devriez prévoir une batterie de secours sur ces monte-escalier si vous ne voulez pas rester coincée en bas un jour.

— Je pourrai toujours vous appeler pour me porter.

— J'accourrai à la vitesse de l'éclair.

Sa manière de prononcer ces mots émut Amy, qui sentit sa bouche s'assécher et son cœur battre un peu plus vite. Brusquement, MacNeil paraissait embarrassé. Elle n'arrivait pas à croire qu'il s'intéressait à elle. Pas de cette façon, en tout cas.

Plus tard, il lui avoua que s'il avait hésité, c'était parce qu'il ne savait pas comment embrasser une femme en fauteuil roulant. D'où sa gaucherie lorsqu'il avança d'un pas, s'arrêta, puis se laissa tomber maladroitement à genoux avant de prendre doucement son visage entre ses grandes mains et poser ses lèvres sur les siennes.

Amy aurait voulu vivre ce moment éternellement. Elle avait l'impression que Dieu lui rendait la vie.

CHAPITRE 9

I

MacNeil gara sa voiture devant le commissariat situé dans ce que les Écossais auraient appelé le *gushet*, entre Kennington Road et Mead Row. Ce terme, MacNeil l'avait utilisé plusieurs fois quand il était arrivé à Londres, mais personne ne paraissait le comprendre. Une fois, il l'avait cherché dans un dictionnaire, sans le trouver. Le mot le plus proche, *gousset*, désignait une pièce de tissu triangulaire cousue dans un vêtement pour le renforcer. Il se dit que ce devait être la même chose. Ça décrivait d'ailleurs exactement l'emplacement du commissariat de Kennington Road – construit dans un triangle entre deux rues formant un angle aigu.

Après être retourné à Islington pour prendre une douche et changer de vêtements, il se sentait un peu moins contaminé. Moins *mingin'* auraient dit ses collègues – moins *dégueu*. Encore un mot écossais, mais celui-ci, détourné par les Anglais, était devenu une expression branchée de l'argot londonien.

Laing, quant à lui, s'en tenait aux vieux jurons classiques.

— Où étiez-vous passé, putain ? aboya-t-il en voyant MacNeil entrer dans la salle des inspecteurs. Venez là.

Il pointait en même temps un doigt agressif vers son bureau. Personne ne fit vraiment attention à lui ; tout le monde avait l'habitude de ses coups de gueule.

Debout devant lui, MacNeil expliqua :

— J'avais des affaires personnelles à régler, monsieur l'inspecteur principal.

— Les affaires personnelles, ça n'existe pas dans ce boulot, fiston. Je pensais que vous l'auriez compris depuis le temps.

— Eh bien, pour être tout à fait franc avec vous, monsieur Laing, je me fous pas mal de ce que vous pensez. Et si ça vous pose un problème, vous n'avez qu'à me virer.

Il avait d'abord eu l'intention de parler de Sean à son patron, mais le moment lui semblait maintenant mal choisi.

Laing le foudroya du regard.

— Si vous ne voulez pas que je nique votre pension, MacNeil, je vous conseille de surveiller votre langage.

Comme il ne sentait aucune ironie dans ses propos, MacNeil se retint de riposter.

— Ce matin, j'ai été harcelé par un connard du bureau du Premier ministre. Il voulait absolument avoir par écrit l'explication du motif pour lequel un policier suspendait les travaux du chantier d'Archbishop's Park. Et je n'ai même pas pu lui envoyer votre rapport puisque je ne l'ai pas.

— Vous l'aurez demain matin.

— Je veux l'avoir ce soir avant de partir.

MacNeil examina le tas de paperasse qui s'accumulait sur sa table. Rapports, dossiers, convocations, plus une centaine de Post-it collés sur les côtés de son ordinateur, le pied de sa lampe, ainsi qu'une pile de notes concernant des dizaines d'enquêtes, qui montait à une hauteur vertigineuse dans la corbeille du courrier sortant. Normalement, à cette heure-ci, la salle aurait dû déborder d'activité. Or il n'y avait qu'une demi-douzaine de policiers et d'employés au travail. Et les téléphones sonnaient sans arrêt parce qu'il n'y avait pas assez de monde pour répondre.

Le lieutenant Rufus Dawson vint coller un nouveau Post-it sur l'écran de MacNeil. C'était un grand Irlandais roux à l'étrange accent hybride qui tenait à la fois de son éducation en Nouvelle-Zélande et de son héritage irlandais. Blagueur invétéré au rire contagieux, toujours prêt à sortir un bon mot, il était anormalement silencieux depuis quelque temps.

— Phil a appelé de Lambeth Road. Il avait un nom et une adresse. Une correspondance pour l'empreinte trouvée sur le ticket de métro. Il a dit qu'il faxait plus d'infos.

Au moment où il s'en allait, quelque chose dans l'attitude de MacNeil le retint.

— Tout va bien, mon pote ? demanda-t-il en le dévisageant.

— Oui, oui, Ruf, merci.

MacNeil détacha le Post-it de l'ordinateur pour déchiffrer le gribouillage de Rufus : Ronald Kazinski, suivi d'une adresse dans South Lambeth. Il se leva, regarda si le fax de Phil était arrivé, et le trouva dans la corbeille des entrants.

Kazinski avait trente et un ans. La photo anthropométrique tachée accompagnant les renseignements montrait un homme aux cheveux foncés un peu clairsemés. Il était assistant funéraire au crématorium des quartiers sud depuis deux ans et demi. Peu après le début de la crise, on l'avait affecté d'office au service du gouvernement, dans le centre d'élimination officiel des cadavres, installé dans l'ancienne station électrique de Battersea, sur la rive sud du fleuve. Ses empreintes se trouvaient dans l'ordinateur de l'AFIS parce qu'il avait un casier judiciaire. Aujourd'hui, au lieu de manipuler des marchandises volées, il manipulait des morts. MacNeil se demanda si c'était lui qui avait été chargé de se débarrasser des os de la petite Chinoise dans Archbishop's Park. Quelle coïncidence bizarre que son empreinte ait été découverte sur un vieux ticket de métro ramassé près de l'endroit où les os avaient été jetés. Or MacNeil ne croyait pas aux coïncidences, bizarres ou non.

Tout en enfilant son manteau, il appela Dawson :

— Si Laing me cherche, dis-lui que je suis allé parler à Kazinski.

II

Au Moyen Âge, le site de Battersea Power Station était connu sous le nom de Battersea Fields, un lieu fréquenté par les vagabonds et les individus louches. Dans les années 1800, il servait au tir au pigeon et aux foires agricoles. On raconte que le duc de Wellington s'y était battu en duel avec Lord Winchelsea et qu'ils s'en étaient sortis tous les deux sans une égratignure. Avec ses quatre cheminées iconiques, la centrale électrique construite dans les années 1930 avait craché une épaisse fumée noire sur la ville pendant un demi-siècle avant d'être fermée en 1983. Il avait fallu démonter le toit pour pouvoir sortir les turbines géantes ; ensuite, le bâtiment était resté exposé aux intempéries pendant près de trente ans. Plus tard, le gouvernement avait temporairement enterré le projet ambitieux d'un consortium privé qui voulait convertir le site en complexe de loisirs, commerces et hôtels, tout en conservant la structure externe si typique. Un toit de fortune était maintenant installé sur le bâtiment principal dont les quatre cheminées recommençaient à vomir de la fumée sur Londres. Ce n'était plus le charbon transporté par barges sur le fleuve qu'on y brûlait. Mais des corps. Ceux des victimes de la pandémie. La fumée était toutefois aussi noire, et un nuage spectral flottait au-dessus de la rive sud.

MacNeil passa devant les panneaux publicitaires qui cachaient le site au regard des curieux. Panneaux publicitaires commandés par les promoteurs à une époque plus optimiste. Ils formaient un étrange écran d'images d'arbres et de champs verts sous un ciel d'un bleu limpide. Au-dessus, les tours en brique rouge de la centrale s'élevaient dans un ciel bien réel, sombre et menaçant, surmontées par les immenses cheminées blanches d'où s'échappaient les fumées des fours. Au sud-ouest, surplombant les carcasses des immeubles inachevés, des grues gigantesques attendaient, immobiles. Au nord-est, le New Covent Garden Market – qu'on surnommait le *Garde-manger de Londres* – était désert. Le long de Chelsea

Park Road, des affiches géantes clamaient des slogans aux rues vides – *La Révolution industrielle est terminée* ; *L'Âge de l'information est révolu* ; *Je pense donc je peux* ; *Bienvenue à la Génération des idées*. MacNeil leva les yeux vers la fumée en pensant *Bienvenue en enfer*.

Il tourna dans Kirtling Street et roula jusqu'à la grille métallique bleue. En face était stationnée une jeep de l'armée équipée d'une mitrailleuse à l'arrière ; deux soldats assis fumaient à travers leurs masques en coton. Un agent de sécurité vêtu d'un uniforme vert apparut de l'autre côté de la grille. Lui aussi portait un masque en coton blanc ; il garda ses distances quand MacNeil descendit de voiture.

— Vous avez des papiers ? demanda-t-il à travers les barreaux.

MacNeil brandit sa carte :

— Police. Je veux parler à un de vos employés. Un dénommé Ronald Kazinski.

— Attendez là.

L'agent de sécurité entra dans sa guérite. MacNeil aperçut, au-delà de la grille, une construction basse en verre et plastique de forme bizarrement anguleuse. Elle abritait la maquette et les plans du complexe. Mais jamais les promoteurs n'auraient imaginé cette situation. À côté, sur l'herbe, deux statues en bronze plus grandes que nature, un homme et une femme qui tenait un bébé, saluaient de la main. Saluaient qui ou quoi, impossible à dire. La vie, peut-être, pensa MacNeil. Dans ce cas, ça ne manquait pas d'ironie. Mais ils paraissaient assez bien compléter les affiches de slogans qu'il avait vues plus tôt. Avec leur allure presque stalinienne.

Une serrure électronique libéra la grille qui commença à s'ouvrir lentement. Depuis sa guérite, l'agent de sécurité lança :

— Roulez tout droit jusqu'au bâtiment administratif et demandez M. Hartson. C'est lui, le responsable.

MacNeil dépassa les statues qui saluaient et franchit un autre portail avant d'arriver à une construction en brique deux fois moins haute que le mur extérieur de la centrale électrique. Tels des dinosaures figés dans le temps, des grues et des pelleteuses se dressaient, immobiles, sur l'asphalte défoncé d'un terrain vague. Devant une immense ouverture du bâtiment principal des fourgons noirs banalisés attendaient à la queue leu leu de pouvoir délivrer leur cargaison macabre avant de repartir vers les hôpitaux pour en charger de nouvelles, et revenir ensuite. Passeurs modernes chargés de faire la navette sur le Styx.

Après avoir garé sa voiture devant le bâtiment administratif, il poussa la double porte. Une femme assise à un bureau leva la tête et lui jeta un regard interrogateur par-dessus son masque. Il lui montra sa carte :

— Inspecteur MacNeil pour M. Hartson. Il m'attend.

Le bureau de Hartson se trouvait au dernier étage. D'un côté de la pièce, une cloison en verre donnait directement sur l'intérieur du hall principal de l'ancienne centrale électrique. Hartson, la soixantaine, grand, mince et chauve, avait l'allure obséquieuse d'un entrepreneur de pompes funèbres. MacNeil fut immédiatement attiré par la vitre. La scène qu'il découvrit en bas était inimaginable. Des milliers de corps nus allongés à perte de vue sur des palettes de bois, jetés en tas comme des mannequins dans une usine de poupées, bras et jambes entremêlés, étrangement lumineux, à peine humains. Les vapeurs de désinfectant masquaient les détails, comme la brume sur la Tamise par un matin d'automne. Des zombies en combinaison de protection bleue, sans visage derrière leur visière en plastique teinté, évoluaient au ralenti entre les volutes de fumée, à la façon des astronautes sur la Lune, sortant les cadavres des fourgons pour les empiler sur de nouvelles palettes. L'un des fours semblait être réservé aux vêtements et aux draps. Les corps, toujours sur leurs palettes, étaient glissés par des chariots élévateurs géants dans les trois autres. Pendant les brefs instants où les portes des fours restaient ouvertes, une lumière orange brumeuse se diffusait à travers les vapeurs de désinfectant, puis les immenses portes de fonte se refermaient en claquant ; pareille à une secousse sismique, leur vibration était ressentie dans tout le bâtiment.

— Une vision qui donne à réfléchir, n'est-ce pas ? dit Hartson. Oui, mais par la grâce de Dieu, nous sommes là vous et moi.

Il s'avança vers la vitre et MacNeil vit son masque se teinter un instant d'orange lorsque les portes d'un four s'ouvrirent pour recevoir d'autres morts.

— J'étais très croyant, poursuivit-il. Bon catholique. (Il se tourna vers MacNeil.) Mais maintenant, je m'interroge.

Puis, écartant aussitôt ses réflexions cosmiques, il demanda :

— Qu'est-ce que vous voulez à Ronnie ?

— Juste un mot. Vous le connaissez personnellement ?

— Je connais tout le monde ici. À sa manière, la mort unit les vivants. Nous sommes tous très proches.

— Vous savez donc qu'il a un casier judiciaire ?

— Oh, oui. Son dossier a été mis à ma disposition lorsque nous avons recruté du personnel. Mais j'estime que cela appartient à son passé. Son expérience face à la mort était plus importante que tout le reste. C'est un jeune homme avenant. Travailleur, consciencieux.

— Cela ne vous ennuie pas si je vous l'emprunte une demi-heure ?

— Non, pas du tout, inspecteur. Mais il n'est pas attendu avant minuit.

Hartson sourit avec la gravité d'un homme habitué à annoncer des mauvaises nouvelles.

— Nous travaillons jour et nuit ici. Vingt-quatre heures sur vingt-quatre, sept jours sur sept. Ou 24/7 comme on dit.

MacNeil jeta de nouveau un coup d'œil au royaume d'Hadès ; l'espace d'un instant il crut reconnaître le petit corps de Sean au milieu des autres, minuscule, tordu, pris en sandwich entre une grosse femme et un vieil homme. Puis l'image s'effaça, évanouie à jamais dans un tourbillon de fumée blanche.

III

Kazinski vivait avec sa mère dans une cité HLM des années 1960 aux confins sud de Lambeth. Un ensemble de tours et de petits immeubles construits dans le but de sortir les gens de leurs taudis du Londres industriel du XIXe siècle, de leur offrir une vie meilleure dans le meilleur des mondes. Les architectes qui les avaient conçus devaient être les émissaires du diable car ils avaient arraché les couches populaires démunies à des communautés réelles pour les transplanter dans un endroit qui paraissait maintenant pire que l'enfer auquel ils étaient censés échapper.

La moitié au moins des appartements étaient barricadés par des planches, les fenêtres brisées, les autres avaient brûlé. Le béton lépreux portait les traces noires des incendies allumés pour toucher la prime d'assurance – seul moyen, dans bien des cas, de se soustraire à la misère. Partout le bitume était jonché de débris de verre, de canettes de bière vides, jalonné de véhicules calcinés qui ressemblaient à des carcasses d'animaux. Les déchets des foyers abandonnés – vieux matelas, vêtements usés, meubles cassés – avaient échoué contre les rampes et les passerelles comme les algues sur le sable après une tempête. Les lampadaires avaient été fracassés, renversés. Dès la tombée de la nuit, l'endroit devenait une zone de non-droit, obscure et dangereuse. C'était le meilleur des mondes.

MacNeil gara sa voiture et observa la cité à travers les grilles ouvertes. Il était difficile de croire que des gens habitaient encore là. Pourtant, il apercevait, le long des passerelles de chaque étage, des portes fraîchement repeintes, des fenêtres aux voilages blancs et propres. Comme une dent saine dans une bouche pourrie. De l'autre côté de la rue, un immeuble totalement abandonné avait été entouré de barbelés et toutes ses fenêtres murées.

Du verre craqua sous ses semelles quand il traversa un terrain de jeu qui, sur les dessins des architectes, était sans doute plein de joyeux gamins d'ethnies variées tapant ensemble dans un ballon. Même si ça s'était réalisé un jour, ce n'était plus qu'un souvenir lointain.

MacNeil éprouva un étrange pressentiment en pénétrant dans l'immeuble de Kazinski. Il n'avait pas encore perçu le moindre signe de vie. Le monde lui faisait l'effet d'un navire que le capitaine avait donné l'ordre d'abandonner, sans que personne ne l'ait prévenu.

La cage de l'escalier sentait l'urine, la bière éventée, et autre chose difficile à identifier. Les murs disparaissaient presque entièrement sous les graffitis. Il entendit l'écho de ses pas retentir jusqu'au sixième étage. Arrivé au deuxième, il s'engagea sur la passerelle qui longeait la façade de l'immeuble et permettait d'accéder aux appartements. Une porte sur deux était condamnée. Les autres avaient été grossièrement barbouillées d'une croix rouge signalant que l'endroit était contaminé par la grippe – étrange et effrayant rappel de l'époque de la peste. Quel malheur rôdait derrière ces portes ? se demanda-t-il.

Kazinski habitait au numéro vingt-trois. La porte avait été repeinte récemment. En rouge vif. Pour cacher la marque de la grippe ? Ou pour se protéger contre le virus ? Impossible à deviner. Il frappa trois fois avec le heurtoir en cuivre poli fixé à hauteur de la tête. Au bout d'un moment, le rideau de dentelle de la fenêtre de gauche bougea et une voix de femme lança derrière la vitre :

— Qu'est-ce que vous voulez ?

— Police, madame Kazinski. Je veux parler à votre fils.

— Montrez-moi vos papiers.

Manifestement, cette femme avait l'habitude des flics.

Il sortit son badge et le colla contre le carreau. Le rideau fut tiré sur le côté ; à la lumière du jour qu'il laissait entrer, MacNeil vit le visage blafard d'une femme d'environ cinquante ans aux traits durs et pincés, héritage génétique de plusieurs générations de pauvreté. Le rideau retomba.

— Il n'est pas là.

— Ne me racontez pas d'histoires, madame Kazinski.

Il savait qu'elle ne lui ouvrirait pas sa porte et qu'il perdrait beaucoup trop de temps à demander un mandat et du renfort pour l'enfoncer.

— Il est parti travailler ce matin.

— Il ne commence pas son travail avant minuit.

— Non, à midi. Il me l'a dit.

— Alors, il vous a menti, madame Kazinski. J'arrive justement de Battersea.

— Non. C'est un bon garçon, mon Ronnie.

— Il était à la maison hier soir ? Ou bien à son travail ?

Elle hésita, ne sachant visiblement pas quelle était la bonne réponse à donner.

— À quelle heure est-il rentré ce matin, madame Kazinski ?

— Je ne sais pas, tard. Enfin, je veux dire tôt. Cinq heures, peut-être six. Je dormais. Il était de l'équipe de 5 heures hier soir. Ils travaillent douze heures.

— C'était son jour de congé, hier. On me l'a dit à la centrale.

— Non !

Il entendit percer la confusion dans sa dénégation. Et la douleur dans sa voix. Pourquoi son fils lui mentait-il ? MacNeil fut persuadé qu'elle disait la vérité. Ronnie n'était pas là, et elle ne savait pas où il était allé sinon à son travail.

— Qu'est-ce qu'il a fait ?

— Je ne sais pas s'il a fait quelque chose, madame Kazinski. Je veux juste lui parler, c'est tout.

— Vous autres, vous ne voulez jamais juste parler.

Elle reportait sur MacNeil la colère et la peine causées par le mensonge de son fils. Il en avait l'habitude. C'est toujours la faute de la police quand les gens qu'on aime ont des ennuis.

— Vous pouvez lui dire que je suis venu le voir, dit-il en rangeant son badge dans sa poche. Vous pouvez peut-être aussi lui demander ce qu'il faisait hier soir au lieu de travailler comme il vous l'a raconté.

Les mains dans les poches, il rebroussa chemin, suivi tout du long par les imprécations de Mme Kazinski. Mais en aucun cas elle n'aurait ouvert sa porte. Même pour l'insulter.

À quelques mètres de l'escalier, il entendit des pas précipités, puis des murmures dans la pénombre. Il s'arrêta net.

— Qui est là ?

Un maigrichon apparut sur la passerelle. Les cheveux hérissés en pointes, un bandana rouge et bleu plié en triangle sur le nez et la bouche, le front piqué d'acné. Il portait un sweat à capuche deux fois trop grand pour lui et un pantalon cargo kaki dont l'entrejambe lui tombait presque au niveau des genoux. De sa main aux jointures chacune maladroitement tatouée d'une lettre, pendait une batte de baseball usée. Trois autres jeunes, dont un Noir, surgirent derrière lui. Bandana sur le visage, batte de baseball ou pied-de-biche à la main.

Un bruit fit se retourner MacNeil. Deux autres jeunes émergeaient d'une porte barbouillée de rouge. À l'expression hostile des yeux fixés sur lui, il comprit qu'il était en mauvaise posture et jeta un coup d'œil par-dessus la rambarde de la passerelle. Même s'il survivait au saut, il se briserait les deux jambes.

— Tu lui veux quoi à Ronnie ? demanda le boutonneux.

— On est en affaires, répondit MacNeil, dans l'espoir que Ronnie soit en bons termes avec ces garçons, et qu'ils le laissent tranquille s'ils le prenaient pour un ami de l'ex-détenu.

— Ouais, c'est ça, dit Acné. T'es un putain de condé, hein ? Sale keuf.

MacNeil ne dit rien. De la tête, Acné montra les poches de son manteau :

— Tu l'as sur toi, hein ?

— J'ai quoi ?

— Ta putain de dope. Tu vois c'que j'veux dire ?

— Je n'ai pas de drogue.

— Bien sûr que si. Y vous en donnent. Tous les flics en ont, pas vrai ? Putain de FluKill.

— Peut-être.

— Eh ben, donne alors, ordonna-t-il en tendant la main.

— Je te donnerai mon FluKill si tu me donnes des informations. C'est un échange équitable, non ?

MacNeil s'efforçait de contrôler le tremblement de sa voix. Acné fronça les sourcils.

— Tu veux quoi comme putain d'info, poulet ?

— Je veux savoir où va Ronnie quand il ne travaille pas.

Acné le regarda comme s'il était fou.

— Tu quoi ?

— Je veux savoir où il traîne.

— C't'au Black Ice Club, non ? dit le jeune Noir.

— Ferme-la, riposta Acné.

L'espace d'une seconde, MacNeil oublia sa situation désespérée.

— À Soho ? Toutes les boîtes sont fermées depuis des semaines.

Un sourire froid plissa les yeux d'Acné.

— Que tu crois, bouffon. Mais qu'est-ce qu'on en a à foutre de c'que tu crois, hein ? (Il tendit la main.) Allez, crache.

— Désolé. J'ai menti.

— T'as quoi ?

— Je n'ai pas de FluKill.

Sur ce, il lui balança son poing gauche en pleine face. Il savait que, s'il voulait conserver une chance de s'en tirer, c'était à lui de prendre l'initiative, de les surprendre. Sentant un os et des dents se briser sous ses articulations, il saisit aussitôt la batte de baseball lâchée par Acné, l'agrippa à deux mains et la fit tournoyer autour de lui. Un des garçons qui se tenaient dans son dos la reçut sur la tempe et s'écroula comme une masse. À droite de MacNeil, une porte avait été barricadée avec du contreplaqué. Il l'enfonça d'un coup de pied ; le bois explosa dans un nuage de poussière ; il plongea dans l'inconnu, fuyant les cris de douleur et de colère de ses agresseurs.

Il se retrouva dans un couloir dont le plancher avait été arraché depuis longtemps. Courant de solive en solive, il franchit une autre porte. De là, il se sentait capable de défendre sa position. Ils pourraient uniquement l'approcher un par un. Le premier dévala le couloir en hurlant comme un dément. Un pied-de-biche s'encastra dans le plâtre juste à côté de sa tête. Il ne l'avait pas vu venir. Aussitôt, il balança sa batte qui s'abattit sur la bouche du jeune Noir ; le gamin tomba en arrière, les lèvres en sang. Calé contre le montant de la porte, il attendit le suivant. Qui ne vint pas. Le jeune Noir se releva en gémissant et, d'une démarche hésitante, disparut dans la pénombre du couloir. Ensuite, il y eut des chuchotements, quelqu'un jura violemment. Puis ce fut le silence.

Il n'entendait plus que le bruit rauque de sa propre respiration. Une fois ses yeux habitués à l'obscurité, il regarda autour de lui. Ici aussi, le plancher avait disparu. Un matelas éventré gisait dans un coin, avec les restes rouillés d'un vieux sommier. Une fenêtre donnant sur la passerelle avait été condamnée. Il chercha son téléphone. Il pouvait demander de l'aide, mais elle n'arriverait pas tout de suite, et il ignorait jusqu'à quand il pourrait repousser ces fous furieux. Il n'eut même pas le temps de passer un coup de fil. Du couloir jaillit soudain un souffle accompagné d'un éclat blanc vacillant. Un paquet de chiffons enflammé, imbibé d'essence. Il reconnut l'odeur. Une épaisse fumée noire l'obligea aussitôt à reculer dans la pièce. C'était complètement insensé. Ces gamins se fichaient pas mal de mettre le feu à tout l'immeuble.

Sa réaction fut instinctive ; paniqué, il se jeta par la fenêtre. La planche s'arracha des clous qui la maintenaient en place ; il plongea avec elle, genoux repliés sur la poitrine, épaules rentrées, tête dans les bras. Il atterrit sur l'un de ses attaquants, la planche faisant barrière entre eux, et entendit l'air s'échapper des poumons du garçon en un râle profond, douloureux. Sans attendre de voir lequel c'était, il se remit immédiatement sur ses pieds et courut vers l'escalier, les jambes flageolantes. Dans sa panique, il avait perdu la batte de baseball. Aucune importance. Il avait atteint les marches. Il les descendit par trois, par cinq. Les autres hurlaient derrière lui, avides de sang et de vengeance. S'ils l'attrapaient, il était mort.

Il aperçut la lumière du jour qui pénétrait par la porte ouverte du hall. Encore une demi-volée et il serait dehors, où il pourrait courir jusqu'à sa voiture.

Juste au moment où il aspirait une bouffée d'air frais en franchissant la porte, une batte de baseball le cueillit en pleine poitrine, le forçant à tout recracher. Son élan l'entraîna encore sur quelques mètres avant qu'il ne s'écroule au milieu des débris de verre qui lui entaillèrent les paumes des mains et une joue. En roulant sur le côté, il vit un grand Noir dégingandé en jean étroit qui le regardait en souriant, son bandana baissé autour du cou. Trois autres garçons émergèrent de la cage d'escalier et s'arrêtèrent net. Acné avait arraché son masque, son nez et sa bouche étaient couverts de sang en train de sécher. À présent, il serrait une barre de fer dans sa main ; ses yeux brillaient de haine et de fureur.

Allongé par terre, MacNeil se redressa sur un coude, tentant toujours de reprendre sa respiration. Il savait qu'il ne pourrait jamais arriver à sa voiture avant eux. Ces gamins étaient des bêtes sauvages, des animaux blessés. Ils étaient armés, ils voulaient sa peau.

Acné le confirma :

— T'es mort, putain d'keuf !

Levant sa barre de fer, il avança d'un pas. Alors, de sa poitrine jaillit un spray rose, et il eut à peine le temps d'exprimer sa surprise avant de basculer la tête la première, sans un mot. Son arme résonna bruyamment sur les dalles.

MacNeil le regarda, médusé. Il ne comprenait pas ce qui s'était passé. Les autres se figèrent, incrédules.

— C'est quoi ce bordel… ?

Le grand Noir qui avait frappé MacNeil en pleine poitrine avec sa batte s'approcha de son ami ; brusquement le côté droit de sa tête disparut. Il tournoya sur lui-même, s'effondra sur le dos, le seul œil qui lui restait, fixé sans le voir sur le ciel nuageux.

— Putain de bordel de merde, il s'est fait buter ! Quelqu'un a un putain de flingue !

Ils détalèrent dans des directions différentes, comme des animaux effrayés par le claquement du fusil d'un chasseur. En une seconde ils avaient disparu. MacNeil se retrouva tout seul avec les deux morts à ses pieds. Il se mit rapidement sur les genoux et, restant tapi par terre, plissa les yeux vers le haut des immeubles en essayant de repérer le tireur et en se demandant s'il serait la prochaine victime. Mais il ne vit personne, et il n'y eut pas de troisième coup de feu. Il se releva les jambes tremblantes et contempla les deux garçons qui baignaient dans leur sang. Une douleur dans la poitrine lui arracha une grimace et un hoquet. Il porta la main à ses côtes, appuya doucement. Il n'avait rien de cassé, mais il aurait de sacrés bleus.

Tout regagnant sa voiture, il scruta les bâtiments en piteux état qui l'entouraient. Quelqu'un, quelque part, depuis l'un de ces appartements abandonnés, lui avait sauvé la vie. Pourquoi ? Il n'en avait pas la moindre idée.

Ce fut seulement plus tard que le fait de ne pas avoir entendu de détonations lui parut bizarre.

Il s'écroula derrière le volant et sortit son téléphone.

CHAPITRE 10

Pinkie suivit des yeux MacNeil entre les lattes de bois, et le regarda s'asseoir au volant de sa voiture. Son visage était partiellement masqué par un reflet, mais il vit sa bouche bouger pendant qu'il parlait au téléphone. Il imagina ce que ce flic disait. Il aurait presque pu lire sur ses lèvres.

Il posa le canon de son fusil sur le rebord de la fenêtre, cala son menton contre la crosse en bois et continua à le surveiller à travers le viseur. Il régla la mire sur sa bouche, son doigt caressa la détente. Ce serait tellement facile de la presser, même légèrement, pour voir ce visage s'effacer devant ses yeux, comme celui des deux imbéciles, de l'autre côté de la rue.

Mais M. Smith l'avait prévenu que s'il arrivait quelque chose au policier chargé de l'enquête, ça ne ferait qu'attirer l'attention. Et ce n'était pas souhaitable. En tout cas, leur façon de se liguer contre lui avait été minable. Six contre un. Ce n'était pas loyal. Or Pinkie se mettait toujours du côté de l'opprimé. Il aimait bien voir triompher un individu contre toute attente. Il avait observé le déroulement des évènements sur la passerelle, mais ne disposait d'aucun angle de tir. MacNeil avait bien fait de s'échapper par l'escalier ; une fois les petites frappes à découvert, c'était devenu un jeu d'enfant. Leur désarroi l'avait particulièrement réjoui. Puis leur peur. Et MacNeil ? Son expression l'avait enchanté. C'était marrant de sauver la vie d'un homme. Presque aussi drôle que de la lui enlever. Mais il s'était encore plus délecté de sa confusion. Sa totale incompréhension de la situation. Ne sachant absolument pas comment ni pourquoi il était toujours vivant. Il ne le saurait jamais.

Pinkie dégagea son fusil puis entreprit le long processus méticuleux de démontage en essuyant amoureusement chaque pièce avec un chiffon huilé avant de la coucher à sa place dans l'étui doublé de feutre. On lui avait dit qu'un silencieux pouvait parfois réduire la précision sur une certaine distance. Ce n'était pas arrivé. Pinkie ne tirait jamais s'il risquait de manquer sa cible. Il n'en avait jamais raté une seule.

Si un travail doit être fait, autant qu'il soit bien fait.

Il appréciait les choses simples que lui avait enseignées sa mère. Elle faisait preuve d'une grande sagesse. Sa seule erreur résidait dans le choix de ses relations. Les hommes qui s'étaient succédé à la maison ne l'avaient pas toujours bien traitée. Il se rappelait l'avoir entendue crier la nuit où c'était arrivé. Elle avait manqué de jugement. Pourtant, il préférait penser que c'était seulement un excès de confiance de sa part. Elle ne voyait chez les gens que leur meilleur côté. Surtout chez son fils, son précieux fils.

Il balaya du regard le salon de cet appartement du dixième étage où la lumière faiblissante du jour dessinait des bandes sombres sur le sol couvert de détritus. Canettes vides, mégots, vêtements crasseux abandonnés dans un coin, matelas sur le sol, autant de preuves de la présence de junkies ou de sans-abri. Ces créatures de l'ombre reviendraient peut-être quand il ferait nuit. Il ne tenait pas à être là. Qui sait de quel virus ils pouvaient être porteurs. Sur ce point, Pinkie était un vrai maniaque. Il détestait tout contact humain, quel qu'il soit. Le seul fait de se trouver dans cette pièce lui donnait l'impression de se salir. Il se doucherait et se changerait dès que les circonstances le permettraient.

Pour le moment, il était coincé ici, tant que MacNeil resterait sur les lieux. Il referma d'un coup sec l'étui contenant son outil de travail et s'installa pour attendre.

Environ vingt minutes s'écoulèrent avant l'arrivée des agents en uniforme, d'une ambulance et d'un fourgon banalisé d'où descendirent deux hommes et une femme en combinaisons protectrices blanches étrangement phosphorescentes. Pinkie vit MacNeil leur parler ; le groupe se rassembla autour des deux corps allongés au pied de l'immeuble d'en face, avant de se tourner vers l'endroit que MacNeil pointait du doigt. L'espace d'un instant, Pinkie se sentit exposé, comme si les autres pouvaient le voir, et s'éloigna de la fenêtre condamnée. Un pur réflexe. Il était invisible, bien sûr.

Les réverbères s'allumèrent, la nuit tombait vite. Des lumières apparurent dans les rares appartements habités de cette cité où les gens effrayés jetaient un rapide coup d'œil dehors avant de tirer les rideaux et d'allumer la télé pour effacer le monde réel.

Quand Pinkie regarda de nouveau, MacNeil retournait vers sa voiture. C'était le moment. Il rassembla ses affaires et dévala l'escalier désert. Le temps qu'il émerge à l'air libre, derrière l'immeuble, sur l'ancien parking des résidents, la Ford du policier tournait au coin. Lueur rouge dans le froid crépuscule.

Il rangea l'étui dans le coffre et démarra la BMW de M. Smith – le moteur ronronna, le cuir des sièges se plissa en douceur. Il franchit les ralentisseurs de l'allée qui débouchait sur la rue longeant l'arrière de la cité, tourna à gauche, puis encore à gauche, et poussa un soupir de satisfaction en voyant, devant lui, les feux de la voiture de MacNeil. Avec un peu de chance, le flic le conduirait tout droit à Kazinski, et les vies inutiles de ces deux garçons auraient trouvé un sens dans la mort.

CHAPITRE 11

Seules les lumières du commissariat de police se reflétaient de l'autre côté de Kennington Road, sombre et déserte, sur les vitrines éteintes des boutiques et des restaurants.

Avant de fermer la porte de son bureau, Laing fit signe à MacNeil de prendre un siège. Il y avait maintenant un peu plus de monde dans la salle des inspecteurs. Il était presque sept heures, moment de la relève. Un bref rassemblement de policiers et d'employés qui avaient peu d'autres occasions de se rencontrer. D'ici quelques minutes, dans toute la ville, débuterait le couvre-feu. Le signal qu'il fallait s'enfermer chez soi jusqu'au matin. Certains, cependant, l'attendaient comme le signal qu'on pouvait profiter de l'obscurité pour se livrer au pillage et au vandalisme. Durant ce laps de temps, personne n'avait envie de se trouver dans la rue.

MacNeil avait passé les deux heures précédentes à rédiger ses rapports sur les os découverts dans Archbishop's Park et sur la mort par balle des deux jeunes de la cité de South Lambeth. Laing, lunettes demi-lune encore perchées au bout de son nez, venait juste de les lire.

— Bizarre. Foutrement bizarre.

— Quoi, monsieur ?

— Ces gamins qui se sont fait dessouder. Ce n'est pas un tir accidentel, ni l'œuvre d'un dingue armé d'un fusil. Un vrai travail de pro. Une arme de pro entre les mains d'un pro.

Il regarda MacNeil d'un air interrogateur :

— Vous pensez qu'il y a un lien ?

— Avec Kazinski ?

Laing acquiesça. MacNeil secoua la tête.

— Je ne vois pas comment. Personne ne savait que j'allais là-bas, ni pourquoi.

Dans l'intervalle, il avait eu le temps de réfléchir et il n'en menait pas large. Quelqu'un lui avait sauvé la vie. Quelqu'un avait descendu ces gamins pour les empêcher de le tuer à coups de barres de fer et de battes de base-ball. Sans ce quelqu'un, c'était lui, MacNeil, qui serait étendu sur la table d'autopsie de Tom Bennet. Il imaginait la satisfaction que ce dernier en aurait retirée.

— Donc, c'est juste une espèce d'ange gardien qui veille sur vous, c'est ça ?

MacNeil haussa les épaules. Le tireur aurait pu facilement le tuer aussi. Depuis un appartement vide de l'immeuble abandonné, d'où il guettait, même avant son arrivée dans la cité. Mais guettait quoi ? Qu'est-ce qu'il foutait là, bon sang ?

Dans des circonstances normales, tous les appartements auraient été bouclés, plusieurs policiers mobilisés pour les fouiller un par un, jusqu'à ce qu'ils trouvent le poste d'observation du tireur. Ensuite, ceux de la scientifique l'auraient passé au peigne fin à la recherche du plus petit indice laissé sur les lieux. Mais on manquait d'hommes, tout simplement, et l'approche de la nuit, donc du couvre-feu n'aurait fait que compliquer les choses. Laing ordonnerait peut-être des recherches le lendemain matin. De toute façon, ce ne serait plus son problème. Dans douze heures, il ne ferait plus partie de la police. Il serait un ex-flic, ex-père, ex-mari. Tout était derrière lui ; devant, il n'y avait que l'incertitude.

Laing avança une main :

— Je vous reprends les pilules, Jack.

MacNeil mit un moment à revenir à l'instant présent et à comprendre ce que Laing lui demandait. Il secoua la tête :

— Désolé, monsieur. Je ne les ai pas.

— Vous les avez prises ?

— Non, monsieur, je les ai perdues.

Laing lui jeta un regard noir, rempli d'incrédulité.

— Vous avez intérêt à les retrouver. Ces putains de trucs valent de l'or. Si je ne les ai pas sur mon bureau demain matin à la première heure, vous serez dans la merde, fiston.

MacNeil ne réagit pas. Qu'est-ce qu'on allait lui faire ? Le fusiller ?

— J'aurai besoin d'une autorisation de circuler pendant le couvre-feu, monsieur Laing. Si vous pouviez l'enregistrer dans l'ordinateur.

— Pour quoi faire ?

— Aller jeter un coup d'œil au Black Ice Club.

Laing le regarda comme s'il avait perdu la tête.

— Vous ne croyez tout de même pas que ces gamins vous ont dit la vérité ?

— Je ne pense pas que c'était leur intention. Ça a juste échappé à l'un d'entre eux.

— Eh bien, s'il est ouvert, c'est en toute illégalité.

— Je doute qu'ils le crient sur les toits, monsieur.

— Vous auriez intérêt à passer un coup de fil aux flics du quartier. Pour leur signaler que vous êtes dans le coin.

— Très bien.

MacNeil se leva et se dirigea vers la porte.

— MacNeil !

Il pivota. Laing, debout, tendit la main puis se dépêcha de la retirer comme s'il avait reçu une décharge électrique.

— Désolé, j'oubliais. Pas de poignée de main. Pas d'échange de microbes. (Il eut un sourire gêné.) Je voulais juste vous dire, euh, bonne chance. Vous êtes un putain d'imbécile, mais je ne vous souhaite aucun mal.

MacNeil réussit à lui renvoyer un pâle sourire.

— Merci, monsieur. Je n'oublierai pas vos dernières amabilités.

— Foutez le camp, lança l'autre avec un grand sourire.

Il avait traversé la moitié de la salle des inspecteurs quand il se rendit compte que quelque chose avait changé. Au-dessus de son bureau, une grappe de ballons de couleur dansait au bout d'un fil. La plupart de ses collègues s'étaient rassemblés en demi-cercle. Il aperçut un plateau de gobelets en plastique remplis de jus d'orange. Soudain, tous se penchèrent en avant pour en prendre un et ils entonnèrent en chœur *He's a Jolly Good Fellow*.

Pétri d'embarras, MacNeil se figea sur place pendant qu'ils massacraient joyeusement la chanson jusqu'aux dernières paroles. *And so say all of us**. Quelqu'un cria *Hip, Hip !* Trois « hourras » jaillirent, puis tout le monde trinqua. Rufus lui fourra un gobelet dans la main.

* C'est un bon camarade / Personne ne dira le contraire.

— Désolé qu'on n'ait rien de plus fort, mon vieux.

— Tu ne peux pas savoir comme on est jaloux ! cria un policier.

— Putain de veinard, dit un autre, aussitôt approuvé bruyamment par ses collègues.

MacNeil se retourna et vit Laing qui souriait stupidement sur le seuil de son bureau.

L'inspecteur George Murray se pencha en arrière pour attraper une boîte enveloppée de papier coloré, couvert de smileys.

— On a fait une collecte, mais on ne savait pas quoi offrir à un homme qui a tout. (Éclats de rire.) Alors, à la place, on a acheté quelque chose pour ton fils. Un coffret de DVD, la trilogie du *Seigneur des anneaux*.

— Si tu n'as pas de lecteur de DVD, tu vas être obligé de lui en acheter un, radin d'Écossais, plaisanta Rufus.

MacNeil regarda fixement le cadeau qu'ils s'étaient donné tant de mal à choisir et à envelopper. Comment auraient-ils pu savoir ? Comment ? Pourtant, cela semblait si cruel. Aussi cruel que de frapper un homme à terre. Pendant quelques instants, au cours de l'après-midi, alors que tant de choses monopolisaient son esprit, au point de l'empêcher de réfléchir à quoi que ce soit d'autre, il avait cru possible d'oublier. Après, il s'était senti coupable. Mais là, c'était le plus diabolique de tous les rappels.

Il voyait, autour de lui, leurs visages souriants observant sa réaction, attendant qu'apparaisse sur son visage le sourire qu'ils connaissaient si bien. Mais il n'entendait rien d'autre que la voix excitée de Sean hurlant : *T'arrête pas, papa, t'arrête pas !*

Une vague de nausée le traversa comme un courant d'air glacé. La salle des inspecteurs embrasa ses rétines. Le gobelet de jus d'orange tomba de sa main. Tournant les talons, il s'enfuit. Un homme ne pleure pas. Et certainement pas devant ses pairs.

Il dévala les escaliers, poursuivi par une voix pleine d'inquiétude et de consternation qui criait dans son dos :

— Jack, tu ne te sens pas bien… ?

Il traversa en courant la réception, se rua dehors sur le perron, passa entre les piliers, agrippa la rampe. Plusieurs fois, il essaya de vomir, mais rien ne vint. Les larmes qui lui brûlaient les joues brouillaient la lumière des réverbères. Il s'affala sur la première marche, la tête dans les mains.

Puis il entendit la porte battre derrière lui et la voix ulcérée de Laing :

— Qu'est-ce qui vous prend, MacNeil ? Ces types se sont donné un mal de chien pour vous. Rien que le fait d'être là est déjà pour certains…

Sa voix s'éteignit quand il vit son inspecteur courbé en deux par terre.

— Bon Dieu, qu'est-ce qu'il vous arrive, mon vieux ?

Plus aucune trace de colère dans sa voix. Il avait l'air sincèrement choqué.

MacNeil se redressa et essuya très vite ses larmes. Il ne voulait pas de la pitié de Laing. Il aurait été incapable de la supporter. Mais il était obligé de lui dire, maintenant. Il resta assis, le regard braqué sur la rue et le Three Stags Pub où il avait trop souvent traîné pendant des heures pour éviter de rentrer à la maison. Au-delà, le parc et l'Imperial War Museum semblaient noyés dans un océan de ténèbres. Sur le trottoir d'en face, le Days Hotel était vide, son personnel congédié depuis des semaines.

— Sean est mort. Cet après-midi.

Il ne leva pas la tête en quête d'une réaction. Et aucune réaction ne suivit. Juste le silence. Un très long silence. Enfin, lentement, Laing s'assit à côté de lui et les deux hommes fixèrent leur regard sur l'obscurité de Kennington Road.

— Nous n'avons pas pu avoir d'enfant, finit par dire Laing. Elizabeth avait toujours rêvé d'en avoir. C'était sa *raison d'être*. Une femme intelligente, une carrière brillante, mais tout ce qu'elle désirait c'était être enceinte, rester à la maison, élever ses enfants.

MacNeil sentit que son patron le regardait, puis se détournait aussitôt.

— Moi, ça ne m'intéressait pas trop. Ça ne me préoccupait pas, en fait, jusqu'au jour où on nous a dit qu'on n'aurait jamais d'enfant. Tout à coup, j'avais envie d'être père plus que tout au monde. Drôle, non ? Comme on peut se mettre à vouloir quelque chose juste au moment où ce n'est plus possible. (Il se gratta la tête.) On regarde autour de soi, on prend conscience que la plupart des racailles qu'on fout derrière les barreaux… eh ben, que la plupart ont des gosses. À croire qu'il n'y a rien de plus facile dans la vie. Tout le monde trouve ça naturel.

Il marqua une pause avant d'ajouter :

— C'est l'un des plus grands regrets de ma vie. Je ne peux même pas imaginer ce que ça fait d'en avoir un et de le perdre.

Il lui toucha brièvement l'épaule, puis se leva. MacNeil lui sut gré de ne pas exprimer de la pitié. Mais de la sympathie, et même de l'empathie, chose dont il n'aurait jamais cru son patron capable.

— Rentrez chez vous, fiston. Vous n'avez plus rien à faire ici. Votre boulot est terminé.

MacNeil secoua la tête. Il n'avait nul endroit où aller qu'il pût appeler chez lui. Il avait besoin de se concentrer sur quelque chose qui l'aide à franchir la nuit.

— Cette petite fille a été assassinée, dit-il. Tant que je n'aurai pas trouvé son assassin, mon boulot ne sera pas terminé.

CHAPITRE 12

I

Un calme étrange régnait dans le West End, délavé sous la lumière blême des réverbères, et constamment surveillé par l'œil vigilant des caméras. MacNeil avait déjà eu l'occasion de pénétrer dans l'une des salles de contrôle et d'observer la batterie d'écrans où sautaient les images d'une caméra à l'autre. Tout ce qu'il avait vu bouger, à part les soldats, c'était les rats. Des milliers de rats. S'aventurant prudemment hors des égouts obscurs, héritiers d'une cité abandonnée par les humains. D'abord, ils avaient dû se demander ce qu'il se passait. Mais il ne leur avait pas fallu longtemps pour s'accoutumer. Ils s'étaient vite enhardis et se joignaient désormais aux pillards dans leur entreprise nocturne de nettoyage de la ville.

MacNeil roula jusqu'à Haymarket. Il ne s'habituait pas à voir les rues aussi vides, aussi mortes. Avant la crise, même au petit matin il y avait des taxis, des voitures particulières, des groupes de fêtards sortant des clubs et des pubs autorisés à rester ouverts toute la nuit. Mais depuis le couvre-feu, rien ne bougeait, et si quelque chose bougeait, on tirait dessus.

La fontaine de Picadilly Circus et sa statue d'Eros étaient toujours barricadées. Éteints, les énormes panneaux publicitaires lumineux de Sanyo et TDK plaqués sur la façade des immeubles d'angle, au-dessus de Gap, ressemblaient à des trous noirs. Couleur et animation avaient été éradiquées de ce lieu, autrefois l'un des plus vivants de la capitale. Le kiosque à journaux vert était cadenassé. Plus personne n'achetait de billet de bus touristique. Dans un angle de la place, un mégastore se morfondait derrière ses planches calcinées. Quand les pillards ne réussissaient pas à arracher le bois, ils y mettaient le feu. Et disparaissaient systématiquement avant l'arrivée de l'armée.

MacNeil entendit au loin une sirène de pompiers et vit la lueur orangée des flammes se refléter sur le nuage bas qui planait toujours sur Londres. Il contourna le rond-point par la droite, au lieu de la gauche, pour aborder Shaftesbury Avenue. C'était le seul avantage du couvre-feu. Les feux de signalisation ne fonctionnaient pas et on pouvait emprunter les sens interdits. Dire que le maire de Londres avait tout essayé pour réduire la circulation en ville. Si seulement il avait pensé à ça. C'était bien plus efficace que le péage urbain.

Juste devant lui, deux camions et un blindé bloquaient la route. Plus d'une douzaine de soldats se tenaient par petits groupes de deux ou trois, ôtant leur masque quand ils s'isolaient pour fumer puis le remettant avant de rejoindre leurs collègues. Dès que la voiture de MacNeil déboucha de Picadilly, tous furent sur le qui-vive et braquèrent leur SA80 dans sa direction, un doigt nerveux sur la détente. L'un d'eux s'avança, une main levée. MacNeil s'arrêta. Il détestait se sentir visé par des armes mais il savait que, sitôt son numéro d'immatriculation vérifié sur l'ordinateur, ils se détendraient. Il se trompait.

Le soldat jeta un coup d'œil par-dessus son épaule en entendant qu'on l'appelait d'un camion ; immédiatement, cinq autres militaires le rejoignirent et se déployèrent devant la voiture. Visiblement, ils étaient sur les nerfs.

— Sortez de votre véhicule, mains en l'air, cria le premier. Allez ! Tout de suite !

MacNeil n'avait pas l'intention de discuter. Il ouvrit la portière et descendit lentement, les mains très haut au-dessus de sa tête. Il trouvait déconcertant de ne pas distinguer le visage des soldats derrière les masques et les lunettes. Cela leur donnait un côté inhumain. Dans ces conditions, difficile d'envisager quelque négociation que ce soit.

— Je suis flic, dit-il. J'ai l'autorisation de circuler.

— Non, pas sur notre ordinateur.

Il jura entre ses dents. Ou Laing avait oublié de l'enregistrer, ou il y avait eu un bug. Ils se rapprochèrent de lui, le canon de leurs fusils à quelques centimètres de son nez.

— J'ai mon badge. Je peux vous le montrer.

Il baissait lentement une main vers sa poche intérieure quand l'un des soldats lui flanqua un coup de crosse sur le côté de la tête. Un éclair jaillit devant ses yeux et il tomba à genoux.

— Merde alors, dit-il d'une voix à peine plus forte qu'un murmure. Je suis un putain de flic.

Des mains le remirent brutalement debout et le plaquèrent contre sa voiture. Quelqu'un lui appuya le visage sur le toit, lui tordit les mains dans le dos en les remontant jusqu'à la nuque et lui écarta les jambes d'un coup de pied.

— Tu bouges, t'es mort, siffla une voix à son oreille.

Le sang pulsait à ses tempes ; il sentit des mains le palper et s'introduire dans ses poches. Son porte-cartes claqua sur la tôle, juste à côté de sa tête, et il vit la lumière d'un réverbère se refléter sur le badge orné de la couronne et des armoiries royales.

— Où tu l'as volé ?

— Je ne l'ai pas volé. Regardez la photo, bon sang !

L'insigne disparut de son champ de vision ; il y eut un moment de flottement.

— Ça ne lui ressemble pas, entendit-il dire.

Il maudit alors le jour où il avait décidé de se faire couper les cheveux si court.

— Emmenez-le dans le camion.

Les soldats le tirèrent sur la chaussée.

— Bon Dieu, vous ne pouvez pas téléphoner à mon patron ? C'est l'inspecteur chef Laing, du commissariat de Kennington Road. Il devait enregistrer mon autorisation dans l'ordinateur.

Plusieurs paires de mains l'entraînèrent brutalement vers l'arrière d'un camion et le jetèrent à l'intérieur. Puis quelqu'un le gifla, l'envoyant valser contre le flanc bâché. Son badge glissa sur le plancher métallique.

— Bouge pas !

Il fut vaguement conscient de la présence d'un jeune soldat devant un ordinateur portable et une radio à ondes courtes. La lumière de l'écran se reflétait sur son visage tandis que ses doigts pianotaient sur le clavier. Mais MacNeil n'eut pas le temps de réfléchir à sa situation. Brusquement, une explosion assourdissante fit vaciller le camion sur ses roues. L'onde de choc gonfla la toile vers l'intérieur, comme sous l'effet d'un coup puissant, avant d'être aspirée vers l'extérieur. Des éclats de verre s'abattirent comme une averse de grêle sur les rues des alentours, un puissant éclair blanc illumina brièvement la nuit.

Dehors, des voix paniquées s'élevèrent. Quelqu'un cria que c'était la banque de Chinatown.

— Ils ont fait sauter la putain de banque !

D'où il était, MacNeil put voir les soldats qui, un instant plus tôt, l'avaient malmené, se déployer vers le nord le long de l'avenue, en direction de Chinatown. Personne ne s'occupait plus de lui. Le jeune officier communication hurlait dans sa radio pour appeler des renforts. En un dixième de seconde, MacNeil décida d'agir, décision qu'il n'aurait certainement pas prise s'il avait eu le temps de réfléchir. Il plongea en avant et s'empara du fusil posé sur le banc, à côté du soldat. Celui-ci se détourna aussitôt de sa radio pour le reprendre. Mais trop tard. Il se trouvait maintenant du mauvais côté de son arme, avec un MacNeil inquiétant, déterminé et effrayé, à l'autre.

— Je suis réglo, petit. Je suis flic. Vérifie sur l'ordinateur.

Puis il se baissa doucement pour récupérer son badge.

Paralysé par la peur et l'humiliation, le gamin secoua la tête.

MacNeil retira le chargeur, le jeta dans la rue, puis balança le fusil.

— Je m'en vais. Inutile de me suivre.

Le jeune soldat fit un mouvement. Il ne se voyait pas expliquer aux autres qu'il avait perdu à la fois son fusil et son prisonnier. Mais il n'était pas de taille à se mesurer au grand Écossais. MacNeil l'agrippa par le devant de sa veste et lui arracha son masque.

— N'y pense même pas, fiston. Ou je te souffle dessus.

La menace fut plus efficace que n'importe quelle intimidation physique. Il s'écarta sur le champ de MacNeil, qui le repoussa au fond du camion, sauta sur la chaussée et courut à sa voiture ; personne n'avait pensé à en retirer la clé de contact. Le moteur démarra du premier coup. Dans un crissement de pneus, il fit demi-tour, remonta à toute vitesse vers Picadilly Circus, enfila Regent Street, tourna à droite dans Air Street, puis dans Brewer Street, enfin à gauche dans Lower John Street jusqu'à Golden Square, désert. Il savait que c'était risqué de laisser un véhicule à cet endroit, mais, à pied, il serait plus libre de ses mouvements.

De l'autre côté de la place s'étendait une zone d'obscurité profonde car plus aucun réverbère ne fonctionnait. Il choisit d'aller se garer là-bas. Une fois sur le trottoir, il resta un instant debout à côté de la voiture l'oreille tendue ; seul le cliquetis du métal en train de refroidir brisait le silence. L'explosion de la banque de Chinatown avait provoqué un incendie qui illuminait le ciel nocturne, au-delà des immeubles les plus proches. On entendait au loin sirènes, coups de feu, éclats de voix dont l'écho se répercutait à travers les rues vides. La voie était libre.

Il choisit de rester dans les rues étroites et les ruelles qui se déployaient comme une toile d'araignée dans Soho jusqu'au nord de Shaftesbury Avenue. Bridle Lane, Great Pulteney Street, Peter Street. Partout, les ravages étaient incroyables. Véhicules volés abandonnés puis incendiés.

Bâtiments – boutiques et bureaux – presque tous pillés. Marchands de sexe et de pornographie exerçant dans les rues et les impasses de Soho, dévalisés. *Slinky's, For the Liberated and Enslaved – Corsets – Rubber – Leather.* Boîtes de strip-tease, salons de tatouage, cinémas, dépouillés. Du verre brisé et des marchandises jetées jonchaient les trottoirs et les chaussées, les portes pendaient sur leurs gonds tordus, les fenêtres n'étaient plus que des trous béants. Il avait même du mal à identifier les pubs où il avait bu, les restaurants où il avait mangé. Soho Spice, The Blue Posts.

Dean Street était plongée dans les ténèbres. L'explosion de la banque, au bas de l'avenue, avait dû couper l'alimentation électrique. Il n'y avait plus d'éclairage. Seul le reflet d'une lueur vacillante et inquiétante en provenance de Chinatown effleurait les murs des clubs et restaurants désertés. Sur les trottoirs, le verre cassé scintillait comme du givre ; le vent froid apportait une odeur de fumée et de caoutchouc brûlé. À l'angle de Meard Street, les murs crème d'un piano-bar disparaissaient sous les marbrures noires de l'incendie qui l'avait détruit.

MacNeil se dépêcha de traverser Dean Street pour se diriger vers le nord. Cinquante mètres plus loin, il arriva devant la façade du Black Ice Club. On voyait des traces de tentatives d'intrusion, mais les grilles en acier avaient résisté aux pilleurs. Il ne savait pas trop à quoi il devait s'attendre. Si le club continuait son activité, c'était en secret. Parfaitement immobile, il écouta, et sentit alors, plus qu'il ne les entendit, des bruits sourds, très atténués. La musique infiniment répétitive et monotone qui caractérisait si bien le goût des gamins d'aujourd'hui. Non que ce fût très différent à son époque, en fait. Tout dépendait avec quoi on grandissait et à quoi on voulait échapper.

Il n'aurait pu certifier que la musique provenait de l'intérieur du Black Ice Club. Mais si on l'y avait contraint, il l'aurait juré. Il devait y avoir une autre entrée. À l'extrémité du pâté de maisons, en face de Wen Tai Sun Chinese News Agency, un étroit passage sous les bureaux conduisait à une cour pavée remplie de poubelles sur roues débordant d'ordures ; elles n'avaient pas été vidées depuis des mois. MacNeil s'y aventura avec précaution ; paniqués, des rats lui filèrent entre les jambes. Il y avait des grilles peintes en noir, des fenêtres protégées par des barreaux en fer, des escaliers de secours zigzaguant le long des murs en brique. Un mince trait lumineux soulignait la base d'une épaisse porte en acier. En s'approchant, MacNeil nota que la musique s'intensifiait. Maintenant, il l'entendait plus qu'il ne la sentait.

Il trouvait extraordinaire que des gens puissent avoir envie de sortir faire la fête malgré les dangers mortels que présentaient à la fois la contamination et les rues transformées en zones de non-droit par lesquelles ils devaient circuler après le couvre-feu. Sans parler du fait que c'était illégal. Puis il se dit que toute une génération en ébullition de jeunes ayant de l'énergie à revendre et de l'argent à dépenser n'allait pas rester tranquillement à la maison à regarder la télé entre papa et maman. Il supposait que ça les excitait, de vivre dangereusement. Encore plus que la drogue. Néanmoins, il aurait volontiers parié que les clients du Black Ice Club, derrière cette porte en acier, étaient les rejetons de familles aisées de Chelsea et South Kensington. Des gamins privilégiés aux poches pleines de l'argent de papa. Pas vraiment le genre d'endroit que fréquenterait un employé de crématorium issu d'un quartier pauvre de South Lambeth.

Il cogna sur la porte et se recula. Rien ne se passa. Il frappa de nouveau. Cette fois, un petit judas s'ouvrit. Lumière et musique se déversèrent dans l'obscurité de la cour ; des yeux méfiants se plongèrent dans ceux de MacNeil.

— Qu'est-ce que vous voulez ?

— Boire un verre.

— Vous connais pas.

— Je suis un ami de Ronnie. Ronnie Kazinski. Il m'a dit qu'un homme assoiffé pouvait boire ici à n'importe quelle heure. Et j'ai la gorge sacrément sèche.

— Comment avez-vous fait avec le couvre-feu ?

— Comment font les autres ?

— En général, ils arrivent avant et repartent après.

MacNeil haussa les épaules.

— Disons que j'ai eu de la chance.

Le videur le dévisagea un bon moment avant de refermer le judas. MacNeil pensa tout d'abord qu'il ne lui ouvrirait pas. Puis il entendit un raclement de verrous qu'on tirait ; la porte s'entrebâilla. Le videur était grand, mais moins que lui. Il avait le crâne rasé et portait un gilet en cuir sur son torse nu. Sa panse de buveur de bière pendait au-dessus de son jean large. Un masque chirurgical crasseux lui couvrait la moitié inférieure du visage. Il jaugea MacNeil avec circonspection avant de lui faire signe qu'il pouvait entrer.

— Merci, mec. Où est le bar ?

— En bas.

II

Au fur et à mesure qu'il descendait l'escalier, il se sentait agressé physiquement par la musique de plus en plus forte. Un niveau de décibels abrutissant. Des spots aux couleurs absorbées par les murs noirs. Une piste de danse où deux cents personnes, au moins, oscillaient en une vague ondulante d'humanité transpirante, perdues dans une transe primaire, bougeant au rythme de sons qui relevaient plus de lointaines racines tribales que d'une société moderne sophistiquée. Tous portaient des masques chirurgicaux, à la manière d'une espèce d'uniforme. Et à la lumière des tubes d'ultraviolet fixés au plafond, ils luisaient étrangement dans le noir, comme un vol de goélands phosphorescents au-dessus de la mer.

Sur un côté de la piste, il y avait une scène où deux filles en petite tenue, la tête couverte d'une cagoule blanche fendue au niveau des yeux, balançaient les hanches et tournoyaient en lents cercles hypnotiques. Un bar courait le long du mur de droite. Deux jeunes barmen portant des masques à gaz de type militaire servaient les clients agglutinés sur trois rangs. Chacun baissait son masque pour boire, puis le remettait en place. Les verres qui avaient servi étaient rangés dans des casiers circulaires avant d'être enfournés dans d'énormes lave-vaisselle où ils étaient désinfectés. Derrière le bar s'élevaient des nuages de vapeur dans l'air déjà lourd de chaleur et de sueur. Incubateur idéal de maladie infectieuse.

MacNeil bouscula les consommateurs pour s'approcher du bar. Quiconque lui résistait se voyait menacé d'un coup de coude en pleine face. La musique noyait les protestations. Un barman aux cheveux blonds et aux racines noires lui jeta un regard prudent. MacNeil était plus vieux que les clients habituels, beaucoup plus classique, et il n'avait pas enlevé son manteau, malgré la chaleur. En outre, il avait le visage couvert de bleus et une joue lacérée par les débris de verre sur lesquels il était tombé dans la cour de la cité de South Lambeth.

— Whisky, cria-t-il. Single malt. Glenlivet, si vous en avez. Avec un peu d'eau.

Il avait l'impression de ne pas avoir bu depuis une éternité et en ressentait maintenant le besoin irrépressible. Juste un verre. Il savait que s'il en buvait plus, cela affaiblirait sa décision et le jetterait dans une spirale descendante où il s'appliquerait à noyer son chagrin.

Un verre contenant un centimètre et demi d'ambre fut brutalement posé devant lui sur le comptoir, avec une petite carafe d'eau. Il tendit un billet de cinq livres et ne reçut aucune monnaie en échange. Après avoir dilué le whisky, moitié-moitié, il but une gorgée.

— Ce n'est pas du Glenlivet ! lança-t-il au barman.

— Vous avez dit *si vous en avez*. J'en ai pas.

Aucune excuse ne suivit.

Il avala une autre gorgée. Ce n'était qu'un *blend* ordinaire. Son goût le déçut, mais il apprécia la brûlure qu'il sentit glisser vers son estomac. Il vida son verre en un clin d'œil. Puis il pensa à toutes les fois où il en prenait un deuxième, juste pour retarder le moment de rentrer à la maison. Retrouver Martha. Il pensa aussi à toutes les fois où Sean dormait déjà à son retour. Tous ces moments perdus. Toutes ces heures gâchées. Il en réclama encore un au barman.

Quand ce dernier le lui apporta, MacNeil lui saisit le poignet et se pencha par-dessus le bar.

— Ronnie est là ce soir ? Ronnie Kazinski ?

Mais l'autre leva une main pour lui faire signe de se taire alors que la musique s'arrêtait soudain, sur un simple roulement de tambour ; son écho continua à se répercuter autour de la salle pendant plusieurs secondes. La mer de masques cessa de tanguer ; il y eut quelques applaudissements sporadiques ; danseurs et buveurs se tournèrent avec espoir vers la scène. D'une porte située quelque part dans le fond, un jeune homme d'une trentaine d'années surgit avec, posée sur son épaule, une perche autour de laquelle était artistiquement noué un sac en tissu blanc ressemblant, à s'y méprendre, au balluchon de dessin animé dans lequel la cigogne apporte les bébés. L'espace d'un bref instant, un souvenir fugace s'infiltra dans les pensées de MacNeil.

Les danseuses cagoulées s'étaient éclipsées en laissant derrière elles une petite table pliante au milieu de la scène. Des cris et des applaudissements saluèrent l'homme lorsqu'il déposa le sac sur la table. Tout de noir vêtu, jusqu'au masque, il se confondait presque avec le mur. La moitié supérieure de son visage éclatait de blanc sous les lumières fluorescentes et paraissait danser, désincarnée, au-dessus du balluchon. Ses fins cheveux clairsemés étaient lissés en arrière sur son crâne dégarni. Quand il parla dans un micro sur pied, sa voix éteinte résonna au-dessus des têtes qui étaient toutes tournées, sans exception, vers lui.

— L'art, l'art véritable, consiste à vivre dangereusement. À repousser les limites toujours plus loin, le plus loin possible. Qu'est-ce qu'une vie vécue dans des limites fixées par d'autres ? Nous devons définir nos propres limites, les étirer en cercles de plus en plus larges, encourager les autres à nous rejoindre. Nous ne sommes pas nos parents, ni les parents de nos parents. Nous sommes nous. Et nous sommes ici, maintenant. L'avenir nous appartient, l'avenir que nous créerons. Ce n'est qu'en avançant sur le fil du rasoir entre la vie et la mort, entre le bon goût et le mauvais goût, entre l'acceptable et l'inacceptable, que nous trouverons un vrai sens à nos vies.

Il balaya du regard les visages qui le contemplaient dans un silence absolu. Tous savaient qu'il s'apprêtait à faire quelque chose d'horrible. La plupart étaient venus pour ça. De l'art underground. Voilà ce qui avait fait la renommée du club avant la crise. MacNeil l'observait, fasciné, captivé malgré lui par le côté hypnotique de la performance, mais absolument pas préparé à ce qui allait suivre.

L'homme en noir se pencha sur la table ; d'un geste solennel, il défit le nœud qui retenait le tissu ; en s'ouvrant, celui-ci dévoila une étrange masse sanguinolente et informe. Un hoquet monta de la foule. Les yeux de l'homme brillaient comme des balises noires cerclées de blanc. Brusquement, il écarta son masque, saisit la chose à deux mains, la leva, dégoulinante, au-dessus de sa tête.

Sa voix fusa alors dans les aigus :

— Voici la vie. Et la mort.

Seul le bourdonnement de la sono troublait le silence de la salle.

— Il y a deux heures, le cœur de cet enfant battait dans le ventre de sa mère. Deux heures à peine depuis qu'il a été arraché à son cordon ombilical, privé d'avenir, dépourvu de passé. Avortement. Rejet de la vie. Malédiction de notre époque.

MacNeil le regardait, incrédule, glacé d'horreur. Il entendit une voix solitaire murmurer :

— Oh, mon Dieu !

— Nous ne pouvons trouver la mort que dans la vie, la vie que dans la mort.

Soudain, l'homme en noir abaissa les mains à hauteur de son visage, observa une courte pause, puis mordit à pleines dents la masse sanguinolente. Et s'en gava.

Dans la foule, quelqu'un vomit. Une ou deux voix, sans plus, manifestèrent leur dégoût ou leur désaccord. Seuls s'entendaient les grognements de l'homme en train de s'empiffrer sur la scène. Puis, aussi vite qu'il avait commencé, il s'interrompit, laissant tomber les restes de son repas sur la table. Autour de sa bouche, son visage était barbouillé de rouge.

— Merci, merci, lança-t-il en récupérant ses accessoires avant de disparaître dans un mouvement théâtral par la porte d'où il avait surgi.

Les lumières baissèrent immédiatement, la musique reprit de plus belle, agressant le corps et les sens. La mer de masques recommença à onduler en une houle frénétique et tempétueuse.

MacNeil tremblait, choqué, pris de nausée. Il se retourna vers le bar et le whisky qui l'attendait ; le barman lui sourit derrière son masque.

— C'est quelque chose, hein ? cria-t-il, visiblement ravi de son air révulsé. Qui vous cherchiez, déjà ?

MacNeil vida son verre et le reposa aussitôt d'un coup sec sur le comptoir.

— Ronnie Kazinski.

Le barman fronça les sourcils un instant, puis lâcha :

— Ah, ouais. Vous voulez parler du mec du *crem* ?

Il lui fallut une seconde pour comprendre que *crem* signifiait *crématorium*.

— C'est ça.

— Pourquoi vous ne demandez pas à Fœtus Man ? Ils sont très potes, tous les deux.

III

Derrière la scène, le couloir menait, tout au fond, aux toilettes. MacNeil sentit l'odeur d'urine dès que la porte de la salle se referma derrière lui, étouffant les assauts de la musique, et il en fut soulagé. Un néon jaune réfléchissait une lumière éblouissante sur le linoléum usé. Il passa devant les photos noir et blanc encadrées de certaines performances artistiques qui avaient fait la renommée du club. La dernière porte à gauche était celle de la loge. Une pancarte indiquait *privé*. Quand MacNeil poussa la porte, Fœtus Man se détourna du miroir de la coiffeuse devant lequel il se nettoyait les mains et la figure avec des serviettes chaudes mouillées.

— Vous savez pas lire, putain ?

MacNeil traversa la pièce en deux enjambées, l'attrapa par les revers de sa veste et le poussa si violemment contre le mur qu'il en eut le souffle coupé.

— Si, je sais lire. Et là, tout de suite, je vais te lire tes putains de droits, espèce de malade.

Le clouant d'une main, il brandit de l'autre son badge.

— Je détaillerai les accusations plus tard. Trafic de cadavre, vol de fœtus, meurtre, peut-être. Un dingue de ton acabit devrait se retrouver enfermé pour un bon bout de temps.

— Hé, protesta Fœtus Man, en se mettant à rire. Voyons, mec. Vous ne pensez tout de même pas que c'était vrai, si ? Allez, arrêtez. J'aurais gerbé partout.

Il hocha la tête vers le paquet sanglant posé sur la coiffeuse :

— C'est juste du pain et de la confiture. Je supporte pas la bouffe de la cantine, j'apporte mon déjeuner.

Il se dégagea de MacNeil, qui desserrait sa prise.

— Ce n'est qu'une performance, mec. Les gens aiment être choqués. Ils aiment croire que c'est réel. Mais au fond, ils savent bien que c'est juste de la rigolade.

— Tu appelles ça de la rigolade ?

— Je repousse les limites. J'implique les spectateurs, je provoque une réaction émotionnelle. Ça les oblige à réfléchir, à se dépasser.

Il se rassit et continua à s'essuyer le visage tandis que MacNeil l'observait dans le miroir d'un œil méfiant.

— Où est-ce que je trouverais un fœtus, d'abord ? L'idée m'est venue en voyant un documentaire sur un Chinois qui faisait ça. En vrai, lui, pas pour rigoler. C'était *carrément* dégueulasse. Mais, moi ? Je me régale juste d'un sandwich.

Comme il avait fini de se nettoyer, il se leva.

— Vous vouliez savoir autre chose ?

MacNeil fixa sur lui un regard plein de colère, de mépris, et d'un reste du dégoût engendré par sa performance. Puis il tenta de se recentrer sur la raison qui l'avait amené ici en premier lieu.

— Je cherche Ronnie Kazinski, dit-il.

Fœtus Man haussa les épaules.

— Ronnie qui ?

À cet instant, la porte de la loge s'ouvrit et MacNeil vit se refléter dans la glace un jeune homme en jeans et veste de cuir. Il n'était pas grand et accentuait la petitesse de sa tête en plaquant avec du gel ses fins cheveux noirs sur son crâne. L'espace d'une seconde, MacNeil crut le reconnaître. Ces pommettes hautes, ces yeux écartés lui paraissaient familiers. Cette vilaine peau blafarde donnait l'impression de ne pas avoir été depuis des mois à la lumière du jour. Soudain, une image lui traversa l'esprit. Celle d'un visage de femme derrière un voilage, les traits durcis par des générations de pauvreté. Il se rappela alors où il avait vu cet homme. Sur la photo floue d'un fax. Ronald Kazinski.

Kazinski s'arrêta sur le seuil et vit le regard de MacNeil fixé sur lui. Clignant des yeux vers Fœtus Man, il comprit aussitôt le danger, tourna les talons et fila dans le couloir comme un possédé, ses sneakers crissant sur le linoléum. MacNeil se lança derrière lui sous la lumière crue du néon, moins vite, d'un pas alourdi par sa carrure massive, ouvrit la porte du fond et fit irruption dans la mer phosphorescente des masques, où la musique l'assaillit. Kazinski avait taillé sa route tout droit vers l'escalier, à l'autre bout de la piste ; MacNeil suivit son sillage, en bousculant les corps, jusqu'à ce que la mer finisse par s'écarter de son plein gré devant lui.

Il grimpa les marches deux par deux. La lourde porte en acier claqua au moment où il atteignait le palier. Le videur au crâne chauve et au gilet de cuir lui barrait le passage, une main tendue en avant pour l'arrêter :

— Où vous croyez aller comme ça, mon vieux ?

D'un rapide mouvement du cou, MacNeil se pencha en avant comme pour l'embrasser et sentit le nez de l'homme éclater sous son front. Le videur recula en titubant, l'air étonné ; l'arrière de sa tête s'écrasa sur le mur, son masque imbibé de sang vira du blanc au rouge. MacNeil poussa la porte et sortit dans la nuit. Il entendit un vacarme de poubelles renversées tandis qu'un vent glacé ravivait l'odeur des ordures nauséabondes. À la lumière qui s'échappait dans la cour par la porte ouverte, il vit l'ombre du fuyard plonger dans la ruelle. Il se lança à sa poursuite, des rats détalèrent en couinant entre ses pieds.

Quand MacNeil émergea de la ruelle, Kazinski remontait Dean Street en courant, tout près de se faire avaler par les ténèbres. Il avait beau détaler comme un lièvre, MacNeil, tel un bouledogue, ne le lâcherait pas. En le voyant tourner dans St Anne's Court, une étroite voie piétonne bordée de grands immeubles en brique, il crut un instant qu'il allait le perdre. Mais dès qu'il atteignit le coin de la rue, il comprit qu'il se passait quelque chose à l'autre bout. Une lueur vacillante, des flammes, des craquements. Des éclats de rire, des hurlements de dérision. Les pillards. Kazinski s'arrêta et jeta un coup d'œil par-dessus son épaule. MacNeil entendit presque les rouages de son cerveau tourner à toute allure pour essayer de décider qui, du marteau ou de l'enclume, était le moins dangereux. Il trouva une troisième option. Un passage exigu vers le sud, perpendiculaire à St Anne's Court, juste en face des fenêtres géorgiennes brisées de ce qui, un jour, avait été une pâtisserie. Ce passage ne mesurait même pas un mètre de large. Kazinski s'y engouffra et parcourut une vingtaine de mètres avant de s'apercevoir que l'autre extrémité était bloquée par des poubelles retournées et des meubles balancés des fenêtres des bureaux vandalisés. MacNeil l'entendit jurer dans le noir, il ralentit l'allure pour reprendre son souffle. Kazinski était fait comme un rat. Il s'était jeté dans un cul-de-sac. Il ne pouvait plus aller nulle part.

Le voyant approcher, le jeune homme recula le plus loin possible.

— Ta mère te croit en train de travailler.

— Qu'est-ce que vous voulez ?

— Pourquoi tu t'es enfui ?

— Je flaire un flic à cinquante mètres.

— Oui, c'est l'odeur de l'urine des pauvres types comme toi qui pissent de peur dans leur froc.

— J'ai des droits.

— Exact. Tu as le droit de te vider de ton sang en silence. Tu as le droit d'avoir un enterrement décent. Mais tu n'en auras pas. Pas en ce moment. Tu es bien placé pour le savoir.

Kazinski essaya de se faufiler entre le mur et MacNeil. Mais les épaules de ce dernier étant presque aussi larges que le passage, il n'eut qu'à s'incliner un peu sur la droite pour le coincer contre la brique. Ensuite, il l'attrapa par le col, le souleva de terre et le lâcha sur la barricade bouchant la ruelle. Kazinski s'écroula au milieu des débris et des ordures qui dégringolèrent sur lui.

— Parle-moi des os, dit MacNeil.

— Quels os ?

MacNeil soupira.

— J'ai ton empreinte de pouce sur un ticket de métro trouvé à l'endroit où tu les as balancés. Tu vas tomber pour meurtre, Ronnie.

— Je ne l'ai pas tuée ! s'écria Kazinski d'une voix paniquée. Parole, mec. Je devais juste me débarrasser des os.

— Pas très réussi.

— J'étais censé les introduire en douce dans Battersea pour les jeter dans un four. Au début, ils voulaient que je passe le corps entier. Mais c'était pas possible de franchir la sécurité avec elle. Alors, j'ai dit, filez-moi juste les os. Là, j'y arriverai. Ils ne voulaient pas de trace, vous comprenez ? Ils devaient être détruits.

— Pourquoi ?

— J'sais pas. J'ai rien à voir avec ça, parole.

— Pourquoi tu ne les as pas brûlés, alors ?

— Parce que le trou devait être rempli de béton ce matin. Ça m'évitait de prendre des risques, et ils n'y auraient vu que du feu.

— Qui ça, ils ?

— J'sais pas.

— Arrête tes conneries !

— Je vous jure. Ils m'ont juste payé pour que je les débarrasse des os.

MacNeil se pencha sur lui.

— Ronnie, tu vas tomber à la place de ces types si tu ne me dis pas qui ils sont.

— Bon Dieu, mec, je connais pas leurs noms. Le type m'a contacté un jour à la sortie du boulot et il m'a fait une offre que je pouvais pas refuser.

MacNeil secoua la tête.

— Tu vas devoir trouver mieux que ça, Ronnie. Où as-tu pris les os ?

Il entendit Kazinski pousser un grand soupir dans le noir.

— Je connais pas l'adresse. C'était une grande maison. Vous savez, le genre d'endroit pour richard.

— Où ?

— Quelque part du côté de Wandsworth Common. Root Street, Ruth Street, un truc comme ça. Il faisait nuit. Je sais pas. Ils sont passés me prendre et ils m'ont poussé dans une voiture.

— Pendant le couvre-feu ?

— Oui. Ça n'avait pas l'air de leur poser de problème. Personne nous a arrêtés.

MacNeil se redressa et le toisa pendant plusieurs minutes. Il avait besoin d'en savoir davantage, et il était sûr que Kazinski avait d'autres choses à raconter.

— Allez, lève-toi.

Kazinski ne bougea pas.

— Qu'est-ce que vous allez me faire ?

— Je t'embarque, Ronnie, pour suspicion de meurtre.

Il vit trop tard le tube surgir de la nuit. Il entendit d'abord le bruit creux qu'il fit en frappant son crâne, puis ses genoux se dérobèrent sous lui. Kazinski lâcha le montant d'échafaudage qu'il avait ramassé au milieu des décombres et qui roula bruyamment sur le macadam, sauta par-dessus le corps étendu du policier et fila en quatrième vitesse.

Plié en deux, MacNeil suffoquait, voyait trente-six chandelles. Comment avait-il pu se montrer aussi imprudent ? Il jura, cracha par terre ; un goût de sang lui emplit la bouche. Il lui fallut une bonne minute pour se ressaisir et pouvoir se relever en chancelant, une main appuyée contre le mur de brique jusqu'à ce qu'il se sente capable de tenir debout sans tomber. Sa tête sonnait le tocsin. Inutile de se précipiter. Kazinski était parti depuis trop longtemps.

Quelques instants plus tard, encore secoué, il rebroussa chemin. En débouchant sur St Anne's Court, il vit une forme sombre par terre, à quelques mètres de lui, vers l'est. Il se demanda ce que ça pouvait être. Cinq minutes plus tôt, il n'y avait rien à cet endroit. Il s'approcha. C'était le corps d'un homme allongé sur le ventre dans une mare de sang – un sang collant en train de se coaguler dans le vent froid. Il s'agenouilla pour le toucher : il était encore tiède. Il le retourna. Kazinski fixait sur lui ses yeux grands ouverts. Sa chemise blanche était trempée de sang, mais les trous des trois balles qui l'avaient traversée se distinguaient nettement. Toutes les trois dans la région du cœur. Il était bel et bien mort.

CHAPITRE 13

MacNeil s'affala sur le sol et s'adossa au mur. À l'ouest, au-delà de St Anne's Court, l'incendie n'était pas encore éteint mais les pillards devaient être partis car seul le crépitement des flammes perçait le silence.

Quelqu'un avait tiré trois balles dans la poitrine de Kazinski. Quelqu'un qui l'attendait ici, dans la ruelle. Aucun coup de feu n'avait retenti. Même avec la tête qui sonnait le tocsin, il les aurait entendus. Le verdict de Laing sur le sniper qui avait tué les gamins, à South Lambeth, lui revint en mémoire. *Un vrai travail de pro. Une arme de pro entre des mains de pro*. Là aussi, ça sentait le professionnel. Une exécution propre et sans bavure. Une arme munie d'un silencieux. Quelqu'un ne voulait pas que Kazinski parle à MacNeil, ni à personne d'autre. Il lui vint à l'esprit qu'il s'agissait peut-être du même professionnel. Le tireur d'élite qui lui avait sauvé la vie dans l'après-midi attendait peut-être Kazinski. Maintenant, il l'avait eu.

Inclinant la tête en arrière, il l'appuya doucement sur la brique, puis respira à fond. Il se sentait lentement glisser dans une sorte d'état second, comme dans un linceul. Tout lui échappait. Sa vie, la ville, son boulot, cette enquête. Il avait l'impression d'être le jouet d'une vague d'évènements sur lesquels il n'exerçait aucun contrôle. Il était fatigué. Après avoir à peine dormi la nuit précédente, il avait repris son service depuis une quinzaine d'heures. S'il fermait les yeux, il pourrait s'assoupir. Ici même, sur le trottoir, avec un mort à ses pieds.

Mais il savait que la colère qui l'habitait, la petite voix intérieure qui criait avec rage, le tiendrait éveillé. Au loin, résonnèrent des coups de feu et l'écho distant de voix hargneuses. Il se traîna sur les genoux, enfila une paire de gants en latex et fouilla les poches de Kazinski. Il trouva un portefeuille contenant une carte d'identité, quelques billets, un peu de monnaie. Un trousseau de clés dans son pantalon. Des cigarettes et un briquet dans sa veste. Rien de très utile.

En inspectant de nouveau le portefeuille, il découvrit, au dos, une poche zippée. Ses gros doigts firent glisser maladroitement la tirette. À l'intérieur se trouvaient quelques reçus datant de jours meilleurs. Deux notes de restaurant, le ticket de caisse d'un bar. Ainsi qu'une carte de visite écornée. MacNeil l'inclina pour essayer de la lire malgré le peu de clarté, et passa l'index sur les lettres en relief, rouges, tarabiscotées. *Jonathan Flight, Sculpteur*. Elle indiquait l'adresse d'une galerie de South Kensington.

Flight. Le nom ne lui était pas inconnu. L'an passé, il apparaissait dans toutes les rubriques artistiques des journaux sérieux. Certaines de ses œuvres avaient même été assez controversées pour que les tabloïdes en parlent – c'était dans ceux-là que MacNeil l'avait vu. L'artiste était un spécialiste des représentations corporelles grotesques et souvent ouvertement sexuelles. Un homme sans tête au pénis en érection à moitié inséré dans l'anus d'un torse féminin. Une manchote tenant dans son unique main son sein sectionné. Un visage au sourire décharné révélant la mâchoire et les dents. MacNeil avait du mal à imaginer qu'on puisse acheter des trucs pareils, qu'on puisse avoir envie de les avoir chez soi. Pourtant, ses expositions attiraient des milliers de gens, et ses sculptures se vendaient des dizaines de milliers de livres.

Il se demanda ce qu'un individu comme Kazinski faisait avec la carte de visite de Flight dans son portefeuille, et quelle pouvait être sa connexion avec le Black Ice Club. Le seul lien entre les deux était l'art extrême, or Kazinski n'avait pas le profil d'un connaisseur, ni d'un collectionneur. Il glissa la carte dans sa poche, ferma le portefeuille et le remit dans la veste du cadavre. Puis il se rassit contre le mur et ôta ses gants. Sa tête le faisait moins souffrir maintenant, mais en passant la main sur le côté de son visage, il sentit sa joue enflée et sut qu'elle ne tarderait pas à virer au bleu ardoise.

Après être resté ainsi plusieurs minutes sans bouger, il décida de faire une chose qu'il n'aurait jamais envisagée dans une autre vie. Laisser Kazinski sur place. Il était mort. On ne pouvait plus rien faire pour lui. Le signaler l'obligerait à passer le restant de la nuit à remplir de la paperasse. Or, dans huit heures, il franchirait pour la dernière fois la porte du commissariat de Kennington. Si, d'ici là, il n'avait pas découvert l'assassin de la petite fille, il était à peu près certain que personne d'autre n'y parviendrait. Il n'avait pas de temps à perdre en formalités administratives. Cette enquête tournait à l'obsession. Il se préparait à franchir une ligne et à sauter en territoire inconnu. Dans un monde étranger, en marge de la loi, où il serait seul. Avec une petite voix rageuse pour toute compagnie.

CHAPITRE 14

Pinkie roulait tranquillement sur Picadilly en direction de Hyde Park Corner, sans quitter des yeux les feux arrière qui luisaient devant lui dans l'obscurité, deux têtes d'épingles rouges. Il avait éteint ses phares et voyait parfaitement à la lumière des réverbères. Si des soldats l'arrêtaient, il dirait juste qu'il voulait éviter d'attirer l'attention. Chaque nuit des pillards attaquaient des véhicules privés.

Tenaillé par la sensation que tout ne se déroulait pas au mieux, il se demandait si MacNeil se rendait là où il pensait. Mais que ce dernier ait réussi à faire le lien demeurait un mystère. Kazinski n'avait pas pu lui en parler.

Pauvre Kazinski. Si seulement il avait brûlé les os, comme il avait été payé pour le faire, rien de tout cela ne serait arrivé. Pinkie serait chez lui, de retour dans ce monde réel où sa mère lui préparerait à dîner. Kazinski serait toujours en vie. Les gamins de South Lambeth aussi. De même que la vieille dame de l'île aux Chiens. Tout ça parce que ce petit con n'avait pas fait ce qu'il avait promis de faire.

Il secoua la tête. C'était incroyable. Un simple raté, un acte improvisé, et regardez le chaos qui s'ensuit. Une spirale incontrôlable. Voilà ce qui arrive quand on ne termine pas ce qu'on a commencé. Comment tout cela allait-il finir, grands dieux ?

Le mobile posé sur le siège passager se mit à sonner. Il l'attrapa, appuya sur la touche verte et le colla à son oreille.

— Allô ?

— Bonsoir, Pinkie. Comment ça se passe ?

M. Smith avait une voix tellement reposante. Il aurait pu l'écouter du matin au soir sans se lasser. Même s'il savait que ce n'était qu'un vernis masquant une agitation sous-jacente.

— Kazinski est mort, monsieur Smith.

— Bien joué, Pinkie, le félicita M. Smith. Ça devrait mettre un terme à l'affaire.

— J'espère, monsieur Smith.

Remarquant la réserve de la réponse, M. Smith demanda :

— Pourquoi l'espérez-vous seulement, Pinkie ?

— Parce que le flic l'a trouvé le premier. Ils ont eu un genre de *tête-à-tête*.

C'était du français, Pinkie le savait, et il se demanda si ça impressionnerait M. Smith.

— Je ne sais pas ce qu'il lui a dit, ajouta-t-il. On ne peut pas le savoir.

M. Smith resta un long moment silencieux.

— Allô ? Monsieur Smith ? Vous êtes toujours là ?

— Oui, Pinkie, je suis toujours là. Que faites-vous maintenant ?

— Je file le flic. On dirait qu'il se dirige vers South Ken.

Autre silence, puis :

— Vous croyez qu'il sait ?

— Je n'en ai pas la moindre idée, monsieur Smith. (Il marqua une pause.) Il y a quand même un truc bizarre.

— Quoi donc, Pinkie ?

— Il ne l'a pas signalé. Le meurtre. Il a simplement laissé Kazinski sur le trottoir.

— Je crains que notre monsieur MacNeil ne devienne un peu incontrôlable, Pinkie. Ce qui risquerait de le rendre très dangereux.

— Comment ça, incontrôlable ? Pourquoi serait-il incontrôlable ?

— C'est son dernier jour, Pinkie. À la fin de son service, il quitte la police. Et la journée a été forte en émotions pour lui. Il a perdu son fils.

Pinkie fronça les sourcils.

— Il a perdu son fils ?

— Il est mort, Pinkie. La grippe. Les enfants de policiers aussi sont susceptibles de l'attraper, comme n'importe qui.

— Ah, merde.

Pinkie se concentra sur les petites lumières rouges, loin devant, qui lui envoyaient maintenant un signal de désolation.

— Quel dommage, dit-il. (Et il était sincère.) Que voulez-vous que je fasse, monsieur Smith ?

— Continuez à le suivre, Pinkie. Faites ce que vous jugerez utile. Et tenez-moi informé.

M. Smith raccrocha. Pinkie se sentit incroyablement triste. Il se demanda ce que son propre père aurait ressenti si la grippe l'avait emporté quand il était petit. Si son père avait été au courant de son existence, bien sûr.

Il n'avait jamais connu son père. Sa mère, elle, aurait été dévastée, il le savait.

Les enfants ne méritaient pas de mourir. Ils n'avaient pas commis assez de mauvaises actions pour la mériter. Quel mal avait fait cette pauvre petite fille ? Elle n'y était pour rien. C'est pourtant à elle que M. Smith en voulait. Elle l'avait contrarié. Et il valait mieux éviter de contrarier M. Smith.

CHAPITRE 15

Amy était assise sur le balcon en fer surplombant l'esplanade vide, à l'arrière de son appartement. À cause du froid, elle avait jeté un plaid sur ses épaules. L'air vif lui faisait du bien ; elle avait laissé les portes-fenêtres grandes ouvertes afin d'assainir l'atmosphère du grenier. Le crâne sentait encore. Bien qu'elle l'ait enveloppé de plusieurs sacs en plastique, et descendu au premier étage, une odeur désagréable continuait à flotter dans la pièce.

Elle adorait s'installer là en été, protégée du regard des voisins par la glycine qui poussait tout autour. Solarium durant les longues après-midi paisibles, puis, le soir, terrasse rafraîchie par la brise. Une délicieuse retraite loin du monde, un endroit idéal pour oublier.

En voyant la glycine nue et noueuse qui n'offrait plus aucune protection, on avait du mal à croire que de nouvelles pousses apparaîtraient au printemps, que de superbes fleurs violettes retomberaient en cascade autour des garde-corps, attirant les premières abeilles de l'année en quête de nectar. Ce n'était que le deuxième hiver depuis l'accident ; la première année, la période de novembre à mars lui avait paru la plus dure. Ces jours froids qui donnaient envie de sortir marcher à grands pas, avec le vent dans la figure, le picotement glacé de la pluie sur les joues. Pour se dépêcher ensuite de rentrer boire un bol de soupe chaude à la maison, tirer les rideaux sur la nuit, se blottir dans le canapé avec un bon livre et un verre de vin rouge.

Et voilà qu'elle se retrouvait en fauteuil roulant, déprimée, hantée par des idées noires qui assombrissaient son naturel enjoué. Son cœur saignait pour MacNeil, et pleurait au souvenir du jeune homme tué au volant de sa voiture, tout juste trente mois plus tôt. Le jeune homme qu'elle devait épouser. Le jeune homme dont elle portait l'enfant.

Une semaine avant, jour pour jour, le test révélait qu'elle était enceinte. Comme ils avaient déjà décidé de se marier, ce n'était qu'une raison supplémentaire de faire la fête. Ils n'auraient pas pu être plus heureux. Voilà peut-être pourquoi le destin avait été si cruel. Ils avaient osé être suprêmement heureux. Plus heureux que tous les gens qu'ils connaissaient. Ils respiraient le bonheur. Elle rayonnait de joie. Elle ne pouvait pas s'arrêter de sourire. Personne n'avait jamais connu un tel bonheur dans toute l'histoire de l'humanité.

Ce soir-là, David n'avait bu que de l'eau minérale. Il conduisait, il avait des responsabilités maintenant qu'il allait devenir père. Amy lui avait tenu compagnie. Elle était enceinte. Pas d'alcool pour maman jusqu'à la naissance de l'enfant. Après, ils pourraient arroser ça. Au champagne, à la santé du bébé.

Ironie du sort, c'est le véhicule d'un conducteur ivre qui les avait percutés au carrefour. Après avoir brûlé le feu rouge. D'après les experts appelés à déposer au procès, il roulait à plus de cent. Encore plus ironique, il s'en était tiré sans une égratignure. D'ici trois ans, il sortirait de prison, avec la vie devant lui, en pleine possession de ses moyens. Une place l'attendait dans l'affaire de son père. Une famille indulgente.

Amy pouvait difficilement pardonner, mais elle s'était efforcée de ne pas devenir aigrie. Elle avait déjà tant perdu que renoncer, en plus, à cet enjouement qui illuminait sa personnalité l'aurait plongée dans un univers ténébreux, défaitiste, dépressif, où elle n'aurait pas été en mesure d'affronter les défis qui l'attendaient. Des défis qui nécessitaient toutes ses réserves de courage, de détermination et d'optimisme.

Ce soir, pourtant, elle n'était pas très sûre de pouvoir puiser davantage dans ces réserves. Elle agrippa la commande fixée sur le bras de son fauteuil roulant, retourna à l'intérieur du grenier, ferma les fenêtres, et tira les rideaux sur la nuit. Rien de tel qu'un verre de vin rouge pour se remonter le moral. Elle alla se servir dans la cuisine. Si seulement elle pouvait se blottir dans le canapé avec un bon livre.

Le moteur électrique ronronna pendant qu'elle traversait la pièce pour contempler une énième fois la petite fille dont elle avait recréé le visage. Elle hésitait encore sur les cheveux. Quelque chose – son instinct que MacNeil détestait dès qu'il était question d'analyser des preuves – lui disait que Lyn avait les cheveux courts. Pas une coupe au carré. Une coiffure plus rudimentaire – irrégulière, avec des épis. Une enfant d'un pays en voie de développement n'aurait pas eu accès à un coiffeur. Néanmoins, elle était à Londres. Peut-être même y vivait-elle. Pas depuis assez longtemps, cependant, pour qu'un changement de régime alimentaire ait abîmé ses dents. Et sa lèvre n'avait pas été opérée.

Une enfant adoptée ? Dans ce cas, qui étaient ses parents adoptifs ? N'avaient-ils pas signalé sa disparition ? Des questions, encore des questions. Qui n'avaient cessé de tourner dans sa tête toute la soirée. Une tentative, admit-elle, pour arrêter de s'appesantir sur d'autres choses. Mais il n'y avait pas de réponses. Uniquement des élucubrations. Des spéculations. Des suppositions. Elle n'en savait pas plus que le matin.

Le téléphone sonna. Elle retraversa la pièce pour répondre.

— Amy, c'est Zoe.

— Bonsoir, Zoe. (Elle regarda l'heure. Onze heures passées.) Vous êtes encore au labo ?

— Ouais.

— Vous auriez dû rentrer chez vous avant le couvre-feu.

— Oui, bref, je suis coincée ici maintenant, hein ? Par votre faute.

Indignée, Amy protesta :

— Comment ça, ma faute ?!

— Vous m'avez demandé de pratiquer un test virologique sur la moelle osseuse que le Dr Bennet a prélevée sur le squelette de la petite fille.

— Vous avez déjà fait un PCR ?

— J'ai fait plus que ça, répondit-elle d'un ton satisfait. Non seulement j'ai trouvé le virus, mais aussi le code ARN.

Amy se sentit un instant déroutée.

— Quoi ? Vous voulez dire qu'elle avait la grippe ?

— Certaine. Et le virus que j'ai récupéré est sans aucun doute infectieux. L'ARN pur est encore infectieux. Mais à eux deux, l'ARN et la protéine, eh bien, c'est de la dynamite.

— Bon sang, Zoe, s'inquiéta Amy. Il faut travailler dans un labo de Niveau Trois avec du matériel aussi contagieux.

— Ouais, probablement.

Amy sembla entendre un imperceptible bâillement à l'autre bout du fil.

— Vous n'avez pas les équipements d'un labo de type L3, ici.

— Non.

— Mais vous avez respecté les précautions L3, au moins ?

— Euh, pas vraiment.

— Zoe ! s'écria Amy. Espèce d'idiote !

— Hé, pas de panique, Amy. Tout va bien. Sérieux. Je sais ce que je fais. J'aurais pu le faire dans ma cuisine.

Amy était furieuse.

— Le Dr Bennet est là ?

— Il avait deux ou trois autopsies.

— Dites-lui de m'appeler dès qu'il se libère.

— Oh, allez, Amy, vous allez m'attirer des ennuis.

— Vous *devriez* en avoir de sérieux, Zoe. Vous pouvez avoir été contaminée. Vous pouvez contaminer les gens du bâtiment.

— Tout est bouclé, en sécurité. Sérieux.

Elle observa un silence marquant sa rancœur contre la colère d'Amy avant d'ajouter :

— J'imagine que vous ne voulez pas savoir ce que j'ai trouvé d'autre, alors ?

— Que voulez-vous dire ?

— Ha. Ça vous intéresse, hein ?

— Zoe… menaça Amy.

— Ce n'est pas vrai.

Amy entendit les mots sans les comprendre.

— Qu'est-ce qui n'est pas vrai ?

— Le virus de la grippe. Ce n'est pas le mutant de H5N1 qui tue tout le monde. Il a été génétiquement modifié.

Amy avait du mal à envisager les implications de ce que Zoe avançait.

— Comment le savez-vous ?

— Et bien, c'est juste un code, hein ? Quand on le résume à l'essentiel, un virus n'est qu'une série de lettres – de mots codes. Or quelqu'un a laissé des mots qui ne devraient pas y être. Par exemple, on trouve les mots Stu I AGGCCT et Sma CCCGGG dans la polio synthétique. On sait qu'ils créent un site de restriction facilement reconnaissable en traitant la réplication de l'ADN du virus à l'ARN avec une batterie d'enzymes de restriction qui coupent l'ADN au niveau de ce site.

— Oh ! Pitié, Zoe, une minute ! Parlez anglais.

— C'est pas ce que je fais ?

— D'accord, imaginez un cours de génétique moléculaire pour les nuls.

Elle entendit Zoe soupirer.

— Depuis des années, des gens recueillent et conservent des banques de séquences pour le virus de la grippe. Je les ai toutes dans un dossier. Il ne m'a fallu que quelques minutes pour comparer avec mon ordi l'ARN du virus prélevé sur la petite fille avec les banques de séquences sur le disque dur. Les sites de restrictions introduits crèvent tout de suite les yeux. Je vous le répète, cette gamine n'était pas juste atteinte d'une vieille variété de grippe ordinaire. Mais d'un méga truc génétiquement modifié.

Amy réfléchit un moment à ce que Zoe venait de dire. Cela n'avait aucun sens.

— C'est ce qui l'a tuée ? Cette grippe synthétique ?

Zoe souffla entre ses lèvres.

— Je n'en ai pas la moindre idée.

CHAPITRE 16

I

MacNeil dépassa la station de métro South Kensington, fermée, et tourna dans Old Brompton Road. Le concessionnaire Lamborghini avait été dévalisé depuis longtemps. Les vitrines de la salle d'exposition fracassées ; l'espace où s'exhibaient autrefois les voitures les plus chères du monde était nu, ouvert à tous vents. Juste à côté, l'entrée de la Royal Bank of Scotland était condamnée par des planches ; les coffres avaient été vidés par précaution, leur contenu transféré en lieu sûr. Les pilleurs, n'ayant plus aucune raison d'y pénétrer, avaient traduit leur frustration par une série de graffitis expressifs agrémentés de commentaires encore plus expressifs.

Au carrefour, un banc planté dans un petit triangle de verdure était normalement squatté par une bande de poivrots qui s'y retrouvaient pour partager leur misère, boire des canettes dissimulées dans des sacs en papier, emplir l'air de la fumée de leurs cigarettes et de leurs rires creux. À sa grande honte, MacNeil reconnaissait toujours dans la bande un accent écossais. Mais cela faisait des semaines qu'ils avaient disparu. Les soupes populaires étaient fermées, et ces hommes abîmés par des années d'alcoolisme, des cibles de choix pour le H5N1.

Dans cette partie de la ville, il y avait moins de dégradations, moins de pillages apparents. Old Brompton Road était essentiellement résidentiel, avec des petites boutiques sur rue. Pizza Organic, Mail Boxes Etc., Waterstones. Maigre récolte pour les vandales à côté des grands magasins du centre. Aucun pilleur qui se respecte ne serait vu en train de forcer la porte d'une librairie. D'ailleurs, la plupart des magasins étaient barricadés, et des lumières brillaient dans les étages.

MacNeil rétrograda en seconde puis avança lentement. Il repéra la galerie de Flight au coin de Cranley Place, juste après le Café Lazeez dont le rideau de fer était baissé. Les vitrines de la galerie disparaissaient derrière des planches qui avaient été recouvertes de plusieurs couches d'affiches annonçant un peu de tout, des ventes d'art par correspondance aux concerts underground donnés dans des endroits non divulgués. Une sorte de blason surmontait la porte d'angle ; côté Cranley Place, se trouvait l'entrée des appartements situés au-dessus de la galerie.

MacNeil trouva une place dans cette rue aux maisons mitoyennes d'une blancheur immaculée alignées de part et d'autre, avec leurs piliers supportant des balcons en fer forgé noir. Hormis quelques hôtels et chambres d'hôtes, désertés bien sûr, c'étaient de grandes maisons particulières, divisées et subdivisées en luxueux appartements. De l'immobilier de prestige à des années-lumière du rez-de-chaussée miteux qu'il avait pu s'offrir à Forest Hill. Au bout de la rue, sur la vitrine aux volets fermés des Pianos Knightsbridge, sous une grande pancarte sur laquelle on pouvait lire DÉFENSE D'AFFICHER, un graffeur non dénué d'humour avait bombé MAIS PAS D'ÉCRIRE.

Des grilles en acier protégeaient la vitre de la porte de Flight sous un linteau décoratif rouge et vert. Il y avait deux boutons sur l'interphone. L'un pour ATELIER, l'autre pour FLIGHT. MacNeil recula et leva les yeux. De la lumière brillait au premier étage. Au deuxième, l'appartement était plongé dans le noir. Il appuya sur la sonnette de l'atelier. Au bout d'un moment, un bourdonnement électronique jaillit du haut-parleur encastré dans le mur, et une voix masculine dit :

— Oui ?

— Monsieur Flight ?

Une pause, puis la même voix chargée de suspicion :

— Qui le demande ?

— Inspecteur Jack MacNeil, monsieur Flight. J'enquête sur un meurtre commis ce soir à Soho.

— Je n'ai pas bougé de chez moi, inspecteur, s'empressa de répondre Flight.

— Je n'en doute pas, monsieur. Je sais que vous n'avez pas tué cet homme, mais vous pourriez le connaître. Puis-je monter ?

— Comment s'appelle-t-il ?

— Kazinski. Ronald Kazinski.

Autre silence prolongé, interrompu par MacNeil, qui répéta :

— Puis-je monter, monsieur Flight ?

— Vous avez eu la grippe ?

— Non, monsieur. Mais je suis protégé, mentit MacNeil.

— Mettez un masque. Si vous n'en avez pas, je vous en donnerai un. Mettez aussi des gants, s'il vous plaît. Je ne veux pas que vous touchiez quoi que ce soit dans mon atelier.

— Très bien, monsieur.

La serrure se déclencha. MacNeil poussa la porte et gravit jusqu'au premier étage l'escalier recouvert d'un tapis. Sur la porte vitrée était inscrit ATELIER. Flight apparut de l'autre côté, le visage presque entièrement caché par un double masque. Il sembla très grand à MacNeil. Sa tête étrangement cadavéreuse était surmontée d'un chaume gris fer. Ses yeux bleus se plissèrent de méfiance :

— Faites voir vos mains.

MacNeil leva ses mains gantées de latex.

— Et vos papiers.

Sans s'impatienter, MacNeil sortit son porte-cartes, l'ouvrit, le plaqua sur la vitre. Flight l'examina minutieusement avant de déverrouiller la porte, et recula.

— On n'est jamais trop prudent aujourd'hui. Gardez vos distances, je vous prie.

MacNeil pénétra dans l'atelier. Le parquet autrefois ciré était taché, rayé, jonché des détritus d'un artiste au tempérament peu soigneux. C'était un vaste espace bien éclairé qui devait occuper la même superficie que la galerie du rez-de-chaussée. Une douzaine d'œuvres à différentes étapes de réalisation étaient posées par terre ou sur des établis. Une tête déformée de manière grotesque, des bras entremêlés, un torse mutilé avec des seins et un pénis. Des croquis tapissaient les murs. Il y avait aussi un tour de potier, et de larges meubles aux tiroirs à moitié ouverts remplis de matériel – peintures, encres, pigments, outils de sculpture, papier-calque. Au centre se dressait le plan de travail où trônait la pièce que Flight était en train de sculpter. Un bras en équilibre sur le bout des doigts, partiellement décharné, aux os et aux tendons apparents, avec une moitié de tête qui jaillissait de l'aisselle et un cerveau sectionné en son centre laissant voir plis, couleurs, textures internes.

MacNeil se demanda comment elle tenait en équilibre jusqu'à ce qu'il remarque la broche qui la traversait. Malgré sa distorsion si peu naturelle, ce bras avait un aspect réaliste très déplaisant. Ce qui était le cas, d'ailleurs, de toutes les œuvres de Flight.

Le dégoût de MacNeil n'échappa pas à ce dernier dont les yeux le fixaient avec dédain :

— Mon travail ne vous plaît pas, inspecteur ?

— Je préfère un beau tableau que je peux accrocher au mur.

— Par exemple ?

MacNeil haussa les épaules.

— Vettriano.

— Ha ! *Le Majordome chantant.* Je me suis souvent demandé qui achetait ce genre de chose. (Il se tourna vers son œuvre en cours.) Le cerveau est un sujet fascinant, vous ne trouvez pas ? Bien sûr, il faut le connaître un peu. Les pédoncules cérébelleux moyens. Le colliculus supérieur. (Il désigna les lobes de son cerveau sculpté.) Une machine fantastique. Dire que tout le monde en a un, c'est incroyable. Naturellement, il existe en différents modèles, de la Rolls-Royce à la Mini.

— Et lequel possédez-vous, monsieur Flight ?

— J'aime penser que je me situe dans la gamme des BMW. Et vous, inspecteur ?

— Oh, probablement Ford Granada. Solide, fiable, nécessitant peu d'entretien, et me menant où je veux. Bon, que pouvez-vous me dire sur Ronald Kazinski ?

— Rien, j'en ai peur.

Flight se mit à tourner autour de sa sculpture, en observant d'un air songeur ses plans et ses courbes. MacNeil constata qu'il était vraiment très grand. Pas loin de deux mètres. Et maladivement maigre, avec de longs doigts féminins. Il portait un tablier blanc, dans le genre de ceux des chirurgiens. Mais taché de terre et de peinture au lieu de sang.

— Je n'ai jamais entendu parler de lui.

— Mais lui avait entendu parler de vous.

Flight lui lança un coup d'œil et répliqua :

— Vraiment ? Il vous l'a dit ?

— Non, monsieur Flight. Il est mort. Vous ne voulez pas savoir comment il a été tué ?

— Ça ne me regarde pas.

— On lui a tiré trois balles dans la poitrine.

— Sûrement très désagréable.

— Et il avait votre carte de visite dans son portefeuille.

— Ah oui ? Comme plusieurs milliers de gens, vous savez.

— Dont la plupart s'intéressent probablement à l'art.

— Pas monsieur Kazinski ?

— Il travaillait dans un crématorium. Et vivait dans un taudis au sud de la Tamise.

— Je comprends votre étonnement, alors.

MacNeil promena son regard autour de l'atelier, d'une obscénité à une autre.

— Il est bien sûr possible qu'il ait ramassé votre carte au Black Ice Club. Vous connaissez ?

— De nom, bien sûr. Performances artistiques d'avant-garde. Choquer pour le plaisir de choquer.

— Un domaine qui vous est familier, non ?

Flight lui jeta un regard noir.

— Vous n'y êtes jamais allé, monsieur Flight ?

— Franchement, inspecteur, reconnaissez au moins que j'ai du goût.

— Exact. Plutôt mauvais.

Flight commençait à perdre patience.

— Si c'est tout, inspecteur, j'aimerais me remettre au travail, avec votre permission. (Il inclina la tête vers le bras.) Les heures obscures sont pour moi les plus créatives.

— Ça ne m'étonne pas. Merci pour votre coopération.

MacNeil percevait chez le sculpteur cadavéreux autre chose que le côté sombre de l'artiste qui se nourrit de la nuit. Il lui donnait la chair de poule.

II

Pinkie regarda MacNeil faire demi-tour puis reprendre, dans Old Brompton Road, la direction de la station de métro South Kensington. Il attendit que les feux arrière disparaissent avant de descendre de voiture. Lentement, il traversa la chaussée pour gagner la grille verte de l'immeuble de Flight. Là, il hésita en jetant un coup d'œil autour de lui. De l'autre côté de la rue, une véranda était allumée, mais il ne voyait personne à l'intérieur. La plupart des autres fenêtres de Cranley Place n'étaient que des trous noirs, protégés par des rideaux tirés sur un monde effrayant. Pinkie détestait porter un masque, mais cela avait des avantages. Il cachait le visage et personne ne s'en étonnait. N'importe quel témoin interrogé par la police serait au moins certain d'une chose. *Il portait un masque, monsieur l'agent.*

Il appuya sur le bouton ATELIER. Au bout d'un moment, la voix furieuse de Flight grogna :

— Quoi encore ?

— C'est Pinkie.

Il y eut une longue pause avant qu'un bourdonnement lui indique qu'il pouvait entrer. Une fois à l'intérieur, il tourna la barrette de la poignée de façon que la porte ne se verrouille pas. Il détestait se sentir prisonnier. Il se souvenait du placard sous l'escalier, où sa mère l'enfermait quand elle recevait des visiteurs. Elle ne voulait pas qu'ils se doutent de la présence d'un enfant dans la maison. Mais elle en avait fait un coin confortable, avec une lampe, un cahier de dessin, des jeux. Et même un matelas pour dormir. C'était sa tanière, secrète, sûre. Ça ne l'avait jamais ennuyé d'y être enfermé, jusqu'au soir où il l'avait entendue hurler.

Flight l'observa à travers la vitre de la porte de l'atelier. Pinkie sourit derrière son masque et agita en l'air ses mains gantées. Flight ouvrit :

— Qu'est-ce que vous voulez ? demanda-t-il en se tenant soigneusement à distance.

— Vous avez eu de la visite, Jonathan.

— Un policier très rustre.

Pinkie pointa vers lui un doigt en signe d'avertissement.

— Ne soyez pas si prompt à critiquer les autres, Jonathan. Ce pauvre MacNeil vient de perdre son fils, aujourd'hui.

— D'où sa grossièreté, peut-être, lâcha Flight.

— Qu'est-ce qu'il voulait ?

— Il voulait savoir si je connaissais Ronnie.

— Et que lui avez-vous dit ?

— Que je n'en avais jamais entendu parler, bien sûr.

— Il vous a cru ?

— Pourquoi pas ?

— Et pourquoi pensait-il qu'il pouvait y avoir un lien entre vous et Ronnie ?

— Apparemment, Ronnie avait ma carte de visite dans sa poche.

— Ahhh.

Voilà qui expliquait tout. Pinkie traversa l'atelier et tapota avec une curiosité éhontée le demi-cerveau exposé à l'air libre.

— C'est un vrai ?

— Ne touchez pas ! aboya Flight. C'est vous qui avez tué Ronnie ?

Pinkie sourit.

— Je boirais bien un verre, Jonathan.

— Je travaille.

— Je boirais bien un verre, Jonathan, répéta Pinkie comme s'il le demandait pour la première fois.

Ce qui produisit un effet immédiat sur Flight, soudain nerveux.

— Nous devons monter, alors.

Le style du salon, donnant sur Old Brompton Road, correspondait à ce que les magazines de décoration qualifiaient de *minimaliste*. Parquet nu, ciré. Murs nus blanc cassé. Devant la fenêtre, table en verre entourée de six chaises en acier chromé et cuir. Deux fauteuils de cuir rouge, avec repose-pieds, un long meuble bas noir laqué, une télévision à écran plasma ultraplat sur support chromé. Les seules œuvres d'art de la pièce étaient deux sculptures de Flight montées sur des socles noirs. Pinkie les regarda avec dégoût :

— Je me demande comment vous pouvez supporter de garder ces trucs chez vous.

Flight ne daigna pas répondre.

— Whisky ? lança-t-il en ouvrant un compartiment du meuble bas.

— Cognac.

— Je n'ai que de l'armagnac. Du très cher.

— Ça fera l'affaire.

Flight en versa un fond dans un verre.

— Vous ne vous joignez pas à moi ?

— Je ne bois jamais quand je travaille.

— Faites une exception.

Pinkie s'avança jusqu'à la fenêtre pour regarder dehors. Il entendit Flight soupirer et sortir un second verre. Un bruit de moteur inhabituel s'éleva de la rue, des phares balayèrent les boutiques du trottoir d'en face, une voiture s'arrêta devant la galerie. Pinkie appuya son visage contre la vitre pour mieux la voir et recula comme s'il avait reçu un coup. MacNeil en descendait. Il pivota aussitôt vers Flight, qui le regarda d'un air surpris, sa bouteille d'armagnac en suspens au-dessus de son verre.

— Qu'y a-t-il ?

Pinkie sourit. C'était l'instant qu'il savourait le plus.

— Le moment est venu de figurer dans l'une de vos sculptures, Jonathan.

III

En levant les yeux, MacNeil vit qu'il y avait maintenant de la lumière à la fois dans l'atelier et dans l'appartement. Il appuya sur les deux boutons. Pas de réponse. Au bout d'une trentaine de secondes, il essaya de nouveau. Toujours rien. Il commença à s'impatienter. Il était déjà arrivé sur King's Road quand une pensée lui avait traversé l'esprit. Une idée d'une horreur si vertigineuse qu'elle paraissait presque inconcevable. Mais il ne parvenait pas à se la sortir de la tête. À tel point qu'il avait décidé de retourner à Cranley Place, ne serait-ce que pour en avoir le cœur net. Et voilà que Flight le faisait lanterner. Il frappa du poing sur la porte en criant :

— Allez, Flight, ouvrez !

La voix de MacNeil résonna rageusement dans la rue vide et la porte bougea. Il se figea instantanément, le bras en l'air. Très vite sa surprise laissa place à un sentiment d'appréhension. La porte s'était verrouillée automatiquement lorsqu'il était parti. Il en était sûr. Il l'avait tirée derrière lui pour la fermer. Du bout des doigts, il poussa le battant, qui s'ouvrit en grand. Une fois dans le hall, il constata que la serrure avait été bloquée. Il inclina la tête pour regarder vers le haut de l'escalier. Une lumière était allumée sur le palier du premier.

— Flight ? Monsieur Flight ?

Étouffé par le tapis, son appel resta sans réponse. MacNeil monta lentement les marches. Les lampes de l'atelier brillaient à travers le panneau vitré. Il scruta l'intérieur. Aucun signe du sculpteur. Il poussa la porte, qui s'ouvrit. Le bras et la tête étaient tels qu'il les avait vus un quart d'heure plus tôt. Flight ne semblait pas avoir avancé. MacNeil jeta un regard neuf sur les autres œuvres. Puis, repérant une porte au fond de l'atelier, il alla l'ouvrir. Elle donnait sur un grand local sans fenêtre qui contenait un long établi, entaillé, taché, un énorme étau, et toute une série d'outils accrochés à des clous. Couteaux, scies, hachoirs de tailles différentes, du genre de ceux qu'on trouve chez un boucher. Il y avait aussi un autoclave branché sur le mur, à côté d'une scie oscillante et d'une rangée de bouteilles d'eau de Javel. Il faisait froid dans cette pièce où régnait une odeur d'acide et de désinfectant. Plus une autre que MacNeil n'arrivait pas à identifier.

Plusieurs conteneurs opaques alignés sur une étagère portaient la mention : BOMBE PLASTIQUE.

Cet endroit le mettait mal à l'aise. Il frissonna, comme si des doigts glacés effleuraient sa nuque. Il avait l'impression d'être en présence de quelque chose d'infiniment sinistre. Soudain, il se produisit une étrange secousse, l'air s'emplit d'un fort bourdonnement électronique accompagné d'un cliquetis de verre. Il se retourna et vit derrière la porte un énorme réfrigérateur qui touchait presque le plafond. Il était divisé en deux parties. MacNeil ouvrit le compartiment du haut ; une ampoule tremblotante éclaira des étagères remplies de bouteilles aux bouchons de verre. Elles étaient pleines de liquides de couleurs variées. Une odeur déplaisante mais étrangement familière se dégageait du frigo. En retournant l'une d'elles, MacNeil vit l'étiquette et comprit pourquoi. *Formol.* C'était l'odeur omniprésente des salles d'autopsie. Formaldéhyde. Utilisé comme conservateur dans les laboratoires médicaux et les morgues. Trois petits objets en forme de saucisse reposaient sur une soucoupe en verre dans le bac à viande. MacNeil le tira et faillit le laisser tomber.

— Bon Dieu ! s'exclama-t-il, révulsé.

Sous l'effet du dégoût, les mots lui avaient échappé ; sa voix lui parut excessivement forte dans cet espace confiné. Les trois objets en forme de saucisse étaient en réalité des doigts. Des doigts humains. Aussitôt, il repoussa le plateau et ferma la porte. Il tremblait. Il lui fallut un bon moment pour se ressaisir et contrôler sa respiration avant d'ouvrir le compartiment inférieur. C'était un congélateur muni de quatre profonds tiroirs. Il n'avait même pas besoin de regarder à l'intérieur pour savoir ce qu'ils contenaient.

Mais il recula malgré tout sous le choc dès qu'il fit glisser celui du haut. Les yeux grands ouverts d'une tête d'homme à la chair à peine givrée, d'une blancheur de craie, le fixaient. MacNeil se força à ouvrir les autres. Des bras, des jambes, des mains, des pieds. Un torse entier dans le tiroir du bas. Une femme.

Il claqua la porte et, le souffle rauque, essaya de refouler le flot de bile qui montait de son estomac. C'était, et de loin, beaucoup plus malsain que le sandwich à la confiture de Fœtus Man. Car bien réel. Il sortit de la pièce en chancelant et regarda tous les corps « sculptés » par Flight.

Traversant l'atelier à grandes enjambées, il arracha de son support la pièce sur laquelle l'artiste était en train de travailler, la leva au-dessus de sa tête et la fracassa sur le bord de la table. La demi-tête se sépara du bras avant de rouler sur le plancher ; la partie du bras à présent exposée se fendit. Puis un claquement retentit, comme un coup de fusil, et MacNeil se retrouva avec deux moitiés de bras dans la main, l'os brisé net. Oui, l'os. Un os humain. Flight n'était pas sculpteur. Il plagiait la nature. Il prenait des parties de corps humain qu'il manipulait au gré de ses idées tordues. Après les avoir désinfectés, conservés, plastifiés, peints, et Dieu sait quoi encore.

MacNeil comprit que Flight avait menti à propos de Kazinski et qu'ils collaboraient depuis que ce dernier avait obtenu son job au crématorium. Fournisseur de morceaux de corps humains pour le célèbre sculpteur. Il lâcha le bras comme s'il l'avait brûlé, à peine capable de contrôler sa colère et son dégoût. Était-ce là que la petite fille avait été dépecée ? Sa chair arrachée de ses os, son squelette disloqué ? Il jeta un coup d'œil dans la réserve, avec son établi taché, sa collection d'outils tranchants, et se sentit pris de nausée.

— Flight ! rugit-il.

Mais seul le silence lui répondit.

Il sortit de l'atelier en courant, monta quatre à quatre au deuxième étage, où il cria de nouveau le nom de Flight, sans obtenir de réponse. Trois portes donnaient sur un petit vestibule. Il les ouvrit tour à tour à la volée. La première était celle d'une salle de bains : céramique bleu glacier, cabine de douche en verre, simple vasque sur support en acajou ; en se voyant, halluciné, dans l'immense miroir qui occupait tout un mur, MacNeil reconnut à peine son visage couvert de bleus et de coupures. La deuxième était celle d'une chambre : draps de soie noirs, moquette crème, faible odeur de pieds et d'eau de Cologne. La troisième donnait sur un vaste salon spartiate. Flight était assis dans un fauteuil inclinable en cuir rouge, une jambe sur le repose-pieds, un bras par-dessus l'accoudoir. Il portait encore son tablier de chirurgien. Mais maintenant, il était couvert du sang qui coulait des trois trous caractéristiques que les balles avaient percés dans sa poitrine. Sa tête au chaume argenté avait basculé en avant. MacNeil s'approcha lentement, chercha une pulsation sur son cou. Il n'y en avait pas ; la peau était déjà froide. Mais la mort remontait seulement à quelques minutes, il le savait.

Soudain conscient de sa propre vulnérabilité, il se retourna brusquement. Personne. Pas un bruit ne troublait le silence de la maison.

Il jeta un coup d'œil au meuble laqué noir. La partie bar était ouverte, deux verres posés dessus à côté d'une bouteille d'armagnac. L'un d'eux contenait un doigt de liquide ambré, foncé. L'autre était vide.

MacNeil s'assit sur le fauteuil libre, se prit la tête entre les mains et passa les doigts dans ses courts cheveux noirs. Il n'y avait personne dans la maison, il en était certain. Pourtant, le temps qu'il atteigne King's Road et en revienne, quelqu'un était venu tuer Flight. Deux verres sur le meuble bas, l'un rempli, intact, l'autre vide. Comme si Flight avait été interrompu pendant qu'il servait. Un pour lui. Un pour son assassin.

Était-ce MacNeil qui les avait interrompus ? L'assassin de Flight se trouvait-il encore dans la maison quand il était entré ? Peut-être, pendant qu'il visitait l'atelier, le tueur s'était-il glissé au rez-de-chaussée et sauvé. Silencieux, invisible. Tel un fantôme. Un fantôme qui le poursuivait partout où il allait, tuant tous ceux avec lesquels il entrait en contact : les gamins de la cité de South Lambeth, Kazinski, et maintenant Flight. Il regarda le sculpteur, menton sur la poitrine, et se fit la réflexion que ce n'était pas une grande perte pour le monde. Il savait qu'il devrait signaler ce meurtre-là. Mais il ne voulait pas être impliqué. Un coup de fil anonyme depuis le téléphone de l'appartement alerterait les policiers du quartier, qui ne viendraient peut-être pas avant la fin du couvre-feu. Ce qu'ils trouveraient n'avait besoin d'aucune explication.

MacNeil se releva et alla fouiller le meuble, en prenant garde de ne pas déranger ce qui pourrait se révéler utile à la police. Il trouva d'anciennes affichettes d'expositions de Flight, des croquis, des notes gribouillées, un vieux jeu de tarot, des crayons, des stylos, des reçus, de la petite monnaie. Rien de vraiment personnel. MacNeil se demanda où Flight rangeait les choses accumulées au cours de sa propre existence. Mais étant donné qu'il collectionnait les vies des autres en les conservant en morceaux pour la postérité, peut-être gardait-il très peu de traces, sinon aucune, de la sienne.

Dans la chambre, près du lit, MacNeil découvrit le seul meuble de l'appartement qui ne paraissait pas avoir été choisi sur un catalogue scandinave de vente par correspondance. C'était un antique bureau à cylindre, peut-être un héritage familial provenant d'une autre vie. Il releva l'abattant et découvrit une montagne de paperasses. Factures, reçus, additions, carnet de comptes rempli des petits gribouillages névrotiques de Flight. Un porte-courrier en cuivre plein à craquer de lettres, toujours dans leurs enveloppes. Quelques correspondances privées, mais surtout des factures, réglées et à régler.

Finalement, il tomba sur une mine d'or. À l'arrière du bureau, dans un tiroir peu profond doublé de feutre vert, se trouvait un carnet d'adresses. Bourré de cartes de visite et d'adresses notées sur des petits bouts de papier. Il avait sous les yeux la collection complète de tous les amis et connaissances de Flight, appartenant à la fois à sa sphère privée et à sa sphère professionnelle, bien que la frontière entre les deux fût probablement assez imprécise.

Il commença à le feuilleter en commençant par le A. Mais il y avait trop de noms, et d'ailleurs il ne savait pas ce qu'il cherchait. Alors, il abandonna et passa directement au K, où il trouva le numéro de téléphone de Kazinski. Sans adresse. Cela aurait été superflu ; jamais Flight n'y aurait mis les pieds, même dans ses pires cauchemars.

MacNeil allait consulter les pages suivantes lorsqu'il remarqua, coincé dans le dos de la reliure du carnet, un petit carré de papier. Il le déplia. Un nom y était griffonné, peut-être un surnom. *Pinkie*. Avec un numéro de téléphone. Le code était celui d'un mobile. Une adresse avait été ajoutée sous le numéro, mais un trait tiré en travers semblait séparer les deux, et MacNeil eut l'intuition qu'ils n'allaient pas forcément ensemble. Il était néanmoins possible qu'un lien quelconque les unisse. Soudain, il se figea. Dans sa tête, il entendait encore Kazinski dire, *Je ne connais pas l'adresse. C'était une grande maison. Vous savez, le genre d'endroit pour richard. Quelque part du côté de Wandsworth Common. Root Street, Ruth Street, un truc comme ça.* Les yeux de MacNeil fixaient le bout de papier dans sa main. Et l'adresse, Routh Road, Wandsworth.

Tenant toujours la petite feuille entre ses doigts légèrement tremblants, il s'assit au bord du lit, le regard rivé sur le numéro et l'adresse jusqu'à y voir flou. Il avait faim, il était fatigué, très probablement en état de choc, et se concentrer dans ces conditions était difficile. Puis il eut une idée. Attrapant le téléphone posé sur la table de chevet, il composa le numéro.

*

Assis dans sa voiture une cinquantaine de mètres plus loin, Pinkie observait les lumières qui brillaient dans l'appartement. Il se demanda ce que MacNeil y faisait, quels délices il y avait découverts, quels secrets. Le petit musée des horreurs du premier étage avait tellement absorbé le policier que ça n'avait été qu'un jeu d'enfant de se glisser en silence au rez-de-chaussée puis dans la rue. Il essaya d'imaginer sa surprise en trouvant Flight qui l'attendait. Pinkie avait été incapable de résister à la tentation d'arranger la pose du sculpteur dans son fauteuil de luxe. Si MacNeil était monté directement à l'appartement, eh bien, il aurait été obligé de le tuer, point barre. Même au risque de s'attirer la colère de M. Smith. La tête du mort qui s'obstinait à retomber en avant l'avait terriblement agacé ; mais, finalement, il s'était senti obligé de partir, par instinct de survie, avant d'avoir achevé son œuvre de manière satisfaisante.

Son mobile bourdonna sur le siège passager. Il le prit pour regarder l'écran. *Jonathan Flight.* Il le lâcha aussitôt, comme s'il avait été contaminé. Ça ne pouvait pas être lui puisqu'il venait de le tuer. Il sentit un frisson parcourir sa nuque et ses épaules. Puis il se força à raisonner logiquement. *Ça ne pouvait pas* être Flight. Mais quelqu'un qui appelait depuis son téléphone. Donc, c'était MacNeil. Où avait-il trouvé son numéro, nom de Dieu ? Flight devait le conserver dans un carnet d'adresses, ou dans la mémoire de son téléphone. Mais comment ce flic aurait-il eu l'idée de le composer ? Pinkie en avait la chair de poule.

Après quelque hésitation, il attrapa son mobile et appuya sur la touche verte pour prendre l'appel. Il l'approcha de son oreille, écouta, sans parler. Il entendit la voix de MacNeil :

— Allô ? Allô ?

Il ne dit rien. Puis il sourit de toutes ses dents. Au tour de MacNeil de flipper.

MacNeil écouta le silence. Il entendait quelqu'un respirer, mais ce quelqu'un se taisait, presque comme s'ils savaient chacun qui était à l'autre bout du fil. Il eut envie de couper la communication, d'éliminer cette présence si éloquente dans son mutisme. Mais quelque chose l'en empêchait, et il attendit une minute entière ainsi, sans parler. Se contentant d'écouter. Il percevait le mal dans ce silence, et plus il écoutait, plus cela devenait oppressant, jusqu'au moment où, n'y tenant plus, il raccrocha brutalement le combiné. Il tremblait, il avait la bouche sèche. Il éprouvait la sensation troublante d'avoir rencontré le fantôme qui le hantait, ce tueur d'hommes, de garçons, peut-être aussi celui d'une petite Chinoise au palais fendu. Et il avait le sentiment que ce fantôme n'était pas loin.

La ritournelle enjouée de *Scotland the Brave* retentit alors. Son cœur fit un tel bond qu'il crut qu'il allait jaillir dans sa bouche. Il sortit son mobile de sa poche et vit le nom d'Amy sur l'écran.

— Hé, Amy, dit-il en essayant de paraître le plus naturel possible.

— Qu'est-ce que tu as ?

— Comment ça ?

— Tu as une voix bizarre.

— Je suis juste fatigué, Amy. (Il regarda sa montre ; il était plus de minuit.) Tu devrais être couchée.

— Je n'arrive pas à dormir. Je regrette d'avoir rapporté son crâne chez moi. C'est comme si elle était ici, dans la maison, cette petite fille. Elle me hante. Je ne peux pas chasser son visage de mon esprit.

Quelqu'un d'autre est hanté, ce soir, pensa MacNeil.

— Comment ça se passe ?

Il savait qu'il ne pouvait pas lui dire la vérité. Un jour, peut-être, mais pas ce soir.

— J'ai une vague piste. Je pense qu'elle a pu être assassinée quelque part du côté de Wandsworth Common.

— Mon Dieu, mais c'est beaucoup plus qu'une vague piste. Comment l'as-tu découvert ?

— Trop compliqué pour entrer dans les détails maintenant. Et toi ? Du nouveau ? Un retour du labo ?

— En fait, oui. Assez étrange, d'ailleurs, et je ne sais pas du tout si c'est important ou non. Elle avait la grippe.

Abasourdi, MacNeil demanda :

— Elle en est morte ?

— Impossible à dire. Ou elle l'a eue et en a guéri, ou elle en est morte.

MacNeil réfléchit. Lui non plus ne savait pas si cela avait de l'importance ou non.

— Ce qui est bizarre, reprit Amy, c'est que ce n'était pas la souche humaine de H5N1, celle qui tue tout le monde.

Il fronça les sourcils.

— Je ne comprends pas.

— C'était une autre variante de la grippe aviaire H5N1. Un virus artificiel.

CHAPITRE 17

I

Amy raccrocha et contempla la tête qui la regardait sous la lumière tamisée du grenier-salon. Son œil fut de nouveau attiré par la lèvre fendue. C'était comme si l'enfant avait été accrochée par l'hameçon d'un pêcheur, puis rejetée, défigurée à jamais, dans un océan où elle serait toujours obligée de nager à contre-courant.

Elle-même aurait pu se retrouver à sa place. Un infime accroc dans le code génétique déterminait le cours d'une vie, séparait l'intelligent de l'idiot, le beau du laid. Amy était à la fois belle et intelligente. Ce n'était pas un pépin génétique qui avait orienté le cours de sa vie, mais un conducteur ivre et cinq secondes de folie.

Néanmoins, elles avaient d'autres points communs – Lyn et Amy. Un héritage ethnique, et aussi culturel peut-être. Une fille née en Chine dans un milieu pauvre n'avait guère de chance. Amy ne le savait que trop bien. Elle-même était née en Angleterre, non en Chine. Dans une certaine aisance, non dans la pauvreté. Pourtant ses parents restaient marqués par l'influence culturelle de ces milliers d'années pendant lesquelles les fils avaient été préférés aux filles. Elle avait beau être l'aînée, c'était son jeune frère qui avait eu droit, dès sa naissance, à la place d'honneur dans la famille.

Si elle avait vu le jour dans une province rurale chinoise déshéritée, elle aurait pu se retrouver dans un orphelinat, comme des millions de petites filles. Abandonnée à la porte d'un poste de police par ses parents afin qu'ils puissent encore essayer d'avoir un garçon. La politique chinoise de l'enfant unique supprimait la possibilité d'une seconde chance – à moins d'habiter en ville, d'avoir de l'argent et de savoir comment contourner le système.

En Chine, depuis les temps les plus anciens, un garçon qui se mariait s'installait chez ses parents avec son épouse. Ainsi, lorsque ces derniers devenaient vieux, il pouvait s'occuper d'eux. Mais quand on avait une fille qui partait vivre dans la famille de son mari, on devait se débrouiller seul. Rien d'étonnant, donc, à ce que les garçons soient précieux et les filles dédaignées.

Amy se demanda si, mal-aimée, non désirée, même par des couples occidentaux voulant à tout prix adopter un enfant – à cause de sa difformité – Lyn avait échoué dans un orphelinat. Pourtant, elle vivait – ou avait vécu – ici, à Londres, bastion de l'aisance et des privilèges. Mais seulement pour y subir un sort pire que celui qu'elle aurait connu dans n'importe quel orphelinat – assassinée, dépecée, jetée au fond d'un trou.

Un *fffououou-ouff* lui fit tourner la tête vers son ordinateur. La fenêtre de sa dernière conversation avec Sam était encore à l'écran. Son mentor lui envoyait un nouveau message. Elle pilota son fauteuil jusqu'au bureau pour le lire.

— Amy, vous êtes toujours là ?

Le curseur clignotait patiemment, en attendant une réponse.

— Salut, Sam. Oui, toujours debout. Il est tard.

— Je n'arrivais pas à dormir à cause de cette petite fille.

— Moi non plus. Elle n'arrête pas de me regarder.

— C'est terrible de réussir à mettre un visage sur quelqu'un, mais de ne savoir ni son nom, ni son histoire. J'aimerais bien la voir.

— Je pourrais prendre une photo de la tête et vous l'envoyer par mail.

— Ça peut attendre demain matin. (Le curseur clignota un instant.) *Comment s'en sort Jack ?*

— Je ne sais pas. Il avait l'air plutôt bizarre la dernière fois que je lui ai parlé. Je crois qu'il se jette à fond dans cette enquête pour s'empêcher de penser à autre chose.

— Comment ça, bizarre ?

— Je ne sais pas. Juste un peu… déphasé, je crois.

— L'enquête avance ?

— On dirait. Il pense savoir où elle a été tuée.

Le curseur clignota de nouveau un long moment.

— Ça alors, comment peut-il le savoir ?

— Aucune idée.

— Et d'après lui, ça se serait passé où ?

— Il a parlé d'une maison du côté de Wandsworth Common.

— Ce n'est pas très précis.

— Il n'a pas donné de détails.

La conversation s'interrompit. Clignotement du curseur. Pendant deux minutes cette fois, peut-être trois. Sans autre échange. Amy se surprit à contempler une fois de plus la tête de l'enfant. La petite fille la regardait dans un silence presque réprobateur. Pourquoi Amy ne pouvait-elle pas en faire davantage ? C'était si difficile que ça de trouver son assassin ?

Puis nouveau *fffououou-ouff.*

— Amy, vous avez demandé un échantillon d'ADN finalement ?

— Oui, Sam. Il faut attendre un jour ou deux.

— Ne vous faites pas trop d'illusions sur la découverte d'une correspondance.

— Je ne m'en fais pas. (Amy se souvint alors de Zoe.) *J'ai demandé un test PCR, tout de même, pour savoir si elle avait la grippe.*

Autre longue attente.

— Pourquoi avez-vous fait cela ?

— Vous me répétez sans cesse que le moindre détail peut aider à assembler les pièces d'un puzzle.

Le curseur clignota quelques instants.

— Vous avez eu le résultat ?

— Oui. Nous avons une stagiaire au labo, en ce moment, une étudiante de troisième cycle en génétique moléculaire. Un peu loubarde. Mais très futée. Qui deviendra sûrement excellente quand elle aura un peu mûri. Cette écervelée a passé tellement de temps sur le test qu'elle a raté le couvre-feu et se retrouve coincée toute la nuit au labo. Ça fera plaisir à Tom. Il ne peut pas la supporter !

— Qu'est-ce qu'elle a trouvé ?

— La petite fille a eu la grippe.

Le curseur clignota de nouveau avant que Sam ne réagisse.

— Ça n'est pas d'un grand secours, si ?

— Probablement pas. Mais il y a un truc étrange – d'après Zoe, ce n'était pas le H5N1. Du moins, pas la version à l'origine de la pandémie.

— Comment le sait-elle ?

— Elle a récupéré le virus et décodé l'ARN. Ça me dépasse un peu, Sam. Quelque chose à voir avec des sites de restriction et des mots codes qui ne devraient pas se trouver là. En tout cas, elle a dit que ce virus était génétiquement modifié.

La conversation s'interrompit pendant si longtemps qu'Amy pensa que Sam n'était plus là.

— Hello, Sam, vous êtes toujours là ?

— Je suis toujours là, Amy.

— Qu'en pensez-vous alors ?

Elle garda les yeux fixés sur le clignotement hypnotique du curseur.

— Je pense que ça change tout.

II

Pinkie regardait défiler les rangées de HLM couleur moutarde. C'était amusant de conduire dans la ville déserte. Pas de circulation, pas de feux de signalisation. Tellement plus facile pour se rendre d'un point à un autre. On ne l'avait pas arrêté une seule fois. Il lui suffisait de ralentir et de rouler au pas en arrivant en vue des points de contrôle. En quelques secondes, les caméras communiquaient son numéro d'immatriculation à l'ordinateur, et on lui faisait signe de passer. VIP. Aucun contact nécessaire. Tout le monde était content.

À Clapham Common, MacNeil avait tourné à droite. Pinkie était certain qu'il ne se savait pas suivi. La nuit, il était impossible de repérer un véhicule sans lumière à trois cents mètres derrière soi. Aussi longtemps qu'il apercevrait ses feux arrière, il ne le perdrait pas. Du moins tant que MacNeil resterait sur des grandes artères. Le danger serait qu'il s'en écarte et disparaisse à sa vue. Ce qui l'obligerait à se rapprocher, et là, ça deviendrait dangereux.

Le téléphone posé sur le siège passager vibra dans l'ambiance feutrée de la berline. Pinkie jeta un coup d'œil à l'écran avant de prendre l'appel.

— Bonsoir, monsieur Smith.

— Bonsoir, Pinkie. Où êtes-vous ?

— Sur Battersea Rise, monsieur Smith. En direction de Wandsworth Common. Je pense que monsieur MacNeil se dirige vers Routh Road.

— J'en ai bien peur, Pinkie.

— On a un problème, alors.

— Plus sérieux que vous ne le pensez. Cette idiote d'infirme a demandé un PCR de la moelle osseuse.

— Et c'est mauvais ?

— Très mauvais, Pinkie. Ils ont trouvé le virus.

Pinkie secoua la tête. Ce pauvre petit connard de Ronnie Kazinski les avait fourrés dans de sales draps. Il regrettait presque de l'avoir tué ; autrement, il lui aurait fait payer les conséquences de son acte.

— Que voulez-vous que je fasse, monsieur Smith ?

— Je pense qu'il faut laisser monsieur MacNeil de côté, provisoirement, Pinkie. Nous avons d'autres mesures à prendre pour l'instant.

III

Routh Road se trouvait au bout d'un ensemble de rues appelées « The Toast Rack ». Non sans raison, car Baskerville Road, adossée à Wandsworth Common, et les cinq rues qui en partaient à angle droit pouvaient évoquer la forme d'un porte-toast. On aurait aussi bien pu le surnommer « Le peigne ». La prison de Wandsworth était à un jet de pierre, de l'autre côté de Trinity Road.

Un ancien Premier ministre, David Lloyd George, avait autrefois vécu Routh Road. Au numéro 3. Les maisons en brique rouge sur trois niveaux, individuelles ou mitoyennes, y étaient imposantes, protégées par des murs et des grilles, dans des parcs qui avaient mis plus d'un siècle à atteindre leur pleine maturité. Les trottoirs étaient bordés de BMW, Volvo et Mercedes.

MacNeil se gara dans Trinity Road et marcha jusqu'à l'adresse griffonnée sur le bout de papier. Il découvrit une maison mitoyenne qui se dressait dans l'ombre, derrière une grille en fer forgé. Toutes les autres étaient également plongées dans le noir, mais celle-ci avait un aspect triste et négligé avec son petit jardin de devant envahi de mauvaises herbes et les poubelles vides renversées sur le flanc. Rideaux ou stores étaient tirés devant la plupart des fenêtres. Elle offrait un contraste saisissant avec les autres propriétés impeccablement entretenues. En plein jour, elle devait même faire tache, comme une dent gâtée au milieu d'un sourire étincelant.

Des abris antiaériens construits entre elle et sa voisine de gauche pendant la Seconde Guerre mondiale empêchaient de la contourner. Il fallait obligatoirement la traverser pour gagner l'arrière. Debout dans la flaque de lumière jaune d'un réverbère, MacNeil l'examina attentivement. Elle semblait inhabitée. Le portail protesta bruyamment quand il l'ouvrit ; en quelques pas, il gagna les marches menant à la porte d'entrée. Il voyait à présent qu'il s'agissait de la porte d'origine, récemment restaurée et à laquelle on avait redonné son lustre d'antan. Disposés tout autour, les vitraux devaient éclairer le vestibule d'éclats multicolores lorsqu'il y avait du soleil. La maison elle-même n'était pas aussi négligée que le jardin. MacNeil vit une plaque sur la porte. Et sur sa gauche, un bouton de sonnette qu'il pressa assez longuement. Un carillon d'un autre âge retentit au loin, mais ne suscita aucune réaction. MacNeil agita le volet en cuivre de la boîte à lettres, puis s'accroupit pour regarder par la fente. Hormis la faible lumière qui s'infiltrait depuis la rue à travers les vitraux, l'obscurité était telle qu'il ne distinguait pas grand-chose. Une odeur de renfermé et d'humidité s'exhala comme une mauvaise haleine de l'intérieur, confirmant sa première impression que l'endroit était vide.

Il redescendit les marches et longea la façade. Les voisins paraissaient avoir converti leur abri antiaérien en appentis fermé par une porte peinte en bleu. MacNeil tendit le bras par-dessus la clôture pour essayer la poignée. Elle n'était pas verrouillée. Mais soudain, une lumière vive, aveuglante, inonda le jardin. Son mouvement avait déclenché une lampe de sécurité. Instinctivement, il recula d'un pas, trébucha sur un buisson, et atterrit dans l'herbe, en plein sous les feux du projecteur halogène. Au premier étage de la maison voisine, une fenêtre s'ouvrit à toute volée et un homme d'un certain âge, au crâne dégarni, en chemise de nuit bleu pâle, se pencha dehors en épaulant un fusil qu'il braqua sur MacNeil.

— Sortez de ce jardin ! cria-t-il. Allez-vous-en !

MacNeil se releva en brossant la boue de son manteau et s'abrita les yeux de la lumière.

— Sinon quoi ? Vous me tirez dessus ?

— C'est un avertissement.

— Vous avez un permis pour ce machin ?

— Je vais appeler la police.

— Trop tard. Elle est déjà là.

L'homme baissa un peu son fusil et scruta, à travers les branches dénudées d'un sorbier, la silhouette qui se tenait dans le jardin adjacent au sien.

— Vous êtes policier ?

— Oui.

— Faites voir vos papiers.

— Vous aurez du mal à les lire de là-haut, monsieur.

— Enjambez la clôture et venez à la porte d'entrée. Il y a une caméra de sécurité. Levez-les devant l'objectif.

MacNeil obtempéra. En passant par-dessus la clôture, il accrocha son manteau et l'entendit se déchirer derrière lui. Il s'approcha de la caméra de sécurité, fixée juste hors de portée, au-dessus de l'une des colonnes jumelles qui supportaient le porche ouvert, et brandit son badge. L'homme au fusil avait disparu de la fenêtre, mais sa voix lui parvint d'un haut-parleur installé quelque part.

— Très bien, inspecteur. Pourquoi rôdez-vous autour de ma maison à une heure du matin ?

— C'est la maison voisine qui m'intéresse, monsieur Le Saux.

Ce nom était gravé sur la plaque de la porte.

— Elle est vide.

— C'est ce qu'il m'a semblé. Qui était le dernier occupant ?

Il entendit Le Saux soupirer de frustration.

— C'est une maison en location. Une quantité de gens s'y sont succédé au fil des années.

— Mais plus récemment ?

— Un couple d'étrangers. Quoique je n'aie jamais beaucoup vu la femme. Ils sont restés six mois, et ils ont laissé le jardin tomber en décrépitude. Un contrat de courte durée, m'a dit le mari. Il venait installer une nouvelle chaîne de production. Mais, dans quel domaine, je n'en ai pas la moindre idée. Il n'était pas très bavard.

Cet entretien mené sur un pas de porte avec une voix désincarnée avait un côté plutôt surréel.

— Quand sont-ils partis ?

— Eh bien, c'est bizarre. Il y a eu des allées et venues jusqu'à ces derniers jours. Enfin, ça pouvait aussi bien être les agents immobiliers. La maison a l'air vide maintenant, mais j'ignore où ils sont partis. Ils ne sont certainement pas rentrés chez eux puisque personne ne peut quitter Londres pour l'instant.

— Où ça, *chez eux* ?

— Je n'en suis pas sûr. Ils pourraient être français. Mais il parle si bien anglais que c'est difficile à dire.

— Et la femme ?

— Je ne lui ai jamais adressé la parole. Apparemment, elle restait tout le temps chez elle. Ils avaient une fille adoptive qui fréquentait l'école du quartier depuis septembre.

MacNeil fronça les sourcils.

— Comment savez-vous qu'elle était adoptée ? C'est lui qui vous l'a dit ?

— Inutile, inspecteur. Elle est chinoise, pas eux. Après qu'elle a attrapé la grippe, on n'a plus eu aucun contact. Bien que ni son père ni sa mère ne soient tombés malades à ce qu'il me semble.

— Elle a survécu ?

— Aucune idée. (Il se tut un instant.) Pauvre petite.

— Pourquoi dites-vous cela ?

— Elle était défigurée, inspecteur. Elle avait le bec-de-lièvre le plus horrible que j'aie jamais vu.

CHAPITRE 18

I

Pinkie marchait d'un pas rapide sur les pavés, entre les immenses entrepôts reliés par des passerelles métalliques aux inclinaisons bizarres. Il dépassa Maggie Blake's Cause, sur sa gauche, une rangée de boutiques chics, sur sa droite. Les riches, dans leurs docks reconvertis, dormaient tranquillement derrière les fenêtres à barreaux ; rien de plus, en somme, que des cages dorées dans cette ville frappée par la pandémie. Autrefois les rats porteurs de la peste s'étaient déversés des bateaux amarrés aux quais. Aujourd'hui, un autre genre de peste avait vidé l'étroit canyon de Shad Thame, totalement désert et silencieux.

Il continua jusqu'à l'adresse qu'il cherchait, juste après Java Wharf. Butlers & Colonial. Il escalada facilement la grille électronique, enjamba les piques qui la surmontaient et sauta dans la cour. Des lampes encastrées dans des bornes le guidèrent vers l'arrière, où il vit la rampe qui menait à la porte d'Amy. Il sourit. Il n'avait pas mis longtemps à trouver.

Amy était fébrile. Il serait bientôt deux heures du matin et elle n'avait toujours pas sommeil. Elle avait beau être fatiguée, elle savait qu'elle ne pourrait pas dormir. Les derniers mots de Sam l'avaient mise bizarrement mal à l'aise. *Je pense que ça change tout.* Qu'est-ce que ça voulait dire ? Malgré tous ses efforts, Amy n'avait pas pu obtenir d'autre explication de son mentor. La fenêtre de leur conversation était restée à l'écran, le curseur clignotait toujours après plusieurs tentatives inutiles pour rétablir la communication. *Sam, vous êtes toujours là ? Hello ? Sam ? Répondez-moi !* Rien. Manifestement, Sam ne se trouvait plus devant son ordinateur. La fatigue avait peut-être eu raison de sa curiosité. Mais pourquoi clore leur échange d'une manière aussi abrupte et énigmatique ?

Après avoir bu toute la bouteille de vin rouge, Amy se sentait un peu ivre. Elle avait passé près d'une demi-heure à se confier à Lyn, à parler de son frère. À lui raconter à quel point Lee s'était révélé jaloux de sa réussite. Ses brillants résultats scolaires, les prix obtenus à l'école. Son admission à la faculté de médecine, puis son classement en tête de sa promotion. L'excellence de son expertise en odontologie médico-légale, ses fiançailles avec David. Après une enfance où tous les sacrifices de leurs parents s'étaient concentrés sur lui, pendant qu'Amy se débrouillait comme elle le pouvait, Lee avait été profondément blessé dans son orgueil en constatant que sa grande sœur réussissait mieux que lui dans la vie. Il n'avait jamais eu de bonnes notes à l'école, qu'il avait abandonnée avant le bac pour devenir sous-chef dans un restaurant de Chinatown, où il coupait des légumes en petits morceaux. Le moindre cadeau qu'Amy offrait à ses parents le remplissait de jalousie et de rancœur.

L'accident et ses conséquences dramatiques l'avaient carrément réjoui. Il débordait de paroles gentilles et de sympathie feinte. Amy avait deviné sa jubilation à voir sa grande sœur diminuée, réduite à se déplacer en fauteuil roulant. Désormais, ce serait à lui de prendre soin de la famille, d'acheter les cadeaux ; il retrouverait enfin la place à laquelle il avait droit en bout de table, à côté de son père.

Mais il n'avait pas tenu compte de sa détermination à surmonter son infirmité. Lorsqu'elle avait gagné son million de dommages et intérêts, il avait estimé en mériter une part. Ses parents aussi. Après tout, ne devait-elle pas sa réussite aux sacrifices de sa famille ?

Pour la première fois de sa vie, Amy lui avait tenu tête. Elle avait besoin de cet argent, indispensable pour se remettre sur pied, métaphoriquement sinon littéralement. Avait-il la moindre idée de ce que cela pouvait coûter de vouloir mener une vie normale quand on était invalide ?

Sa rébellion ayant provoqué une rupture au sein de la famille, Amy avait quitté la communauté chinoise et choisi le splendide isolement de son vieil entrepôt à épices de Bermondsey. Ses parents et son frère étaient venus lui rendre visite une fois, tous les trois, et leurs yeux envieux avaient étincelé de jalousie et de rancœur devant tout ce qu'ils voyaient. Ils n'étaient plus jamais revenus. Le splendide isolement d'Amy s'était transformé en une solitude légèrement moins splendide – jusqu'à l'entrée de Jack MacNeil dans sa vie.

Pauvre Jack. Elle l'imaginait en ce moment, dehors, quelque part dans la nuit, obsédé par un meurtre qu'il ne résoudrait sans doute pas, s'efforçant au maximum de ne pas penser au fils dont il avait négligé l'affection. Un état de choses dont il s'était rendu compte trop tard pour y remédier.

Elle se cambra afin de détendre les muscles de son dos et essayer de changer de position sur son fauteuil. Elle était restée trop longtemps assise. Les points de pression devenaient douloureux. Il fallait qu'elle s'allonge sur son lit et accorde un peu de repos à son corps. Mais l'idée de se coucher pendant que MacNeil travaillait la contrariait. Elle voulait être là s'il avait besoin d'elle, et aussi lorsqu'il quitterait son travail une dernière fois à 7 heures du matin. Une douche la soulagerait peut-être, pensa-t-elle ; elle l'aiderait au moins à se tenir éveillée.

II

Pinkie entendit le monte-escalier avant de voir Amy. Certain de ne pas se faire surprendre, il avait déjà fouillé sa chambre à coucher. En entrant dans l'appartement et en entendant sa voix dans le grenier, il avait d'abord cru qu'elle n'était pas seule. Puis, en l'écoutant, même s'il ne comprenait pas ce qu'elle disait, il avait fini par comprendre qu'une seule voix parlait. Peut-être téléphonait-elle. Il était loin de se douter qu'elle s'adressait à la petite fille dont il avait vu M. Smith arracher la chair des os.

Maintenant, depuis son poste d'observation à l'intérieur de la penderie, le visage appuyé contre la fente de l'ouverture, il la voyait parfaitement pour la première fois. Il en eut presque le souffle coupé. Elle était belle. Petite, délicate, si vulnérable avec ses jambes inutiles, mortes. Elle descendait, assise de côté sur l'appareil, les yeux fermés, les mains sur les genoux. Quelque chose dans sa sérénité le séduisait, lui serrait le cœur. Bizarrement, elle lui rappelait sa mère. La sérénité avait été sa qualité persistante. Un fatalisme presque zen qui lui permettait d'accepter toutes les embûches que la vie semait sur son chemin. Il se rappelait également cette nuit où, enfermé dans le placard sous l'escalier, il l'avait entendue crier pour la première fois. Avec ce souvenir revint le tremblement familier. L'obscurité et la claustrophobie commencèrent à l'étouffer. S'il ne contrôlait pas sa respiration, Amy l'entendrait. Et il ne voulait pas la tuer. Pas tout de suite.

Il la regarda s'installer dans le fauteuil roulant qui l'attendait au bas des marches, et écouta le gémissement du moteur électrique qui la propulsait vers la salle de bains.

Au troisième ou quatrième cri de sa mère, la panique s'était emparée de lui, elle lui avait donné la force de défoncer la porte. Tout juste dix ans, pas particulièrement costaud. Ils étaient dans la cuisine. Sa mère par terre, couchée sur le dos, l'homme au-dessus d'elle, les mains autour de son cou, en train de l'injurier, de lui ordonner de la fermer. Il l'avait frappée, deux ou trois coups de poing ; elle avait grimacé de douleur, la lèvre fendue, les dents blanches tachées de sang. Ses vêtements étaient déchirés, son ventre dénudé, un sein sorti de son soutien-gorge. Pinkie ne comprenait pas trop ce qu'il se passait, sinon que cet homme la brutalisait. La suite n'avait pas été préméditée. Réagissant par instinct, il avait sauté sur l'homme et lui avait tiré les cheveux sauvagement en lui criant de laisser sa mère tranquille.

Choqué et surpris celui-ci s'était brusquement retourné pour se débarrasser du gamin. Il se croyait seul avec elle. En tombant, Pinkie s'était cogné la tête sur le bord de la porte ; momentanément assommé, il en avait vu trente-six chandelles. Sa mère, hystérique, hurlant de plus belle. L'homme beuglant, cherchant à étouffer ses hurlements en l'étranglant. Pinkie la voyait agiter les jambes pendant qu'elle essayait d'aspirer de l'air, les plantes de ses pieds nus battaient frénétiquement le sol. Sans savoir comment, il avait réussi à se relever et à se traîner jusqu'au plan de travail. Là, il avait aperçu le bloc de couteaux. Depuis cet instant, il regrettait à chaque minute de ne pas avoir réagi trente secondes plus tôt. Sa mère serait toujours là. Le temps qu'il plonge le couteau à pain jusqu'à la garde entre les omoplates de l'homme, elle avait déjà perdu la vie, et la sienne venait de changer de manière irréversible.

Dans l'obscurité de la penderie, Pinkie se laissa glisser le long du mur, replia les genoux contre la poitrine et referma ses bras autour. Il haïssait ce souvenir. Malgré tous ses efforts pour l'enfouir, le dissimuler, il le revoyait toujours remonter dans le noir. Il essaya de refouler ses sanglots, mais sentit les larmes lui brûler les joues. Il voulait fermer les yeux. Il voulait s'éloigner de ce rêve, s'éclipser doucement dans ce monde parallèle où chaque nuit, quand venait l'heure de se coucher, sa mère continuait à l'embrasser avec tendresse sur le front en lui murmurant, *dors bien, petit bonhomme*.

Lorsqu'il finit par se ressaisir suffisamment pour reprendre son souffle, essuyer son visage, il entendit de l'eau couler. Il se redressa et respira à fond. C'était le moment idéal, pendant qu'elle prenait une douche.

Lentement, il sortit du placard et se faufila sur le palier. Par la porte entrouverte de la salle de bains, il voyait la vapeur s'élever dans la lumière froide, comme le brouillard à l'aube, un matin d'hiver. Il traversa le couloir et se pencha lentement dans l'entrebâillement pour jeter un œil à l'intérieur.

Dans la douche, un appareillage spécial la maintenait presque debout. À travers la vapeur, et l'eau qui ruisselait sur le verre, il vit qu'elle était nue, sa peau rosie par les jets d'eau chaude. Il distingua les cercles brun rose de ses aréoles, le triangle noir entre ses jambes ; gêné il se détourna très vite. Une fois, il avait vu sa mère nue sous la douche. Entré par hasard dans la salle de bains, il était resté là sans se faire voir pendant presque une minute entière, à la contempler. Jusqu'à ce qu'elle s'en aperçoive et le gronde. Lui reprochant d'être un voyeur. Un vilain petit garçon à l'esprit mal tourné. C'était l'une des rares fois où elle avait élevé la voix contre lui ; depuis, il n'avait plus jamais été capable de regarder une femme nue sans se sentir coupable.

Il fit demi-tour et se dépêcha de retraverser le palier pour monter l'escalier à pas de loup. En haut des marches, il parcourut des yeux l'immense grenier-salon jusqu'à ce qu'ils tombent sur l'ordinateur. Un économiseur d'écran passait des photos en fondu enchaîné, des images de forêt tropicale humide et brumeuse dans des tons froids de bleu et de vert. Il s'assit au bureau et déplaça la souris. Les photos s'évanouirent pour révéler la fenêtre de dialogue entre Amy et Sam. Le curseur clignotant à la fin du dernier appel d'Amy. *Sam, vous êtes toujours là ? Hello ? Sam ? Répondez-moi !* Pinkie sourit. Il repéra l'icône du carnet d'adresses sur le dock, en bas de l'écran, cliqua dessus. Le dossier s'ouvrit. Il tapa BENNET. Sa fiche apparut instantanément. *Tom Bennet, Appt 13A, 1 Parfrey Street, Fulham.* Coup de chance. Mais pas pour Tom. Ni pour Harry.

Pinkie referma le fichier puis réactiva l'économiseur d'écran de façon qu'Amy ne se doute de rien.

C'est alors qu'il la vit, qui le regardait depuis l'autre bout de la pièce. Ses cheveux se dressèrent sur sa tête.

— Bon Dieu, murmura-t-il. Son portrait craché. À s'y méprendre. Sa bouche, aussi répugnante que dans la vie. Comment a-t-elle pu deviner à quoi elle ressemblait, à partir de son crâne ?

Oubliant un moment où il était, il traversa le grenier pour l'observer de plus près. Plein d'une admiration nouvelle pour la dentiste chinoise sous la douche, il secoua la tête. Elle n'aurait pas pu la rendre plus ressemblante si elle avait travaillé d'après photo. Amy s'était trompée sur un seul détail. Et ça, ça l'agaçait.

Après s'être séchée dans la douche, elle fit rouler son fauteuil vers sa chambre, en se demandant si elle allait passer simplement une robe de chambre ou se changer. Choisissant la dernière option, elle s'allongea sur le lit pour enfiler un jean et un tee-shirt sur des sous-vêtements propres. Puis elle se redressa en position assise, se pencha en avant et glissa ses pieds dans des tennis. S'habiller lui demandait un gros effort mais les médecins l'avaient assurée que c'était un très bon exercice, essentiel pour conserver son corps en état de fonctionner.

Pendant que le monte-escalier la hissait en douceur, elle ferma les yeux et éprouva, pour la première fois, l'envie de dormir. Elle savait que si elle s'allongeait sur le canapé, elle sombrerait en quelques minutes. Mais dès qu'elle arriva sous le toit, elle eut la prémonition de quelque chose d'anormal. Elle aurait eu du mal à définir ce qui l'avait alertée. La légère odeur inconnue flottant dans l'air, peut-être. Ou bien une présence, l'impression d'une présence, comme celle d'un fantôme ou d'un esprit. Impossible de savoir quels sens cachés s'activaient dans son subconscient. Quoi qu'il en soit, elle ressentit aussitôt un malaise.

Elle se transféra sur le fauteuil roulant et se dirigea vers son bureau. Y avait-il un message de Sam ? Elle déplaça la souris pour effacer les images de l'économiseur d'écran, et retrouva la fenêtre de dialogue telle qu'elle l'avait laissée. *Sam, vous êtes toujours là ? Hello ? Sam ? Répondez-moi !* Soudain, elle vit la tête et poussa un cri involontaire. Traversée par la peur comme par de minuscules lances invisibles, elle jeta un regard paniqué autour de la pièce. Il n'y avait personne. Immobile, elle écouta le silence. Pas un bruit. Elle s'obligea à regarder de nouveau la tête de l'enfant. Les cheveux de la perruque avaient été coupés très court, en touffes inégales, exactement comme elle les avait imaginés un peu plus tôt. Surmontant son effroi, elle empoigna la commande pour s'en approcher.

La table était couverte de paquets de cheveux noirs gros comme le poing. Une paire de ciseaux abandonnée au milieu.

Lyn la regardait, son visage radicalement modifié par ce changement de coiffure. Pendant un moment, Amy se demanda si elle avait pu le faire elle-même et l'oublier. Mais très vite elle écarta cette idée. Elle savait, avec une certitude absolue, que quelqu'un s'était introduit dans la maison pendant qu'elle se douchait, et avait raccourci les cheveux de la tête sculptée.

Aussi fou que cela puisse paraître, il fallait admettre qu'elle en avait la preuve sous les yeux. C'était terrifiant. Il n'était pas non plus impossible que celui ou celle qui avait fait ça se trouve encore dans la pièce. Elle se mit à trembler de la tête aux pieds sans pouvoir se maîtriser, à tel point que, lorsqu'elle attrapa le téléphone, elle le laissa tomber par terre. Après l'avoir ramassé avec beaucoup de difficulté, elle réussit enfin à composer le numéro de MacNeil. Elle l'entendit sonner. Sonner. Sonner. Puis l'annonce de la messagerie prit le relais. Désespérée, elle faillit raccrocher mais se ravisa à la dernière seconde et décida qu'elle devait quand même laisser un message.

Sa propre voix résonna étrangement quand elle dit en essayant de calmer l'hystérie qui s'emparait d'elle :

— Jack, il y a quelqu'un dans la maison. Viens vite, je t'en supplie. J'ai peur.

Elle raccrocha et serra le téléphone contre sa poitrine en pensant qu'elle n'avait jamais été aussi terrorisée de sa vie.

CHAPITRE 19

I

MacNeil patienta pendant que le standard transférait son appel. Puis il entendit la voix de Dawson :

— Inspecteur Dawson.

— Rufus, c'est Jack.

— Salut Jack. Comment ça se passe ?

— Je crois avoir trouvé l'endroit où vivait l'enfant. Une maison de Routh Road à Wandsworth. En location. D'après le voisin, elle a été occupée ces six derniers mois par une famille, peut-être française, du nom de Smith.

— Ben voyons.

— Ils avaient une petite fille chinoise, avec un bec-de-lièvre. Je suis sûr que c'est la nôtre. Mais les parents sont européens. Il faut trouver à qui appartient cette maison. Le voisin pense qu'un agent immobilier s'en occupe. Trouve-le-moi, et sors-le du lit. Je veux savoir qui la loue en ce moment, ou qui l'a louée dernièrement.

— Je m'en occupe tout de suite.

— T'es un chic type.

MacNeil lui dicta l'adresse complète.

— Jack… À propos de ce soir…

— Je suis désolé, Rufus, le coupa MacNeil.

— Non, c'est *moi* qui suis désolé, Jack. Nous le sommes tous. C'était déjà assez dur comme ça sans… (Sa voix faiblit.) Merde, on s'en veut vraiment, tu sais.

— Il ne faut pas. Vous n'étiez pas au courant. Mais j'apprécie, Rufus. Vraiment. Remercie les autres pour moi.

Il raccrocha et resta assis dans le cocon obscur de sa voiture, les yeux rivés sur Trinity Road, vers la prison. Il avait entendu dire que la grippe s'y était répandue comme une traînée de poudre. Forme de peine capitale propre à la nature. Sans discrimination, sans possibilité de faire appel. Rien ne bougeait dans le quartier. Le calme absolu. Pas un bruit. Pas un chat. Pas un aboiement de chien. Pas de circulation. Il aurait presque pu se croire le dernier être vivant sur Terre. C'était en tout cas l'impression que ça donnait.

Scotland the Brave brisa soudain le silence. Il jeta un coup d'œil à l'écran de son mobile. Nouveau message vocal. Il hésita un instant, puis décida de ne pas l'écouter. Quoi que ce soit, ça pouvait attendre. Il avait des affaires plus urgentes à régler.

Il retourna à pied jusqu'à la maison de Routh Road. C'était donc ici que l'enfant avait passé les six derniers mois de sa vie. Et très probablement ici qu'elle était morte. Elle avait parcouru ces rues avec son petit cartable, pour aller en classe et en revenir. Les yeux baissés, peut-être, évitant les regards des gens qu'elle croisait en chemin. Quel genre de moquerie et de cruauté avait-elle pu subir à l'école ? Même les professeurs avaient sans doute du mal à ne pas la dévisager. Quelle tristesse que tout le reste

– sa personnalité, son intelligence, son caractère – ait été gâché par un défaut physique. Quelle tristesse d'être jugé sur l'apparence plutôt que sur l'essence.

Il franchit la grille de chez Le Saux, à qui il avait conseillé de désactiver son projecteur de sécurité cette nuit s'il voulait éviter d'être constamment dérangé. La porte bleue du vieil abri antiaérien s'ouvrit sur les ténèbres. Il les traversa à tâtons, ses yeux s'habituant progressivement. L'endroit servait maintenant à ranger des outils de jardinage, des arrosoirs, des pots de fleurs ; il y régnait une odeur de terre humide ainsi qu'un froid glacial qui transperça son épais manteau. L'autre porte donnait sur le jardin de derrière. Il y faisait encore plus sombre. L'éclairage de la rue ne parvenait pas jusque-là. MacNeil passa la main sur le faîtage du haut mur de brique séparant les deux jardins afin de s'assurer qu'on n'y avait pas scellé des morceaux de verre. Ne sentant sous ses doigts qu'une mousse molle et spongieuse, il prit son élan, sauta, racla les briques du bout de ses chaussures pour y prendre appui. Une fois qu'il eut passé une jambe par-dessus, il resta quelques secondes à califourchon avant de se laisser tomber de l'autre côté, dans le jardin du numéro 33. Une courte allée pavée courait le long d'une immense véranda moderne accolée à la maison. Il s'accroupit, aux aguets, attendant de savoir s'il n'avait pas réveillé des voisins. Le Saux avait respecté ses recommandations ; le projecteur de sécurité ne s'était pas déclenché, et il n'y avait aucun signe d'activité aux alentours.

Ce qu'il s'apprêtait à faire était totalement illégal. Mais obtenir un mandat à cette heure-ci, en pleine nuit, dans les circonstances actuelles, frisait l'impossible. Il avait peu de chance de réussir à sortir un magistrat de son lit. Si jamais il découvrait quelque chose dans la maison, un autre que lui pourrait toujours revenir avec les papiers officiels nécessaires et fouiller l'endroit en toute légalité. MacNeil n'avait pas l'intention d'attendre. Il était singulièrement déterminé à agir. Non seulement parce que dans cinq heures il ne serait plus policier, mais aussi parce qu'il se sentait poussé par un impérieux sentiment d'urgence. Le temps paraissait être un élément essentiel dans cette affaire. Le meurtre des deux garçons dans la cité de Lambeth. L'exécution de Kazinski à Soho. Le cadavre soigneusement arrangé de Jonathan Flight à South Kensington. Partout où il allait, des gens mouraient. Des gens qu'on tenait absolument à réduire au silence le plus vite possible. Le sentiment d'urgence du tueur s'était transmis à MacNeil, désormais fermement décidé à foncer, au mépris des méthodes et des conséquences.

Quelque part derrière le voile de nuages masquant le ciel nocturne, une lune presque pleine essayait de forcer le passage. Seul un infime rayon s'infiltrait entre les plissements noirs des nimbostratus chargés de pluie. Un vent glacé bruissait dans les longues herbes sèches qui étouffaient le jardin, et secouait le feuillage persistant des buissons hirsutes.

Le front appuyé contre la vitre de la véranda, il essaya de voir quelque chose à l'intérieur, mais l'obscurité était impénétrable. En la contournant, il se cogna le tibia sur une grosse jardinière en marbre et jura violemment entre ses dents.

Au même instant, il perçut un mouvement dans l'herbe. Plus vif que le souffle du vent, plus ample que le déplacement d'un animal domestique ou d'un renard. Immobile, il tendit l'oreille. Il y avait quelqu'un. Il sentait une présence. Il était presque certain d'entendre respirer. Mais on ne bougeait plus, attendant peut-être qu'il passe à l'action. Ne voyant rien, alors que l'autre le voyait probablement, il décida de prendre l'initiative :

— Qui est là ? cria-t-il.

Aussitôt, il se sentit idiot. Comme si on allait lui répondre !

Pourtant, ses paroles déclenchèrent une agitation soudaine sur sa gauche, dans les fourrés. Il entendit le frottement rapide des herbes sèches contre des jambes qui couraient et aperçut une silhouette qui filait vers le fond. Il la distinguait à peine – une ombre légère, plus petite que lui. Abandonnant toute intention de se faire discret, il se lança à sa poursuite au milieu des broussailles. Juste avant la barrière qui fermait le jardin, il agrippa un vêtement en tweed rugueux et tomba avec l'intrus sur un tas de vieux pots de fleurs en plastique empilés à côté d'un cabanon délabré. Le plastique gémit puis craqua sous leurs deux poids réunis. L'intrus se mit à gigoter en poussant des petits couinements paniqués. Puis, soudain, une lumière explosa devant les yeux de MacNeil et l'aveugla. Une torche. Il empoigna aussitôt la main qui la tenait ; le faisceau lumineux dévia dans la nuit, mais une autre main planta ses ongles dans sa joue et le griffa jusqu'à ce qu'il s'en saisisse.

En braquant la lampe sur l'agresseur, il reçut un choc à la vue du visage pâle et effrayé d'une femme entre deux âges aux courts cheveux argentés. Si la peur se lisait dans ses yeux sombres, il s'y lisait aussi une grande détermination. Elle rua d'un côté et de l'autre tout en essayant désespérément de se libérer de la poigne de fer de MacNeil. Sa torche roula dans l'herbe, le faisceau pointé sur eux illumina leur lutte et projeta leurs ombres sur la barrière.

— Je vais crier ! dit-elle d'une voix si étranglée par la frayeur qu'elle perçait à peine la nuit.

— Si vous criez, moi aussi, répliqua-t-il.

Quelque chose dans la voix de l'Écossais la calma aussitôt. Elle cessa de lutter et tenta de reprendre son souffle. C'était une étrange créature filiforme en jupe et veste de tweed, corsage blanc et collier de perles.

— Mais qui êtes-vous donc ? demanda-t-elle en haletant.

— Inspecteur Jack MacNeil. Et vous, qui donc êtes-vous ?

Il vit sa panique se dissiper.

— Je m'appelle Sara Castelli, répondit-elle avec un accent nord-américain. J'enquête pour la HPA.

— Et qu'est-ce que c'est, la HPA ?

— Health Protection Agency, l'agence de protection de la santé. Je peux vous montrer ma carte professionnelle, si vous voulez.

MacNeil lui lâcha les poignets, mais continua à la bloquer au sol, à califourchon sur sa taille. Rattrapant la torche, il la dirigea sur elle.

— Pas dans la figure, s'il vous plaît, dit-elle d'un ton sec.

Il dévia le faisceau de façon à suivre la main qui plongeait dans une poche d'où elle sortit une carte plastifiée de la HPA reliée à une chaîne. Avec sa photo dessus. Son nom complet. Sara Elizabeth Castelli. Et sa date de naissance. MacNeil fit un rapide calcul : presque soixante ans. Brusquement, il se sentit coupable de l'avoir malmenée. Roulant sur le côté, il se dépêcha de se relever pour lui tendre la main et l'aider à se remettre sur ses pieds. Mais elle l'ignora et se remit debout sans son aide, tout en brossant la boue, les feuilles et les bouts de plastique cassé qui maculaient sa jupe et sa veste.

— Foutu, marmonna-t-elle. Vous ne savez vraiment pas vous conduire avec une dame, monsieur MacNeil.

— Manifestement. Que faites-vous ici, mademoiselle Castelli ?

— Madame, corrigea-t-elle. Castelli est mon nom de femme mariée. Mais vous pouvez m'appeler docteur.

— Docteur, vous n'avez pas répondu à ma question.

Elle évita soigneusement de le regarder dans les yeux et continua à se nettoyer.

— Eh bien, je pourrais envisager de le faire si vous me montriez d'abord vos papiers. Vous pourriez être n'importe qui se faisant passer pour un policier.

MacNeil lui présenta son badge.

— Alors ?

— J'essaye de remonter à la source de la pandémie, monsieur MacNeil. Voilà ce que je fais. J'identifie l'origine des infections, et je formule les recommandations propres à les contenir.

— Vous êtes Américaine ?

— Canadienne. Bien que j'aie vécu ces vingt dernières années aux États-Unis. J'ai même adopté la nationalité américaine en épousant monsieur Castelli. Je m'en serais abstenue si j'avais su, alors, qu'il était plus fidèle au drapeau sicilien qu'à la bannière étoilée. Vous avez entendu parler de ce film, *Married to the Mob**, monsieur MacNeil ? Eh bien, c'est mon histoire. En fait, la famille Castelli dirige la majeure partie de New York. Comme je travaillais comme conseillère santé au ministère de la Justice, ça les arrangeait bien.

Elle lui lança un regard de défi.

— Vous voulez savoir autre chose ?

— Je serais curieux d'entendre de votre bouche pourquoi vous croyez que la pandémie est partie du jardin d'une maison de Wandsworth, docteur Castelli.

— Je ne le crois pas du tout. Je pense que quelqu'un, qui habitait dans cette maison, a pu être porteur du virus, ou être l'une des premières personnes contaminées.

— La maison est vide.

— Oui, je sais.

— Comment aviez-vous l'intention d'entrer, alors ?

— Ce n'est plus d'actualité, monsieur MacNeil. Puisque vous êtes là, vous pourrez forcer la porte pour moi. (Elle marqua une pause et haussa les sourcils.) De toute façon, c'était votre intention, n'est-ce pas ?

— Qu'est-ce qui vous le fait penser ?

— Eh bien, sinon, pourquoi rôder dans ce jardin au cœur de la nuit ?

Ce fut au tour de MacNeil d'éviter son regard. Et elle enfonça encore le clou :

— Mais vous ne m'avez pas dit pourquoi *vous* êtes ici, cher monsieur.

* Mariée à la mafia (titre français : *Veuve mais pas trop*).

Il observa cette petite femme aux cheveux gris, rebelle et volubile dans son costume de tweed, et décida d'être franc :

— J'enquête sur le meurtre d'une enfant de dix ans. Une petite Chinoise. Je pense qu'elle habitait ici.

Le visage du Dr Castelli s'assombrit.

— Choy ?

— Je ne connais pas son nom.

— Une seule petite fille vivait ici, autant que je sache. Et elle s'appelait Choy Smith.

II

Son gant lui protégea la main quand la vitre se brisa vers l'intérieur en projetant des éclats de verre irréguliers sur le tapis. Il n'eut ensuite qu'à allonger le bras pour débloquer la fenêtre à guillotine et repousser vers le haut la partie inférieure.

— Vous faites ça très bien, monsieur MacNeil, chuchota le Dr Castelli. Vous avez appris dans la police ?

MacNeil lui jeta un coup d'œil en biais et lui offrit sa main pour l'aider à enjamber le rebord. Ils avaient d'abord escaladé un treillis entremêlé, puis rampé sur le toit pentu de la cuisine avant d'atteindre cette fenêtre du premier étage.

Ils se trouvaient à présent dans ce qui avait dû être un bureau. MacNeil balaya le faisceau de la torche autour de la pièce, éclairant une table couverte de papiers, un ordinateur, une calculatrice, deux téléphones. Il jeta un coup d'œil aux documents. Des factures d'électricité, d'eau, etc. Une lettre, écrite en français, provenait d'une société baptisée Omega 8, domiciliée dans le Sussex – plusieurs courriers portaient cet en-tête. Un article scientifique, lui aussi en français.

Une bibliothèque était remplie de reliures en cuir, des anthologies de littérature anglaise classique, peut-être un héritage du propriétaire de la maison. Il y avait, sur un mur, une immense reproduction d'une carte médiévale de Londres. D'autres papiers étaient éparpillés par terre, comme si on les y avait jetés sous le coup de la colère. Juste de l'autre côté de la porte, deux marches descendaient d'un demi-palier vers une salle de bains, en haut de la première volée de l'escalier. D'autres montaient vers un palier plus grand d'où on accédait aux deux chambres à coucher du premier étage. MacNeil se pencha par-dessus la rampe en bois pour regarder le vestibule ; en traversant les vitraux disposés autour de la porte d'entrée, la lumière de la rue se fragmentait en un millier d'éclats colorés qui s'éparpillaient sur le parquet. Il leva ensuite la tête vers le palier du grenier, à six mètres de hauteur, et vit d'autres portes donnant sur d'autres chambres et d'autres salles de bains. C'était une grande maison pour une famille de trois personnes.

La chambre de Choy se trouvait au premier étage, sur l'arrière. Dans un angle, il y avait un lit étroit, sous la fenêtre, un petit bureau avec un cartable d'écolier, appuyé contre un pied, et un cahier de devoirs ouvert où de grands caractères chinois avaient été tracés aux crayons de couleur par une main d'enfant. En l'éclairant avec la torche, MacNeil pensa aux os étalés sur la table, à Lambeth Road. Ces os minuscules avaient constitué les doigts qui tenaient les crayons pour dessiner ces caractères. Quand ? Seulement quelques jours plus tôt, peut-être. Il observa la pièce tristement vide. Aucune image sur les murs. Pas une photo, pas un dessin. Pas un jouet par terre. Il repensa alors au bazar qu'avait été la chambre de Sean, débordant de tout l'attirail de l'enfance.

Le Dr Castelli fit glisser la porte d'une penderie. Les habits de Choy y étaient soigneusement alignés. La plupart paraissaient neufs. Jupes, chemisiers suspendus sur des cintres en métal, et dessous, une rangée de petites chaussures. Dans la commode, ils découvrirent une pile de pulls gris anthracite, une cravate d'école, des petites culottes, des chaussettes. Mais ni T-shirt, ni jean, ni vêtement de couleur vive reflétant la vitalité d'une enfant. Aucune gaieté dans tout cet ensemble. Quel genre d'existence spartiate et étrange avait-elle donc menée ici ?

— Doux Jésus, une salle d'hôpital remplie de petits cancéreux en phase terminale est plus joyeuse, observa-t-elle en soulevant un des pulls anthracite qu'elle tint contre son visage. Pauvre petite.

MacNeil la regarda.

— Il n'y a pas de risque de contamination ?

Elle haussa les épaules :

— De grippe ? Ça m'étonnerait que j'attrape quoi que ce soit. J'ai été exposée à tellement de maladies infectieuses que mon organisme est bourré d'anticorps. On pourrait immuniser tout Londres avec quelques pintes de mon sang, monsieur MacNeil. (Elle secoua la tête.) J'ai passé la majeure partie de l'année dernière au Vietnam, à traquer les cas de grippe aviaire, pour essayer de découvrir s'il y avait des exemples de transmission d'homme à homme. Je n'en ai trouvé aucun, mais je suis entrée en contact avec la plupart des victimes. On a décidé d'effectuer des tests sur certains membres des familles. Dans une poignée de cas ils ont révélé des anticorps dans le sang. C'était comme si ces gens avaient eu la grippe, mais sans symptômes. Ce qui nous a donné l'espoir que le virus ne serait peut-être pas aussi mortel que nous le redoutions. Nous avions tort, évidemment. Mais après, on m'a fait une analyse de sang, et moi aussi j'avais ces anticorps. Bizarre, non ?

— Vous dites que vous n'avez trouvé aucun exemple de transmission d'homme à homme.

— Moi, non. Mais d'autres, oui. Le premier cas largement reconnu a été repéré en Thaïlande. Un cluster familial à Kamphaeng Phet, à cinq heures de route environ de Bangkok, au nord. Ils ont fait une modélisation sommaire de ce qui serait arrivé si la transmission avait été effective. Dans l'intervalle de ces vingt et un jours qu'il leur a fallu pour se rendre là-bas, il y aurait eu six cents cas. Dix jours après, le nombre serait monté à six mille. Voilà pourquoi nous étions si inquiets, monsieur MacNeil. Avec une transmission effective, et un taux de mortalité de soixante-dix à quatre-vingts pour cent, le nombre de morts dans le monde aurait été inimaginable. Vous avez entendu parler de la grippe espagnole ?

MacNeil hocha la tête.

— La pire pandémie de l'histoire de l'humanité. Qui a tué plus de cinquante millions de personnes en 1918. Avec un taux de mortalité inférieur à deux pour cent.

— Je croyais que la peste était pire que la grippe espagnole.

— Elle a tué davantage de gens, c'est certain. Mais en quelques centaines d'années. La grippe espagnole, elle, a accompli son œuvre en quelques mois.

Quittant la chambre de Choy, ils se rendirent dans la chambre principale, sur le devant.

— Le problème, poursuivit le Dr Castelli, c'est que nous étions persuadés que si la grippe aviaire devait être la source de la prochaine pandémie, elle apparaîtrait en Asie du Sud-Est avant de se propager progressivement dans le reste du monde. Raison pour laquelle nous avons concentré tous nos efforts là-bas. Elle aurait fini par toucher Londres, bien sûr. Mais personne n'a pensé une seconde qu'elle débuterait ici.

La chambre était vaste, avec des baies vitrées donnant sur la rue. Les stores avaient été tirés pour empêcher la lumière de pénétrer, ainsi que les regards indiscrets. Le grand lit double n'avait pas été fait depuis la dernière fois qu'on y avait dormi. Une personne seule semblait l'avoir occupé car l'oreiller du côté gauche n'était pas déformé. En outre, les tiroirs et les placards ne contenaient que des vêtements masculins. Et il n'y avait ni parfum, ni maquillage, ni brosse à cheveux dans la salle de bains attenante. Si l'épouse de M. Smith avait vécu ici, elle était, de toute évidence, repartie depuis longtemps.

Le Dr Castelli regarda MacNeil fouiller méthodiquement la pièce, et continua :

— Les chiffres publiés par le gouvernement. Des conneries ! Ils sont bien pires.

— Pires à quel point ?

— Eh bien, la population du Grand Londres représente quoi, sept millions ? Faites le calcul. Un quart de la population l'attrapera. Soit 1,75 million. Environ les trois quarts succomberont. Un peu plus de 1,3 million. Morts. Sans retour. Disparus pour toujours.

MacNeil se retourna et l'observa à la lumière jaune, spectrale, de la lampe torche. Il était évident qu'elle se délectait des statistiques.

— Les nombres ne sont pas des gens, répliqua-t-il. Et les gens ne sont pas des nombres.

Mais il savait que Sean n'était devenu rien d'autre. Un numéro, une victime de plus sans visage, bonne pour le four.

Quelque chose dans le ton du policier alerta le Dr Castelli.

— C'était quelqu'un de très proche ? finit-elle par demander.

— Mon fils.

— Je suis désolée.

— Ouais. (Il se tourna vers la porte.) Descendons au rez-de-chaussée.

Dans la cuisine, presque tous les éléments suspendus, noir et crème, étaient vides. MacNeil ne trouva que quelques canettes et plusieurs paquets d'aliments secs – nouilles, spaghettis, sucre. Le réfrigérateur renfermait une collection de pots entamés de sauces, olives et mayonnaise. Deux doigts de lait restaient au fond d'une bouteille en plastique. Il le renifla et recula devant son odeur aigre. Il regarda la date limite de consommation. Dépassée depuis deux semaines. Une étroite véranda ouvrant sur le jardin arrière abritait une table de petit déjeuner et deux chaises. M. et Mme Smith n'avaient peut-être pas l'habitude de prendre ce repas avec leur fille. Des portes vitrées menaient à la véranda principale, dominée par une grande table en verre entourée de chaises en fer forgé. Des portes-fenêtres communiquaient avec le salon.

— Que cherchez-vous, monsieur MacNeil ?

Il haussa les épaules.

— Je ne sais pas. Et vous ? Que pensiez-vous trouver en entrant ici ?

— Oh, comme vous, j'imagine. Je le saurai quand je le verrai. N'importe quel indice susceptible de me donner une idée de l'endroit où elle a attrapé la grippe.

MacNeil pénétra dans la véranda, le Dr Castelli sur ses talons. Il éclaira le plateau de la table. Il était jonché de paperasse, documents, courrier. Le tout en français. Une bande de papier voleta vers le sol quand il souleva une lettre pour essayer de la lire, mais il avait toujours été mauvais dans cette langue. Elle portait l'en-tête de la société Omega 8, comme celles du bureau.

Le Dr Castelli se baissa et ramassa la bande de papier.

— Vous devriez jeter un coup d'œil, dit-elle en se redressant.

MacNeil se retourna et braqua la lampe dessus. C'était une bande de photos d'identité. Il y en avait trois. La quatrième avait été coupée, sans doute pour un passeport. Sur deux d'entre elles, une petite Chinoise à la lèvre supérieure horriblement déformée tentait de sourire devant l'objectif. Ses cheveux avaient l'air d'avoir été taillés avec des ciseaux à cranter et elle portait une affreuse paire de lunettes à monture en écaille. Sur le premier cliché, l'air perplexe, elle détournait les yeux, parlait à quelqu'un hors champ. Ainsi, c'était donc Choy. Le sac d'os qu'on lui avait demandé d'aller examiner, dix-neuf heures plus tôt, sur un chantier proche de Westminster. Voilà la tête qu'Amy avait reconstituée dans son grenier. Avec une précision étonnante.

— C'est elle ? demanda le Dr Castelli.

— Probablement.

— Pourquoi n'en êtes-vous pas certain ?

— Il ne reste d'elle que ses os, Dr Castelli. Complètement nettoyés. En dehors de la reconstruction faciale réalisée à partir de son crâne, nous ne savons pas à quoi elle ressemblait.

Il examina de nouveau les photos. La lèvre fendue était un indice flagrant.

— Mais il y a fort à parier que ce soit elle.

Il glissa les photos dans un sachet de preuve en plastique et les mit en sûreté dans une poche intérieure. Ensuite, ils se rendirent dans le vestibule.

Le courrier des deux derniers jours gisait sous la fente de la porte d'entrée. Sur une console s'empilait un paquet de lettres non décachetées. Le Dr Castelli les compulsa et grogna :

— La moitié viennent de moi. Il ne s'est même pas donné la peine de les ouvrir. Pas étonnant que je n'aie jamais reçu de réponse.

— Pourquoi lui écriviez-vous ? Et qu'est-ce qui vous a conduit ici, d'abord ?

Le Dr Castelli poussa un long soupir de lassitude et aussi, probablement, de résignation.

— Je suis presque certaine que la pandémie a débuté dans le Kent, dans un centre d'activités de plein air pour les écoles londoniennes. En octobre dernier, pendant les vacances. Au centre de plein air de Sprint Water. Des milliers de gamins, encadrés par leurs professeurs, y sont venus de Londres pour passer la semaine. C'est un centre de loisirs. Vous voyez le genre. Avec au programme, voile, canoë, escalade. On y cultive l'esprit d'équipe, certains élèves participent au Prix international du duc d'Édimbourg. Ils dorment sous la tente, font des feux de camp. Tous ces gamins ont en commun de vivre constamment les uns sur les autres. Dans les dortoirs, les salles à manger, les bus qui les emmènent en excursion. Un terreau idéal pour les maladies.

Elle ouvrit négligemment une de ses propres lettres et secoua la tête en la parcourant.

— Toutes les familles que nous sommes parvenus à identifier comme les premières ayant attrapé la grippe avaient envoyé leurs enfants dans ce centre, en octobre. Nous aurions pu le savoir plus vite si nous avions été plus réactifs. Mais plusieurs semaines se sont écoulées avant que quiconque se rende compte de ce qui était en train de se passer. À ce moment-là, la grippe était déjà hors de contrôle ; nous ne pouvions rien faire d'autre que nous replonger dans les statistiques. Nous avons pu retrouver la trace de tous les enfants ayant séjourné à Sprint Water, et les exclure comme source. Nous étions à la recherche de connexions avec l'Asie du Sud-Est. Choy était celle qui correspondait le mieux. Nous savions qu'elle était d'origine chinoise, adoptée par des parents français. En revanche, nous ignorions si elle était arrivée récemment de Chine, si elle avait des contacts avec l'Orient. Elle aurait aussi bien pu naître en France. Malheureusement, c'était la seule sur laquelle nous n'arrivions pas à obtenir d'informations. Ses parents ne répondaient ni aux courriers ni aux coups de téléphone.

Elle laissa retomber sa lettre sur la console et planta ses petits yeux noirs dans ceux de MacNeil :

— En procédant par élimination, monsieur MacNeil, et en l'absence de la preuve du contraire, nous présumons que Choy peut avoir été la source de la pandémie.

CHAPITRE 20

Le 1 Parfrey Street se trouvait en face du Charing Cross Hospital. Pinkie connaissait la réputation de cet établissement pour les amputations et les changements de sexe – quoique pas nécessairement dans cet ordre. Avant la pandémie, les riverains plaisantaient sur le fait qu'on ne pouvait jamais savoir si les personnes qui en sortaient étaient des hommes ou des femmes. Situation idéale, pensa-t-il, pour le couple auquel il avait l'intention de rendre visite.

Tom et Harry occupaient l'appartement 13A, juste au-dessus d'un magasin de fleurs, qui faisait aussi café. À côté, une supérette ouverte vingt-quatre heures sur vingt-quatre vendait de l'alcool en continu. Avant la pandémie, il y avait toujours dans la rue un va-et-vient régulier de patients en pyjama qui entraient les mains vides et ressortaient avec des sacs en plastique bleu.

Maintenant, morts et mourants remplissaient la plupart des services. Le commerce habituel de l'hôpital avait été relégué au second plan, et la supérette était fermée sept jours sur sept. De même que le fleuriste-café, et la Pizza Express où Tom et Harry dînaient les soirs où ils avaient la flemme de cuisiner.

Pinkie remonta une rue latérale, à l'écart des lumières de l'hôpital et du chassé-croisé des ambulances. On les entendait à peine arriver ces derniers temps. L'absence de circulation rendait leurs sirènes superflues. Il gara sa voiture, revint à pied jusqu'à la porte de l'immeuble, et la força avec le pied-de-biche qu'il cachait sous son manteau. Le bois craqua, puis éclata quand la serrure céda. Révolu, le temps des subtilités. Il monta rapidement au dernier étage par l'escalier, s'arrêta devant le 13A, et jeta un coup d'œil aux noms inscrits sur la plaque. *Tom Bennet. Harry Schwartz.* Il glissa ensuite le méplat incurvé de l'outil entre la porte et le montant ; le bois se fendit avec un bruit sec qui se répercuta sur le palier. Une fois dans l'entrée, il se dépêcha de refermer derrière lui et s'immobilisa dans le noir. Il entendit un froissement de draps, un grognement, puis une voix endormie demander :

— Bon sang, Tom, c'est toi ? Qu'est-ce que tu fous ?

Pinkie pénétra dans la chambre. Harry, enveloppé dans sa couette et allongé sur le ventre, se soulevait à moitié sur un coude.

— Je croyais que tu bossais toute la nuit.

— Je suis rentré plus tôt, dit Pinkie. Parce que je voulais te fourrer quelque chose dans la bouche.

Aussitôt, Harry tendit le bras pour allumer la lumière. Sidéré, il vit un inconnu debout sur le seuil.

— Vous êtes qui, putain ?

Pinkie jeta un regard appréciateur à Harry. Il comprenait ce que Tom aimait en lui. Sans aucun doute le mâle alpha. Grand, bien bâti, belle tignasse de cheveux bruns. Il lui rappelait un peu George Clooney. Oui, il avait assurément quelque chose de la star de cinéma. Pas étonnant qu'il ait autant de succès.

— Un ami de Tom, répondit-il en s'asseyant au bord du lit. Il m'a dit que ça te ferait plaisir de me voir.

Puis, glissant un œil vers la couette, il ajouta :

— Je n'en ai pas encore la preuve.

Harry se redressa et recula. Pinkie n'avait pas l'impression d'avoir l'air menaçant. Pourquoi paraissait-il si effrayé ? Il était temps, maintenant, de lui flanquer vraiment la trouille. Sortant son pistolet de sous sa veste, il le lui braqua sur la tête.

— Non ! Je vous en prie, supplia Harry, les yeux écarquillés.

— Non quoi ? Je ne vais pas te faire mal.

Il approcha le silencieux de ses lèvres et les frappa légèrement :

— Allez. Ouvre. Je t'ai dit que je voulais te fourrer quelque chose dans la bouche.

— Oh, mon Dieu, marmonna Harry.

Pinkie poussa un peu plus le silencieux et le sentit heurter les dents. Pétrifié, Harry n'osait ni bouger ni respirer.

— Là. Ce n'était pas bien méchant, hein ?

La peur de sa victime le ravissait. Parfois, il n'avait pas le temps de s'attarder. Il fallait juste presser la détente et c'était fini. Il se rappelait encore ce qu'il avait ressenti lorsque le couteau s'était enfoncé entre les omoplates de l'agresseur de sa mère. La lame qui ricochait sur un os avant de plonger dans le cœur, le choc qui lui ébranlait le bras. L'homme était déjà mort quand Pinkie l'avait fait rouler sur le côté. Il n'avait pas eu l'opportunité d'enregistrer sa peur et sa douleur à l'instant où il comprenait que la mort l'emportait. Voilà pourquoi, désormais, il aimait savourer ces instants. Mais pas trop longtemps. L'heure tournait.

— Je veux que tu fasses quelque chose pour moi, Harry. Mais je vais devoir retirer le pistolet de ta bouche. Alors tu as intérêt à être sage. Tu me comprends ?

Harry s'empressa de hocher la tête.

CHAPITRE 21

I

Avec sa lampe, MacNeil éclaira l'intérieur du cabinet de toilette situé sous l'escalier et repéra une porte, à droite. Il tourna la poignée. Elle s'ouvrit sur les ténèbres et un petit escalier en bois très incliné qui descendait à la cave.

— Vous feriez mieux d'attendre ici, dit-il.

— Certainement pas, monsieur MacNeil, répliqua le Dr Castelli. Partout où vous irez, j'irai.

— Prenez garde, alors. Les marches sont raides.

— Ne vous inquiétez pas pour moi. J'ai mis des chaussures pratiques. Mes chaussures de cambrioleuse.

Il fut obligé de se tourner de profil pour pouvoir poser les pieds sur les marches étroites et introduire son grand corps dans le sous-sol froid et humide. Un mur de brique divisait l'espace en deux parties. Un étroit soupirail, fermé par une grille qui empêchait les animaux de s'y glisser, laissait filtrer depuis la rue une faible lueur jaune. Un certain nombre d'années avaient dû s'écouler depuis qu'un charbonnier y avait déversé ses derniers sacs, mais des bûchettes de pin étaient encore empilées dessous, à côté d'un poêle à bois. La basse pression de l'air refoulait l'odeur de suie dans le tuyau noir branché sur le conduit de cheminée, aussi aigre que du bacon rance. L'atmosphère était si glaciale qu'un frisson secoua MacNeil. Il sentait le froid monter du sol, traverser ses semelles, envelopper ses pieds et ses chevilles.

Il promena le faisceau de sa torche sur les murs nus. Il n'y avait pas grand-chose à voir. Un casier à bouteilles vide, un vieux carton ramolli rempli de bouteilles de vin vides. Une chute de moquette roulée, provenant sans doute d'une des chambres. De la moisissure blanche saupoudrait les briques. MacNeil dut se courber pour passer dans la seconde partie de la cave. Des poutres en béton peintes en blanc soutenaient un plafond bas. D'autres casiers à bouteilles vides s'alignaient le long des murs.

— Quelqu'un devait avoir drôlement soif, ici, remarqua le Dr Castelli.

Sa voix résonna d'une manière étrangement atone dans cet espace confiné. Contre le mur du fond, se trouvait un grand évier en porcelaine blanche. À une autre époque, on y lavait peut-être le linge. Un unique robinet d'eau froide l'alimentait. Dessous étaient rangés une grosse bouteille de gaz et un réchaud de type industriel posé sur un support métallique robuste, à côté d'un récipient de la taille d'un petit tonneau, couvert d'une serviette. Au centre de la pièce se dressait une robuste table en bois, genre billot géant de boucher, usage auquel ce meuble avait pu être destiné un jour. Il était balafré, entaillé, profondément creusé d'un côté, et lavé à l'eau de Javel. MacNeil reconnut l'odeur. Le Dr Castelli aussi.

— Javel, dit-elle.

En continuant à inspecter la pièce, il tomba sur une porte métallique rouillée scellée dans le mur. Elle mesurait environ soixante centimètres de haut sur trente de large. Il essaya de la tirer, mais elle ne bougea pas d'un pouce. Soit verrouillée, soit bloquée par la rouille.

— Peut-être qu'avec ça, vous y arriverez.

Il se retourna. Le Dr Castelli brandissait une grosse clé d'une quinzaine de centimètres de long.

— Où avez-vous trouvé ça ?

— Pas sorcier. Elle était accrochée au mur.

Tandis qu'il l'essayait, elle ajouta :

— À votre avis, qu'est-ce que c'est ? Un coffre-fort ?

— Probablement. Les propriétaires d'une maison comme celle-ci devaient être assez fortunés. Ils possédaient de l'argenterie, peut-être un service à thé en argent que les domestiques enfermaient dans le coffre après l'avoir nettoyé.

La clé grinça et gémit quand il la tourna dans le sens des aiguilles d'une montre ; la lourde porte en fer pivota en crissant sur ses charnières rouillées. Il n'y avait qu'une étagère dans la niche. Le rayon de la lampe se refléta sur une collection de couteaux et de hachoirs soigneusement rangés. Assez semblables aux instruments découverts dans l'appartement de Flight.

Il recula d'un pas, comme si le coffre lui avait soufflé au visage une haleine de mort. Ce n'était pas de l'argenterie. C'était de l'acier inoxydable, redoutablement tranchant ; il ne douta pas une seconde avoir mis la main sur les lames utilisées pour racler la chair sur les os de la petite Choy. Il souleva soigneusement un grand couteau de boucher entre deux doigts gantés. La lame immaculée renvoya sur les murs des éclats du faisceau lumineux qu'elle reflétait ; en l'examinant de plus près, MacNeil remarqua une ligne épaisse sombre et sèche à l'endroit où l'acier s'insérait dans le manche en bois.

Il tendit la torche au Dr Castelli :

— Tenez-moi ça.

Emportant alors le couteau vers la table, il le déposa avec précaution sur le plateau, avant de sortir son carnet dont il déchira une page vierge. Il la plaça à côté, ouvrit ensuite un petit canif, et gratta délicatement la jonction entre lame et manche. Une poussière foncée, brun rouille tomba sur le papier.

— Du sang ? dit le Dr Castelli.

— Il y a des chances.

— Celui de Choy ?

Il hocha la tête d'un air grave.

— À mon avis, c'est sûrement ici que ça s'est passé, docteur. Je ne sais pas s'ils l'ont tuée dans cette cave, mais ils ont dû coucher son corps sur ce billot pour la charcuter. Il devait y avoir du sang partout.

— Alors, il en reste des traces, même s'ils ont pris soin de tout nettoyer derrière eux.

MacNeil plia la feuille de papier de façon à emprisonner la poussière brune, et la glissa dans un sachet à preuve.

— Comme celle-ci.

— D'après vous, qu'ont-ils fait de la chair et des organes ?

— Ils les ont sans doute brûlés. Dans le poêle qui est là-bas, dit-il en désignant du menton l'autre partie de la cave. On devrait en retrouver des traces dans les cendres.

Il se dirigea vers l'évier, se pencha pour inspecter le réchaud, puis tira sur la serviette et dévoila un énorme chaudron en cuivre d'au moins soixante centimètres de diamètre, ayant probablement servi, dans des temps plus heureux, à confectionner des confitures.

— J'imagine qu'ils ont fait bouillir les os dedans, dit-il en le frappant avec le poing.

Un son sourd lui répondit. MacNeil espérait qu'ils l'avaient tuée vite, sans la faire souffrir. Parce que l'horreur de ce qui avait suivi était inimaginable.

— Vous allez appeler la scientifique, alors.

MacNeil se releva en soupirant.

— Je ne peux pas.

— Et pourquoi donc ?

— Parce que nous avons pénétré illégalement dans cette maison. Toute preuve que nous pouvons découvrir n'aura aucune valeur devant un tribunal.

— C'est ridicule !

— C'est la loi. Quelqu'un va devoir revenir avec un mandat de perquisition et fouiller à nouveau les lieux. Légalement, cette fois. Nous ne sommes jamais venus ici, docteur.

— Je n'ai pas bougé de chez moi, inspecteur.

MacNeil se força à lui adresser un pâle sourire.

— Vous comprenez vite.

— J'ai toujours été rapide. Ça me rendait très populaire auprès des garçons.

Il reprit la torche, remit le couteau à sa place, ferma le coffre et suspendit la clé à son clou. En contemplant cette sinistre petite chambre d'exécution, il frissonna. Mais ce n'était plus à cause du froid.

Dans le vestibule, la lumière multicolore filtrée par les vitraux qui encadraient la porte les enveloppa. MacNeil sortit son téléphone. L'écran clignotait, signalant un message en attente. Il l'ignora, composa le numéro du labo de Lambeth Road et demanda Tom Bennet.

Tom semblait épuisé ; peut-être s'était-il endormi à son bureau, derrière la porte fermée, en attendant la fin de la nuit et du couvre-feu pour pouvoir enfin rentrer chez lui.

— Dr Bennet.

— Tom, c'est Jack MacNeil.

Il y eut un tel silence à l'autre bout de la ligne que l'hostilité de son interlocuteur en fut presque palpable.

— Oui ? finit-il par lancer sur un ton glacial.

— Tom, j'ai une faveur à vous demander, dit MacNeil sans grand espoir de l'obtenir. Je possède un échantillon de ce que je crois être du sang séché. Je pense qu'il s'agit de celui de la petite Chinoise au bec-de-lièvre. Il faudrait le comparer avec l'ADN de ses os.

— Ce n'est pas une faveur, inspecteur. Si vous déposez une requête officielle, quelqu'un l'analysera. Vous n'avez même pas besoin de le demander gentiment.

— Je sais. Mais j'ai besoin que ce soit fait de manière officieuse.

Silence.

— Pourquoi ?

MacNeil soupira. Il n'avait pas le temps d'inventer une histoire.

— Parce que j'ai obtenu cet échantillon illégalement.

— Ce qui me rendrait donc complice d'un crime.

— J'essaye d'attraper un assassin, Tom, et je manque de temps.

— De temps pour quoi ? Pour devenir un héros ?

— Je le demande gentiment.

— Eh bien pourquoi ne le demandez-vous pas à votre… *amie*… Amy ? Je suis persuadé qu'elle serait ravie de vous accorder ce plaisir.

MacNeil comprit aussitôt qu'il était au courant de leur liaison, et que cela l'avait rempli de venin et de méchanceté, exactement comme Amy l'avait toujours redouté. Elle le connaissait trop bien. Un téléphone se mit alors à sonner en fond, dans le bureau de Tom, ce qui donna au médecin légiste une excuse idéale pour mettre un terme à leur conversation.

— Désolé, j'ai un autre appel. Je dois le prendre.

Il n'avait pas l'air désolé du tout, et il raccrocha brutalement.

II

Harry avait le visage si pâle qu'il luisait presque dans le noir. Il s'était habillé et tenait le téléphone d'une main tremblante contre son oreille. Il l'écoutait sonner à l'autre bout de la ligne tandis que Pinkie, assis à côté de lui au bord du lit, pressait doucement le silencieux sur son cou. Dès qu'il entendit la voix de Tom, cassante, professionnelle, il éprouva un sentiment de malaise, comme s'il plantait un pieu dans le ventre de son partenaire. Sans doute aurait-il mieux valu pour eux deux qu'il ne réponde pas.

— Dr Bennet.

— Tom, c'est Harry.

Pinkie se pencha vers son oreille pour écouter. Et perçut tout de suite la joie de Tom.

— Hé, mec. On se reparle, alors ?

Il hocha la tête, Harry répondit :

— Faut croire. (Il poussa un grand soupir vibrant.) Mon Dieu, Tom !

Il enfonça un peu plus le canon dans la chair tendre, Harry couina.

— Qu'est-ce qu'il y a ? (Tom semblait inquiet maintenant.) Tout va bien, Harry ?

Pinkie lui prit le téléphone des mains de Harry :

— Harry va bien, Tom.

— Qui est à l'appareil, bon Dieu ?

— Peu importe, dit-il sur un ton rassurant. Vous avez juste besoin de savoir que si vous faites ce que je vous demande, Harry sera nickel. Je ne toucherai pas à un seul cheveu de sa jolie petite tête.

III

Amy avait éteint toutes les lumières. Assise dans le noir, elle serrait fortement un couteau de cuisine posé sur ses genoux. Bien que son appartement fût chauffé, elle avait froid, sa peau était glacée au toucher. Elle surveillait l'escalier. La lumière du palier inférieur se reflétait sur le plafond incliné où elle dessinait un rectangle déformé. Si quelqu'un montait, elle verrait immédiatement son ombre. Elle aurait pour elle l'avantage de la surprise et de sa situation surélevée. Mais depuis qu'elle avait appelé MacNeil une heure plus tôt, peut-être plus, elle n'avait pas entendu un seul bruit ni détecté le moindre mouvement.

Cela aurait dû la rassurer, sans doute. La personne qui avait coupé les cheveux de Lyn était partie depuis longtemps. Mais elle avait du mal à s'en persuader. Cet incident l'avait complètement perturbée. Cela n'avait aucun sens. Penser qu'on avait pu entrer chez elle pendant qu'elle se dénudait en toute innocence et prenait une douche, lui donnait la furieuse envie de se rouler en boule, de se fermer au monde. Si seulement elle pouvait faire comme s'il ne s'était rien passé, comme si elle allait, à tout moment, se retourner, se réveiller, regarder l'heure sur l'écran digital de son réveil et voir le jour s'infiltrer autour des rideaux.

Mais elle savait pertinemment qu'il était impossible d'y échapper aussi facilement. Alors, crispée par la tension et le froid, elle attendait.

À l'autre bout du grenier, la tête tondue la regardait dans l'ombre, presque avec mépris. Amy ignorait ce qu'était la peur. Amy était toujours en vie. Amy avait de l'espoir. Amy avait un avenir.

Elle sursauta et faillit hurler quand le téléphone sonna. Puis elle saisit l'appareil. Enfin !

— Jack !

— Désolé de te décevoir. Ce n'est que Tom.

Elle fut déçue, en effet. Le bref soulagement qui venait de l'envahir reflua immédiatement, la laissant anxieuse et tendue. Sous le ton apparemment désinvolte de Tom, elle perçut une fausse note.

— Qu'est-ce que tu veux, Tom ? demanda-t-elle d'une voix plus sèche qu'elle ne l'aurait voulue.

— Il faut que tu viennes au labo.

— Pourquoi ?

— Je ne veux pas en parler au téléphone. J'ai simplement besoin de toi. Le plus vite possible.

— Tu as une idée de l'heure qu'il est, Tom ?

— Pas loin de 3 heures, je dirais.

— Et je peux savoir pourquoi tu as besoin de moi à 3 heures du matin ?

— Il faut que tu m'apportes la tête et le crâne.

Le sentiment de danger quitta momentanément Amy, remplacé par un grand désarroi.

— Je ne comprends pas.

— Il n'y a rien à comprendre, Amy, s'emporta Tom dont le sang-froid s'effritait. Fais-le, c'est tout. S'il te plaît.

— Tom…

— Amy ! Fais-le, c'est tout.

Il avait presque crié. Elle éloigna le téléphone. Tom et elle s'étaient déjà disputés au cours des années passées, mais jamais il ne lui avait parlé de cette façon. Il parut d'ailleurs le regretter aussitôt.

— Je suis désolé, Amy. Je n'avais pas l'intention de t'engueuler. C'est juste que… c'est réellement important. Viens. S'il te plaît. (Il marqua une pause.) Fais-moi confiance.

Fais-moi confiance. Comment pourrait-il en être autrement ? Ils étaient amis depuis tant d'années, sans compter qu'il l'avait accompagnée tout au long de sa descente en enfer et de sa lente remontée. Ces trois mots ne pouvaient manquer de la toucher en invoquant leur amitié et sa gratitude envers lui. *Fais-moi confiance.* Bien sûr qu'elle lui faisait confiance. Et malgré son appréhension, elle ne pouvait pas lui refuser ça.

— Je serai là dans quarante ou quarante-cinq minutes.
— Merci, Amy.

Le soulagement était presque palpable dans la voix de Tom.

Ce coup de téléphone avait chassé l'impression de danger imminent à l'intérieur de l'appartement. Elle commençait à se demander si son imagination ne lui avait pas joué un tour. Une fois la lumière rallumée, elle roula son fauteuil à travers la pièce pour aller prendre la tête de l'enfant. Avant de l'envelopper soigneusement dans de la ouate et de la ranger dans le vieux carton à chapeau qui lui servait à transporter ses têtes, elle ôta la perruque, qu'elle posa en dernier, puis elle ferma le couvercle.

Pendant qu'elle descendait lentement vers le palier du premier, un vif sentiment de vulnérabilité la submergea de nouveau. Elle tenait toujours le couteau de cuisine, par-dessus le carton à chapeau. Mais il n'y avait personne nulle part. Ni dans la chambre, ni dans la salle de bains, ni dans la penderie où elle récupéra l'épaisse cape dont elle se drapait les épaules en hiver.

Au pied de la dernière volée de marches, le petit vestibule était nu et froid sous la lumière crue de la lampe ; malgré les couches de plastique qui l'enveloppaient, l'odeur du crâne montait jusqu'à son nez. Rappel, s'il en était besoin, que l'enfant avait été assassinée et qu'ils essayaient toujours de trouver son meurtrier.

Lorsqu'elle sortit, la nuit lui souffla son haleine froide au visage. Elle tira la porte derrière elle et descendit la rampe vers la cour déserte. Une déchirure soudaine dans les nuages laissa passer un éclat d'argent qui éclaira un instant les pavés de granit avant de disparaître en un clin d'œil. Il n'y avait pas âme qui vive aux alentours. Elle se demanda si elle s'était jamais sentie aussi seule. Puis elle fit pivoter son fauteuil et se dirigea vers le parking de Gainsford Street.

CHAPITRE 22

I

Par moments, il était presque impossible de croire que les millions d'individus vivant autrefois dans cette grande ville avaient tout simplement plié bagage. Au cœur de la nuit, alors qu'il n'y avait plus un seul véhicule dans les rues, plus une seule lumière aux fenêtres des rangées de maisons silencieuses devant lesquelles ils passaient, elle paraissait abandonnée. Perdue.

Ayant décidé de rester avec MacNeil, du mauvais côté de la loi, le Dr Castelli avait laissé sa voiture à Wandsworth. Lui, pour sa part, était content d'avoir de la compagnie. La présence, sur le siège passager, de cette étrange petite dame en chaussures de cambrioleuse et tailleur de tweed lui apportait un certain réconfort. Un contact humain. Une voix capable de couvrir celle qui résonnait dans sa tête.

Et elle était bavarde. Peut-être parlait-elle pour surmonter sa nervosité. Par besoin d'expulser ses propres démons.

À présent, elle attaquait le sujet du H5N1.

— Naturellement, vous avez entendu parler de la cassure antigénique ? demanda-t-elle comme si c'était un sujet de conversation banal.

— Non.

— C'est ce qu'on appelle une mutation majeure et abrupte d'un virus de la grippe A. Ce n'est pas fréquent, mais quand ça arrive, un nouveau sous-type de grippe A apparaît, produisant de nouvelles hémagglutinines et neuraminidases qui contaminent les humains. La plupart d'entre nous sont peu ou pas du tout protégés contre elles.

— H5N1 est un virus A ?

— Oui. Il existe probablement depuis très longtemps, sous une forme ou une autre.

— Avant d'avoir muté ?

— Exactement. Et en mutant, il est devenu létal, non seulement pour les oiseaux, mais aussi pour les humains. Bien sûr, il fallait encore qu'il trouve une manière efficace de se transmettre d'homme à homme tout en conservant sa remarquable propension à nous tuer. C'est ce que font les virus, vous voyez. Ces petits salopards ! Presque comme s'ils étaient préprogrammés pour repérer le meilleur moyen de tuer tout le monde. Un virus n'a qu'une seule *raison d'être*, vous comprenez. Se multiplier de façon exponentielle. Et une fois qu'il a commencé, c'est la croix et la bannière pour l'arrêter.

— Que s'est-il passé, alors, pour qu'il se transmette si efficacement d'homme à homme ?

— Oh, une recombinaison. Presque certainement.

— C'est-à-dire ?

— En résumé, un virus en rencontre un autre, ils échangent leur matériel génétique, ce qui a pour effet de créer un troisième virus. Le hasard décidera s'il se transformera ou non en quelque chose de pire. Une espèce de petit monstre de Frankenstein du monde des virus.

— C'est ce qui s'est passé pour la grippe aviaire ?

— Oh, assurément. Au cours de ses voyages, H5N1 a dû tomber, chez l'une de ses victimes, sur un virus de grippe humaine. Ils se sont acoquinés, ils ont échangé le pire ou le meilleur de chacun, et engendré ce sale petit fils de pute qui, maintenant, tue tout le monde.

En dépassant le marché aux fleurs, au croisement de Nine Elms Lane et Wandsworth Road, MacNeil contempla d'un air songeur le fleuve, les lumières du palais de Westminster, la silhouette caractéristique de Big Ben.

— Est-ce que ce genre de chose pourrait être produite dans, disons, un laboratoire ?

— Bien entendu, répondit le Dr Castelli, visiblement passionnée par le sujet. Avec la manipulation génétique rien de plus facile que de créer une version efficacement transmissible de H5N1. Il suffit d'insérer dans une souche H5 le site récepteur qui permet la fixation du virus aux cellules humaines, et on augmente ainsi considérablement son pouvoir de transmission. Depuis deux ans, ça se pratique dans les labos du monde entier pour tenter de prévoir à quoi ressemblerait un H5N1 transmissible à l'homme.

— Afin de créer un vaccin.

MacNeil se souvint des explications du Dr Stein-Francks entendues à la télévision, la veille. Il y avait seulement vingt-quatre heures ? Non, moins !

— Sauf qu'ils se sont tous trompés et ont dû recommencer à zéro quand le vrai fléau a fait son apparition.

Elle resta un moment silencieuse, puis se tourna vers lui, les sourcils légèrement froncés :

— Pourquoi me demandez-vous ça ?

— Au labo, une fille a isolé un virus de la grippe dans la moelle récupérée sur les os de Choy.

Il sentit le Dr Castelli le regarder intensément.

— Et alors ?

— Eh bien, pour moi ça ne signifiait pas grand-chose. Mais tout le monde a eu l'air très excité à l'idée que ce ne soit pas le H5N1. Enfin, pas la version que nous connaissons, du moins. Il serait artificiel. Fabriqué par l'homme.

II

Pinkie dépassa Westminster Hall et les chambres du Parlement. L'abbaye se profilait dans l'obscurité silencieuse de l'hiver, derrière les branches dénudées du parc, fragiles squelettes noirs témoins du fléau envoyé, semblait-il, par Dieu pour punir l'homme de sa méchanceté. L'accès au pont de Westminster étant fermé pour une raison quelconque, il traverserait la Tamise par Lambeth Bridge, plus au sud. Ce qui, dans ce cas, le ferait déboucher presque en face des laboratoires.

Harry était bâillonné, masqué et ligoté sur la banquette arrière. Après s'être d'abord débattu en gémissant, il avait fini par se calmer ; depuis une quinzaine de minutes, il ne bronchait plus.

Pinkie se sentait bien. Ça lui plaisait d'être obligé d'improviser. Une excellente manière de tester son intelligence. Une détente. Un défi. Il avait perçu, enfouie dans la voix de M. Smith une petite pointe d'hystérie. Un début de panique qu'il s'efforçait de dissimuler. Mais Pinkie restait toujours maître de la situation. On le payait pour ça. Pour que le travail soit accompli. *N'entreprends jamais quelque chose que tu ne pourras pas terminer*, disait sa mère. *Si un travail doit être fait, autant qu'il soit bien fait.* Pinkie terminait toujours ce qu'il entreprenait. Et il le faisait toujours bien. On pouvait difficilement le tenir responsable des lacunes des autres.

Le fait d'avoir présenté Kazinski à M. Smith l'avait d'abord contrarié. La faute de cet imbécile risquait de rejaillir sur lui. Mais Kazinski était mort, et Pinkie avait repris le flambeau. Désormais, quoi qu'il arrive, il irait jusqu'au bout.

À sa gauche, les Victoria Tower Gardens lui cachaient le fleuve, à droite, s'élevait St John's Smith Square. Du rond-point de Millbank, il aperçut Lambeth Bridge devant lui.

Il rétrograda en troisième, ralentit, tourna à gauche pour s'engager sur le pont. Un barrage de l'armée avait été installé en plein milieu. Deux camions et une demi-douzaine de soldats. Passant en seconde, il avança au pas de façon à leur laisser le temps de vérifier sa plaque d'immatriculation.

Soudain, deux mains liées par une corde jaillirent au-dessus de lui et, au même instant, il entendit Harry pousser un râle sous l'effort qu'il fournissait pour le tirer en arrière et lui coincer le cou sur l'appuie-tête. Les fibres rugueuses de la corde lui brûlèrent la peau ; il sentit sa trachée s'écraser. D'instinct, il se raidit et appuya de tout son poids sur la pédale de l'accélérateur. La voiture bondit en avant. Il agrippa la corde avec les doigts pour tenter de relâcher la pression exercée sur sa gorge. Mais Harry lui asséna alors un violent coup de boule sur le sommet du crâne, et une douleur atroce lui vrilla le cerveau. Des lumières explosèrent derrière ses yeux. Harry était fort. Il n'allait pas se laisser faire.

Même par-dessus le rugissement du moteur, Pinkie entendit les cris des soldats. Leurs voix paniquées. Mais il ne pouvait rien faire. Il les distinguait à travers le pare-brise, fusils levés, pointés sur la voiture, prêts à tirer. Harry grognait, resserrait sa prise, sentait qu'il pouvait réussir à maîtriser son ravisseur.

Les premières balles atteignirent le bloc-moteur. Pinkie savait que les soldats avaient reçu l'ordre de viser d'abord le moteur de tout véhicule refusant de s'arrêter. Ensuite, ce serait le pare-brise. Il comprit qu'il allait mourir, et qu'il ne pouvait rien faire. Mais il n'y eut pas de seconde salve. Il sentit la voiture déraper sur le côté, vit passer en un éclair les visages pâles et masqués des soldats qui se dispersaient. Puis il y eut un bruit écœurant de métal qui se déchire comme du papier lorsque la voiture heurta l'un des camions avant de partir en vrille sur la chaussée. Son pied enfonçait toujours la pédale de l'accélérateur ; bloqué en seconde, le moteur hurlait. Pinkie vit des flammes jaillir sous le capot quand la BMW de M. Smith s'encastra dans le parapet ; manquant de peu sa tête, Harry vola au-dessus de lui, son visage éclata en un geyser rouge sur le pare-brise.

Pinkie sentit l'odeur de l'essence, puis le monde entier disparut dans un embrasement.

III

Ils approchaient du rond-point de Lambeth Palace quand ils virent l'explosion. Les premières flammes jaillirent à huit ou dix mètres de hauteur. MacNeil freina à fond et s'engagea sur le pont. Un véhicule se trouvait à moitié sur le parapet. Il avait démoli un réverbère ; toutes les lumières s'étaient éteintes. Mais l'incendie éclairait le ciel nocturne et projetait sur le macadam les ombres des soldats qui détalaient comme des rats.

— Putain ! s'écria le Dr Castelli. Il y a quelqu'un dans la voiture. Il y a quelqu'un de vivant dans cette voiture !

MacNeil distingua un bras qui s'agitait derrière les flammes, sur le siège du conducteur ; quelqu'un essayait désespérément de sortir. Il sauta à terre et vit des soldats braquer leurs fusils vers lui. Agitant aussitôt son badge en l'air, il hurla par-dessus le rugissement de l'incendie :

— Police. Un médecin m'accompagne. Il y a des blessés ?

— Deux types dans la voiture, cria un soldat. Mais ils sont morts.

Pourtant, MacNeil voyait bien une forme bouger. Il retira son manteau, s'en couvrit la tête et courut vers le véhicule en feu. La chaleur était intense. Il sentit aussitôt une odeur de laine brûlée. Il n'osait pas respirer, de peur d'endommager ses poumons. Il enveloppa sa main dans les plis de la manche de son manteau, chercha la poignée de la voiture et la tira. La porte tomba presque immédiatement. Son pantalon commençait à brûler, ses chaussures aussi, et ses cheveux. La silhouette au volant s'affaissa vers lui ; l'agrippant par un bras, il tira à l'air libre le poids mort d'un homme.

Ça sentait maintenant la chair brûlée, sans qu'il sache si c'était la sienne. Il se jeta par terre et roula sur la chaussée pour s'éloigner de la fumée étouffante, brûlante. Il suffoquait, ses mains et ses avant-bras le faisaient horriblement souffrir. Deux soldats le dépassèrent en courant pour écarter l'automobiliste du brasier.

— Merde alors ! entendit-il l'un d'eux s'exclamer. T'as vu dans quel état il est.

Quelqu'un jeta un lourd manteau sur MacNeil et le fit tourner plusieurs fois sur lui-même ; des nuages de fumée s'élevaient de ses vêtements roussis. Puis il entendit la voix empressée et inquiète du Dr Castelli, qui se penchait sur lui, examinait son visage, ses bras, ses mains.

— Vous êtes fou, MacNeil. Complètement dingue. Et aussi sacrément veinard de n'avoir que des brûlures du premier degré.

Elle releva la tête et cria :

— Il me faut de l'eau, vite. Et des bandages propres.

— Ça fait mal ? lui demanda-t-elle.

— Un mal de chien. Mes mains.

— Estimez-vous heureux, dit-elle en lui souriant presque tendrement. Si ça fait mal, ce n'est pas trop grave.

— Facile à dire.

— En revanche, le monsieur que vous avez sorti de la voiture ne sent probablement rien du tout, lui.

— Il est mort ?

— Pas encore. Mais ça ne saurait tarder. Tout cet héroïsme, j'en ai peur, n'aura servi à rien.

Un soldat arriva avec un bidon d'eau et une boîte verte contenant du matériel de premier secours. Il regarda le docteur Castelli avec circonspection derrière son masque, puis s'éloigna. MacNeil s'assit pendant qu'elle lui versait de l'eau sur les mains. Cela le soulagea instantanément. Mais dès qu'elle s'arrêta, la douleur revint.

— Apportez encore de l'eau ! cria-t-elle aux soldats.

Puis s'adressant à MacNeil :

— Il faut absolument faire couler de l'eau sur les brûlures pour les empêcher de causer de plus amples dégâts.

Il regarda ses mains. Elles étaient rouge vif. Puis il détourna les yeux vers le parapet. La voiture disparaissait sous de gros nuages de mousse blanche giclant des extincteurs manipulés par deux soldats. D'autres aidaient le blessé à se relever. En le portant à moitié, ils le traînèrent jusqu'à l'arrière d'un camion. Une radio grésilla quelque part dans la nuit, une voix appelait une ambulance.

Le Dr Castelli lui enveloppa les mains et les avant-bras dans de la charpie douce et sèche.

— Juste pour empêcher les brûlures de s'infecter, dit-elle. Mais il faudrait les faire soigner correctement.

Elle examina son visage à la lumière vacillante de la voiture presque entièrement calcinée et secoua la tête.

— Même vos cils sont roussis. Vous auriez pu griller comme votre ami.

MacNeil se remit debout. Les jambes tremblantes à cause du choc.

— Allons le voir, dit-il en se dirigeant vers l'arrière du camion.

Pinkie était allongé sur une civière en toile. Les yeux exorbités, il essayait d'aspirer de l'air à travers sa trachée gravement endommagée par le feu, en émettant un gargouillis rauque. L'odeur de viande calcinée oubliée sur un barbecue était quasiment insupportable. Il offrait un aspect si monstrueux que MacNeil osait à peine le regarder. Ses vêtements avaient été en grande partie dévorés par les flammes, laissant à nu un amas de chair carbonisée d'où suintaient des fluides rouges et ambrés. Seuls l'arrière de son pantalon et le dos de sa veste, protégés par le siège de la voiture, avaient résisté. On voyait des morceaux de chaussures et de chaussettes au milieu de la suie noire, et aussi les restes d'un collier à son cou.

Son visage était terrifiant, avec ses oreilles ratatinées en nodosités, son nez sans ailes réduit à un bourgeon rabougri, comme une grotesque parodie de Michael Jackson à la fin de sa vie. Privés de paupières, ses yeux pleuraient. Sa bouche et ses joues étaient atrocement déformées, ses lèvres rétractées sur les gencives en une grimace cauchemardesque. Ses cheveux n'étaient plus qu'un chaume roussi.

MacNeil en eut la nausée. Sans doute aurait-il été plus charitable de le laisser mourir dans la voiture.

— Est-ce qu'il peut voir ? demanda-t-il au docteur.

— Probablement, mais avec une vision réduite. Peut-être seulement en noir et blanc.

— Mais il ne ressent aucune douleur ?

— Non.

— Comment est-ce possible ? Mes mains continuent à me faire un mal de chien.

Le Dr Castelli secoua tristement la tête.

— Il a été brûlé jusqu'à la couche de graisse sous-cutanée. Plus profonde que le derme – la couche située juste sous l'épiderme – où sont localisés les récepteurs de la douleur. C'est pour ça qu'il ne sent rien. Et cette couleur ambrée que vous voyez, avec des reflets carbonisés un peu comme… comme de la crème brûlée…

— Pitié, docteur…

— C'est la graisse mise à nu. Et ces anneaux rouges, là, autour de zones moins brûlées, c'est le sang qui reflue dans la peau subsistante sous l'effet du processus de dessèchement. S'ils décident d'intervenir, les chirurgiens devront découper certaines des couches brûlées supérieures pour permettre au sang de circuler dans les tissus plus profonds. Quand la peau ou ce qu'il en reste refroidira et séchera, elle se contractera et étouffera la circulation sous-jacente. Les chirurgiens feront de profondes incisions longitudinales afin de permettre au tissu de s'ouvrir et de soulager la pression. (Elle prit une profonde inspiration.) Le débridage des zones brûlées est barbare. Le pauvre garçon sera inconscient, mais les médecins prendront d'énormes couteaux à découper pour prélever de larges morceaux de tissu endommagé, jusqu'à ce qu'ils atteignent une couche saine et irriguée. Ensuite, des assistants équipés de bistouris électriques entreront en action pour cautériser les vaisseaux qui saignent. J'ai dû participer une fois à ce genre d'opération quand j'étais à la fac.

— Mais vous avez dit qu'il ne survivrait pas.

— Aucune chance. Son corps perd des fluides sans discontinuer. Soyons réalistes, il n'y a plus de peau pour réguler leur perte à travers les pores. Regardez-le. Son sérum fuit de toutes parts.

— Il lui reste combien de temps ?

— Avec des soins, s'il est chanceux – ou malchanceux, tout dépend du point de vue – peut-être un jour. Sans soins, au maximum deux heures.

Ils retournèrent lentement à leur voiture. L'incendie était éteint, la BMW une épave calcinée. Son second occupant était recroquevillé en position fœtale entre les deux sièges avant. Sous leurs pieds, la Tamise coulait tranquillement, reflétant les lumières de la ville déserte. La marée s'était inversée, le courant remontait de l'estuaire.

— Il faut faire soigner vos blessures, maintenant.

— Pas question que j'aille à l'hôpital, rétorqua MacNeil. On ne sait pas ce qu'on peut y attraper.

— Où, alors ?

— Ramenez-moi au commissariat. Il est à cinq minutes d'ici. On y trouvera tout ce qu'il faut.

IV

Chaque mot prononcé par le docteur Castelli résonnait dans la tête de Pinkie, allongé à l'arrière du camion. Pourquoi les médecins parlaient-ils toujours en votre présence comme si vous n'étiez pas là ? Peut-être le considérait-elle déjà comme un cadavre. Elle avait raison sur un point. Il n'éprouvait aucune douleur. Mais elle se trompait sur sa vision. Il voyait très bien. C'était seulement étrange de ne pas pouvoir cligner des yeux.

En fait, tout bien réfléchi, il ne se sentait pas trop mal. Le pire, c'était sa respiration. Difficile, pénible. Il essaya de bouger tour à tour ses bras et ses jambes, qui réagirent assez bien – en dépit d'une certaine raideur due à la contraction des muscles sous l'effet de la chaleur. Mais ils obéissaient. Il n'avait pas l'intention de laisser les chirurgiens – comment avait-elle dit ? – débrider ses brûlures.

Les imaginer en train de tailler des tranches de sa chair avec leurs grands couteaux lui était insupportable.

En outre, il n'avait pas encore terminé ce qu'il avait commencé.

Le militaire qui avait appelé l'ambulance par radio vint vérifier son état. Il s'accroupit au-dessus de lui. Pinkie fut content que son masque dissimule son expression horrifiée. Il tendit un bras vers lui et le vit reculer instinctivement. Puis il gargouilla, en essayant de former des mots audibles. Quand le jeune homme se pencha afin de comprendre ce qu'il disait, Pinkie trouva assez de flexibilité dans ses doigts pour lui subtiliser son couteau, glissé à sa ceinture dans un fourreau.

Il gargouilla de nouveau, le soldat se rapprocha encore. Il put savourer alors le choc et la surprise qu'il vit dans ses yeux pendant qu'il lui enfonçait sa propre lame entre les côtes.

Lorsque ses camarades revinrent au camion, ils le trouvèrent sans vie ; son fusil SA80 avait disparu, ainsi que le blessé dont il ne restait aucune trace en dehors de quelques empreintes charbonneuses sur la chaussée.

CHAPITRE 23

I

Elle lui avait maintenu les mains sous l'eau courante pendant un bon quart d'heure, s'interrompant toutes les cinq minutes pour lui demander si elles étaient ou non engourdies.

— Il ne faut pas qu'elles s'engourdissent, cela risquerait de nuire aux tissus alentour.

La douleur s'était considérablement atténuée, à un niveau que MacNeil pouvait supporter sans qu'elle mobilise son attention de manière continue.

À présent, le Dr Castelli recouvrait ses avant-bras de nouveaux bandages et enveloppait chaque doigt d'une fine charpie qui lui permettrait de les utiliser.

— Une paire de gants pour protéger les pansements et vous vous porterez comme un charme.

Même s'il avait l'impression d'avoir deux grosses mains maladroites, ses brûlures ne le handicapaient plus autant. Il sortit de son casier un jean et un caban qu'il gardait pour ses missions clandestines, plus une paire de Dr. Martens.

— Eh bien, plaisanta le Dr Castelli, avec ce déguisement de flic en civil, vous êtes certain de remporter le premier prix à un bal costumé.

Sa réflexion réussit à le faire sourire.

— Pas mal pour ta dernière nuit, Jack, renchérit Dawson. Tu *essayais* de te suicider ?

— J'ai pensé que ça leur éviterait d'avoir à payer ma retraite. Regarde donc si tu peux trouver l'identité du type que j'ai sorti de la voiture, Ruf. Simple curiosité. L'armée a déjà dû faire un rapport.

— Pas de problème. (Dawson décrocha le téléphone.) Au fait, cette propriété sur Routh Road. Elle appartient à une société qui s'appelle Omega 8. L'agent immobilier est à Clapham. D'après lui, elle n'est pas louée en ce moment. Ses propriétaires l'ont informé qu'elle servait à héberger des employés de la société.

— Omega 8, intervint le Dr Castelli. Ce n'est pas le nom qui figurait sur l'en-tête des lettres qu'on a trouvées dans la maison ?

— Vous avez pénétré à l'intérieur de la maison ? s'étonna Dawson.

— Tu n'as rien entendu, Rufus.

— Ça fait des semaines que je dois me faire déboucher les oreilles, répliqua ce dernier en composant un numéro.

La salle des inspecteurs était presque vide. À l'autre bout, deux employés tapaient sur leurs claviers. Le néon du plafond étant éteint, seules les lampes de bureau projetaient des cercles de lumière blanche sur quelques tables. Une faible lueur orange tombait de la rue dans la pièce.

— Je pourrais utiliser un de vos ordinateurs ? demanda le Dr Castelli.

— Bien sûr.

— Omega 8 ne doit pas être difficile à trouver.

— Faites comme chez vous.

Il fit un geste vers la demi-douzaine d'écrans disponibles. Elle s'installa devant le premier.

MacNeil sortit les photos d'identité de sa veste ruinée par le feu. La chaleur avait ratatiné le sachet de preuves mais les photos étaient intactes. Il les retira avec précaution et les posa sur son bureau, sous sa lampe. Choy le regardait à travers ses lunettes à grosse monture, un demi-sourire forcé trahissait son malaise. Il observa sa bouche. Pourquoi ses parents adoptifs n'avaient-ils rien fait ? Aujourd'hui, la chirurgie esthétique aurait pu sans aucun doute y remédier. Il se sentait incroyablement attristé par son expression mélancolique, comme si elle appelait à l'aide. Comme si quelqu'un, quelque part, un jour, verrait cette photo et comprendrait qu'il fallait la secourir. MacNeil l'avait vue. Mais il était déjà trop tard.

Il s'apprêtait à les ranger dans un tiroir quand un détail attira son œil. Il l'examina de plus près. C'était sur la première de la série, celle où elle parlait à une personne située hors champ. À qui elle posait une question, peut-être. Ou à qui elle répondait. Sur la courbe des verres se reflétait une silhouette. Sur chaque verre. Découpée en contre-jour.

Il leva la photo vers l'ampoule pour mieux la voir. Mais l'image était trop petite.

— Quelqu'un a une loupe ? lança-t-il à la ronde.

Personne n'en possédait. Dawson, qui venait de raccrocher, le rejoignit.

— Pour l'instant, aucun rapport n'a été transmis par l'armée. Pourquoi tu veux une loupe ?

MacNeil lui montra la photo.

— Merde. C'est la petite fille que tu as trouvée dans le parc ?

— Oui. Tu vois ce reflet sur les verres de ses lunettes ? Ça pourrait être notre M. Smith. Peut-être notre tueur.

Dawson observa la photo d'un air songeur :

— Et si on la scannait ? Nos bécanes sont équipées d'un logiciel photo très sophistiqué. On pourrait l'agrandir et l'améliorer.

— Tu sais t'en servir ?

— Bien sûr.

— Eh bien, tu vois Rufus, c'est pour ça que tu n'as jamais été promu. Tu es beaucoup trop intelligent.

Le scanner bourdonna, une lumière vive déborda des contours du couvercle, puis un fichier jpeg apparut sur l'écran de l'ordinateur. Dawson sélectionna le dossier des applications et le logiciel photographique. Lorsque le programme démarra, il ouvrit le fichier rangé sur le bureau.

Soudain, la photo du petit visage triste de Choy remplit presque tout l'écran. Scanné en haute résolution, il était d'une précision remarquable. Dawson manipula la souris afin d'encadrer de points clignotants le verre droit des lunettes. Quand il appuya sur la touche Entrée, seul ce verre vint occuper l'écran. La définition s'en trouvait sérieusement amoindrie, mais l'image de l'homme penché vers la petite Choy énormément agrandie. Toutefois, elle n'était pas assez nette pour qu'on puisse identifier ses traits. Dawson sélectionna cette image et la grossit encore. Ils voyaient maintenant la forme de sa tête. Mais, la taille et l'espacement des pixels la rendaient floue. Dawson réduisit la luminosité et augmenta le contraste ; les traits commencèrent à se préciser. On distinguait maintenant qu'il portait, lui aussi, des lunettes.

Ses cheveux, coupés très court, paraissaient blonds, ou argentés.

Dawson déroula un autre menu et choisit l'option « amélioration ». Le logiciel remplit les vides en clonant les pixels les plus proches ; soudain un visage les regarda. Le visage que Choy voyait en cet instant précis, le jour où les photos étaient prises. Un homme d'une quarantaine d'années. De grands yeux sombres sous d'épais sourcils noirs. Des cheveux blonds coupés court. Des lunettes à monture ovale argentée. MacNeil eut l'impression de le reconnaître. Mais sans plus.

— Sa tête te dit quelque chose ? demanda Dawson.

— Oui.

— À moi aussi. Mais je ne sais pas où je l'ai vue.

— Moi non plus.

Les deux policiers le scrutèrent jusqu'à ce que Dawson s'écrie :

— Merde alors, je *connais* cette tête.

— Vous devriez. On la voit presque tous les jours à la télévision.

L'intervention inattendue du Dr Castelli les fit sursauter. Debout dans leur dos, elle fixait l'écran entre eux.

— Bien que le masque soit pratique pour conserver un anonymat relatif.

— Qui est-ce ? demanda MacNeil.

— Le Dr Roger Blume. Il dirige le groupe d'étude sur le FluKill de Stein-Francks.

MacNeil observa de nouveau le visage et jura entre ses dents. Voilà pourquoi il lui semblait familier. Pas plus tard que la veille au matin, il l'avait vu prendre la parole à la conférence de presse télévisée.

— Vous le connaissez ? demanda-t-il au Dr Castelli.

— Oh oui. J'ai eu l'occasion de le rencontrer plusieurs fois. Très lisse, très charmant, une vraie pourriture. Numéro deux chez Stein-Francks.

MacNeil s'assit en essayant de digérer ces informations. Blume était M. Smith. Blume était le père adoptif de Choy. Blume était cadre supérieur dans un laboratoire pharmaceutique qui s'apprêtait à gagner des millions avec la pandémie.

— Oh, mon Dieu, murmura-t-il.

— Il y a pire, dit le Dr Castelli. Ou mieux. Tout dépend du point de vue. Omega 8 est un petit laboratoire pharmaceutique du Sussex. Privé jusqu'à l'année dernière, date à laquelle Stein-Francks l'a racheté.

MacNeil se leva et montra du pouce le portrait de Blume :

— Tu peux m'en imprimer un exemplaire, Ruf ?

— Autant que tu veux, Jack.

— Si on obtient de la part du voisin de Routh Road une identification formelle… (Il se tourna vers le Dr Castelli.) Et si vous êtes prête à répéter devant un magistrat qu'à votre avis Choy est la source de la pandémie, alors rien ne nous empêche d'obtenir un mandat pour démanteler cette maison pierre par pierre.

II

Au rond-point de Lambeth Palace, Amy bifurqua à gauche, dans Lambeth Road, et remarqua une certaine activité sur le pont. Il y avait plusieurs véhicules militaires et un groupe de soldats à côté de ce qui semblait être une voiture carbonisée à moitié montée sur le parapet. Et aussi une ambulance, des secouristes, un gyrophare orange sur le toit d'une jeep de l'armée.

Mais elle était préoccupée. Encore très perturbée par sa nuit mouvementée, la tête pleine de pensées qui se bousculaient entre elles : le virus génétiquement modifié découvert par Zoe dans la moelle des os ; l'interruption brutale de sa conversation en ligne avec Sam ; les cheveux coupés par un intrus sur la tête de Lyn ; le coup de téléphone de Tom, son étrange insistance pour qu'elle rapporte sa reconstruction faciale et le crâne au labo. Et MacNeil. Où *était*-il ? Pourquoi ne l'avait-il pas rappelée ?

Elle passa devant la Fairley House School et le centre Archbishop Davidson, juste avant l'allée menant à Archbishop's Park, puis tourna au coin de Pratt Walk où elle s'arrêta en face du labo, 109 Lambeth Road. Quelques lumières brillaient aux fenêtres de l'immeuble de quatre étages. Plusieurs minutes lui furent nécessaires pour s'extraire de sa voiture et traverser la rue jusqu'à la double rampe spécialement installée pour elle. Les portes en verre coulissèrent. Les néons bourdonnaient dans le hall étrangement vide. Il n'y avait personne à la sécurité. Amy fit rouler son fauteuil vers l'ascenseur, pressa le bouton d'appel et entra dans la cabine. Ce n'est qu'en se retournant pour appuyer sur la touche du troisième étage qu'elle vit les jambes du vigile dépasser de son bureau. Des traces de sang maculaient le carrelage. Une main gisait, immobile, au bout d'un bras étendu dans une mare rouge. Vite, elle enfonça le bouton d'arrêt de l'ascenseur, mais trop tard.

Les portes se refermèrent et, avec une secousse, il commença son ascension bruyante.

Tétanisée par la peur, Amy respirait vite, par à-coups. Sa gorge enflait, menaçait de l'étouffer. Que faire ? Elle pensa déclencher l'alarme, mais l'idée de se retrouver coincée entre deux étages pendant Dieu sait pendant combien de temps lui était insupportable. Alors, elle attendit, une éternité sembla-t-il, que l'ascenseur la dépose au troisième. Çà et là, le long du couloir obscur, une lumière provenant d'un bureau ou d'un labo dessinait par terre un rectangle clair.

Le gémissement du moteur de son fauteuil lui parut assourdissant quand elle se propulsa hors de la cabine. Et elle faillit mourir de peur dès que les portes se refermèrent derrière elle, la laissant dans une pénombre encore plus profonde. Pendant une minute ou deux, elle resta sur place, à l'écoute du silence. Mais, en dehors des bourdonnements, murmures et vrombissements du chauffage, de la ventilation, des lampes – sons habituels d'un immeuble auxquels on ne prête jamais attention – elle n'entendait aucun bruit.

— Hello ? Il y a quelqu'un ?

Sa voix lui sembla très faible dans le noir.

Remarquant une tache indistincte sur le sol, elle se pencha en avant pour la regarder de plus près. C'était une trace de pas ensanglantée. Amy avait la bouche tellement sèche que sa langue se collait à son palais. Ses doigts tremblaient sur la commande de l'accoudoir.

La porte du bureau de Tom était grande ouverte. Mais la pièce était vide. Elle dépassa deux autres portes, toutes les deux fermées, avant d'arriver au labo. Une lumière brillait derrière une vitre, trop haute pour pouvoir regarder à travers. Elle poussa le battant et entra. Tom se tenait debout à cinq mètres d'elle. Jamais il ne lui avait paru aussi pâle. L'expression de son visage était difficile à déchiffrer. Entre terreur extrême et culpabilité insoutenable. Il ne bougeait pas.

— Tom ? Que se passe-t-il ?

Son regard se perdait au-delà d'Amy, qui se tourna à moitié, juste au moment où Zoe, projetée contre la paillasse la plus proche, glissait puis tombait à terre en poussant un cri perçant. Un mouvement à la périphérie de son champ de vision la fit alors se tourner encore un peu plus, et déclencha la réaction la plus involontaire qu'elle ait jamais eue : un hurlement qui s'échappa de sa gorge et se répercuta dans tout le labo.

La créature surgie devant ses yeux ne pouvait sortir que d'un cauchemar. Amy avait déjà vu des grands brûlés ; mais, à ce stade, ils étaient déjà morts, allongés sur une table d'opération. Deux yeux exorbités la fixaient, les lèvres se retroussaient en une parodie diabolique de sourire. Carbonisée, exposée à l'air, la graisse sous-cutanée suintait, gouttait sur le sol. L'odeur de viande calcinée qui lui parvenait maintenant lui soulevait le cœur. C'était presque insupportable. L'individu tenait entre ses mains un fusil de l'armée britannique SA80. Il remuait avec difficulté car les muscles de ses bras et de ses jambes continuaient à se contracter. Ses brûlures ne pouvaient qu'être très récentes ; il y avait même de fortes chances pour qu'il soit encore en train de se consumer.

Le souffle court et rauque, il fit quelques pas en avant et vérifia qu'elle avait bien la tête et le crâne. Révulsée,

Amy se repoussa le plus loin possible dans son fauteuil. Il approcha son visage du sien et plongea son regard dans ses yeux. Il n'avait plus rien d'humain.

Quand il se redressa, il se tourna vers Tom et agita son fusil vers la porte. Tom souleva les sacs-poubelles en plastique dans lesquels Pinkie l'avait forcé à mettre les os de l'enfant, les échantillons prélevés et les tests.

Zoe se remit alors sur ses pieds, haleta deux fois et éternua violemment à cause de la poussière calcinée qui irritait ses muqueuses nasales. Pivotant aussitôt, Pinkie lui tira trois balles en pleine poitrine. Amy se recroquevilla un peu plus à chaque détonation, comme si elle-même avait été touchée, et regarda avec incrédulité la jeune fille s'affaisser. Inutile de se demander si elle était morte.

— Je déteste les gens qui éternuent, déclara Pinkie. Sa mère ne lui a pas appris à mettre la main devant sa bouche ?

Mais tout ce que Tom et Amy entendirent, ce fut un étrange gargouillement provenant du fond de sa gorge.

III

La voiture de Sara Castelli était toujours à l'endroit où elle l'avait laissée, au bout de Routh Road. MacNeil s'arrêta juste derrière, et ils firent le reste du chemin à pied. Le Saux n'avait pas rebranché son éclairage de sécurité, comme le lui avait conseillé MacNeil. Ils avancèrent donc jusqu'à sa porte à la lumière des réverbères, fragmentée par les branches des arbres. MacNeil appuya plusieurs fois sur le bouton de la sonnette. Un tintement retentit quelque part à l'intérieur de la maison. Puis il se recula de façon à être vu par la caméra de surveillance fixée au-dessus du porche. Une voix endormie et grincheuse lança :

— Qu'est-ce que c'est maintenant ?

MacNeil leva le portrait imprimé par Dawson.

— Vous le voyez bien ?

— Oui.

— C'est votre voisin, monsieur Smith ?

Sans hésiter une seconde, Le Saux affirma :

— Oui, c'est lui.

— Merci, monsieur Le Saux.

MacNeil plia la photo, la remit dans sa poche et repartit à grandes enjambées vers la grille. Le Dr Castelli lui courut après :

— Et maintenant, monsieur MacNeil ?

— On va réveiller un magistrat pour que vous lui racontiez tout sur Choy.

— Vous savez où tout cela va mener, n'est-ce pas ?

— Je ne veux même pas y penser, docteur.

Scotland the Brave retentit soudain dans Routh Road. MacNeil attrapa son téléphone. C'était Dawson.

— Jack. J'ai pensé que tu aimerais être mis tout de suite au courant. La voiture. Celle d'où tu as sorti le type sur Lambeth Bridge… Elle est enregistrée officiellement au nom de Stein-Francks. Conducteur attitré, un certain Dr Roger Blume.

MacNeil se figea au milieu de la chaussée, le regard perdu au loin, comme s'il venait d'entrapercevoir un autre monde, au-delà de celui que nous connaissons, sentons, voyons. Le Dr Castelli s'arrêta net à côté de lui.

— Ça ne va pas ?

— Ce n'est pas Blume que j'ai sorti de la voiture, Ruf.

— Je ne sais pas qui c'est. Eux non plus. Apparemment, après ton départ, il a tué un des soldats et il s'est sauvé avec son fusil.

— Bon Dieu, murmura MacNeil.

Difficile d'imaginer la créature qu'ils avaient vue pour la dernière fois allongée à l'arrière du camion capable d'une chose pareille. Mais une voiture appartenant à Stein-Francks ? C'était encore plus improbable.

— Et l'autre personne qui se trouvait dans le véhicule ? On sait qui c'est ?

— Aucune idée.

Une fois leur conversation terminée, MacNeil regarda fixement devant lui, plongé dans la plus grande perplexité. Le passager était-il Blume ? Dans ce cas que diable faisait-il là ? Et quel étrange hasard avait amené MacNeil au même moment dans les parages de Lambeth Bridge ?

Le Dr Castelli continuait à le harceler de questions. Mais il ne savait pas trop par où commencer. Il jeta un coup d'œil à l'écran de son téléphone, encore allumé depuis l'appel de Dawson, qui lui rappelait qu'il avait un message. Il l'avait complètement oublié.

— Une minute, lança-t-il pour la faire taire, tout en se connectant à sa boîte vocale.

Une voix enregistrée annonça :

— Vous avez un nouveau message. Reçu aujourd'hui, à 2 heures 05.

Après un bip, vint celle d'Amy, anormalement tendue et frémissante :

— *Jack, il y a quelqu'un dans la maison. Viens vite, je t'en supplie. J'ai peur.*

CHAPITRE 24

I

MacNeil conduisait comme un forcené. Les reflets des réverbères ruisselaient sur le pare-brise comme un flot de têtes jaunes coupées. Après avoir dépassé The Oval, ils foncèrent en direction du nord-est, sur Kennington Park Road. Toutes les deux minutes, MacNeil essayait de joindre Amy. Sans succès. Une fois de plus, il tendit la main vers son téléphone, mais le Dr Castelli l'attrapa avant lui.

— Je peux le faire, se dépêcha-t-elle de dire. C'est dans mes capacités. Et je n'ai pas envie de finir enroulée autour d'un réverbère.

Elle renouvela l'appel, laissa sonner pendant au moins trente secondes. Puis elle secoua la tête et raccrocha.

Horrifié, MacNeil imaginait déjà Amy morte sur le sol de son appartement. Il savait que ces gens étaient totalement dépourvus de pitié. Pourquoi ne s'en prendraient-ils pas aussi à Amy ? Elle avait le crâne, et elle avait reconstitué le visage de la petite fille assassinée. Nom d'un chien, pourquoi n'avait-il pas écouté son message plus tôt ? Jamais il ne se le pardonnerait s'il lui arrivait quelque chose. Toute cette enquête n'avait tourné qu'autour de lui. De son obsession. De son besoin d'occulter la mort de son fils. Elle l'avait rendu aveugle à tout le reste.

À Elephant and Castle, il y avait un barrage de l'armée. Il ne suffisait plus de ralentir pour leur permettre d'enregistrer son numéro d'immatriculation. Après l'accident de Lambeth Bridge, chaque point de contrôle avait l'ordre d'arrêter tous les véhicules. Un gradé vérifia leurs papiers, sans se presser. MacNeil savait qu'il était inutile de protester. Les dents serrées, il agrippait le volant entre ses mains encore brûlantes. Sa tension dépassait en intensité sa douleur. Il se sentait aussi tendu qu'un élastique. Sur le point de se rompre. Ce n'était qu'une question de temps.

Finalement, le militaire recula et leur fit signe de passer. MacNeil démarra sur les chapeaux de roues en laissant de la gomme sur le macadam. Il enfila en trombe New Kent Road jusqu'à sa jonction avec Tower Bridge Road et continua vers le nord. Au loin, devant eux, ils apercevaient Tower Bridge, et la tour de Londres sur l'autre rive de la Tamise. Au carrefour avec Tooley Street, il donna un coup de volant à droite si brusque qu'ils furent à deux doigts de se renverser.

Arrivé dans Gainsford Street, il abandonna sa voiture et se mit à courir. Le Dr Castelli le suivit. Il composa le code de la grille de Butlers & Colonial, traversa à toute allure la cour pavée jusqu'à la porte d'Amy. Ses doigts bandés enfoncèrent la clé dans la serrure avec une maladresse exaspérante. Dès que la porte s'ouvrit, il vit le monte-escalier au pied des marches.

Il le contempla avec un mélange de soulagement et de confusion. Le Dr Castelli le rattrapa, essoufflée, sur le seuil :

— Je n'avais pas couru aussi vite depuis le jour où je suis arrivée deuxième à la course à la cuillère. Désolée, je sais. J'ai l'habitude de débiter les âneries les plus déplacées aux plus mauvais moments. (Elle regarda le monte-escalier.) Alors, elle est sortie ?

— C'est généralement le cas lorsque le monte-escalier se trouve au pied des marches et que son fauteuil roulant n'est plus là.

Malgré tout, il préférait en avoir le cœur net. Il grimpa au premier quatre à quatre : l'autre monte-escalier attendait tranquillement au pied de la seconde volée de marches. Il fouilla la chambre à coucher, la salle de bains, la penderie, actionnant tous les interrupteurs sur son passage, puis il se précipita au deuxième. Là aussi, il alluma toutes les lampes pour éclairer l'intégralité de l'espace du grenier.

— Amy !

En criant son nom, il savait qu'elle ne répondrait pas. Elle était sortie. Il vérifia le petit balcon en fer, les portes-fenêtres étaient fermées et il voyait bien qu'elle ne s'y trouvait pas. Puis il remarqua que la tête de l'enfant avait disparu. Sur la table ne restaient que les mèches de cheveux noirs coupées sur la perruque. Le Dr Castelli le rejoignit à cet instant sur le palier.

— Attendez-moi ici, ordonna-t-il.

— Ne vous inquiétez pas. Il me faudra au moins une demi-heure pour retrouver mon souffle.

Moins de cinq minutes plus tard, il revint, l'air troublé :

— Sa voiture n'est pas là. Sa place attitrée dans le parking voisin est vide.

Le Dr Castelli, qui respirait normalement à présent, bien que son visage fût toujours un peu rouge, s'était assise entre-temps devant l'ordinateur d'Amy :

— Vous devriez venir jeter un coup d'œil, lança-t-elle.

Il traversa la pièce et, debout dans son dos, regarda l'écran. Une fenêtre de dialogue instantané était ouverte.

— Qui est Sam ?

— Le mentor d'Amy, au sein d'une organisation spécialisée dans l'identification des restes humains.

Il lut leur dernier échange.

Amy – *Mais il y a un truc bizarre – d'après Zoe, ce n'était pas le H5N1. Du moins, pas la version à l'origine de la pandémie.*

Sam – *Comment le sait-elle ?*

Amy – *Elle a récupéré le virus et décodé l'ARN. Ça me dépasse un peu, Sam. Quelque chose à voir avec des sites de restriction et des mots codes qui ne devraient pas se trouver là. En tout cas, elle a dit que ce virus était génétiquement modifié.*

Amy – *Hello, Sam, vous êtes toujours là ?*

Sam – *Je suis toujours là, Amy.*

Amy – *Qu'en pensez-vous alors ?*

Sam – *Je pense que ça change tout.*

Manifestement, Sam avait laissé la conversation en plan sans autre explication. Les derniers mots d'Amy exprimaient à la fois la confusion, la peine : *Sam, vous êtes toujours là ? Hello ? Sam ? Répondez-moi !*

— À mon avis, observa-t-elle, ce Sam s'intéresse d'un peu trop près à votre enquête. Et Amy est un peu trop bavarde.

MacNeil se pencha par-dessus son épaule pour prendre la souris et dérouler le dialogue de toute la journée.

Sam n'avait cessé de revenir vers Amy pour demander comment se passait l'enquête. Y avait-il du nouveau ? L'inspecteur MacNeil avait-il des pistes ? Plusieurs questions sur la tête, sur le prélèvement de la moelle des os. Des discussions sur la toxicologie, la demande d'ADN, la découverte du virus de la grippe.

— Elle lui racontait tout, constata-t-il, envahi à la fois par un sentiment de colère et d'abattement. Dans les moindres détails.

Sam avait ainsi pu suivre son enquête pas à pas. Chaque fois que MacNeil téléphonait à Amy, elle en avait informé Sam. Tout ce qu'il faisait, Sam le savait. Amy était une intermédiaire involontaire, une espionne inconsciente. Elle avait une confiance absolue en Sam. MacNeil se força à ravaler sa colère afin de réfléchir rationnellement. Pourquoi en aurait-il été autrement ? Amy et Sam avaient un passé commun, discutaient à tout moment de tas de choses diverses. Ils étaient dans le même camp. Non ?

Les idées se bousculaient dans sa tête comme une bande de pigeons effrayés. Mais qui *était* donc Sam ? Ce nom dans l'éther, qui l'avait surveillé en douce toute la journée. Et toute la nuit. Repérant le carnet d'adresses d'Amy dans le dock, au bas de l'écran, il dit :

— Laissez-moi votre place.

Elle obtempéra. MacNeil cliqua sur le carnet d'adresses, qui s'ouvrit aussitôt à l'écran. Sur le coup, il ne trouva rien d'étonnant à voir apparaître la fiche de Tom Bennet – la dernière consultée, donc. Il agissait trop dans l'urgence pour se demander pourquoi Amy aurait eu besoin de la regarder. Il tapa *Sam* dans la fenêtre de recherche ;

immédiatement, le logiciel sortit son nom et ses coordonnées de sa base de données. *Dr Samantha Looker, 42A Consort House, St Davids Square, Island Gardens, Isle of Dogs*. Il jura entre ses dents.

— Ainsi, Sam est une femme, remarqua le Dr Castelli.

Nouveau vol de pigeons dans la tête de MacNeil. Il tentait désespérément de se concentrer sur un seul, comme un chasseur essayant de viser avec son fusil. Mais il le manquait chaque fois. Tout cela n'avait aucun sens. Comment ce Dr Samantha Looker pouvait-elle être impliquée ? Et pourtant, c'était le cas.

Presque comme si elle avait lu dans ses pensées, le Dr Castelli déclara :

— Je crois qu'il va falloir le lui demander.

MacNeil prit le téléphone d'Amy posé à côté de l'ordinateur et composa le numéro inscrit sur le carnet d'adresses. Il attendit longtemps avant de raccrocher.

— J'ai l'impression qu'on ne le saura jamais, soupira-t-il en secouant la tête.

— Peut-être ne répond-elle tout simplement pas au téléphone. On peut toujours aller chez elle.

— Elle habite sur l'île aux Chiens.

— Et alors ?

— Et alors, les médias n'ont pas eu le droit d'en parler, mais c'est une zone interdite. Isolée du reste de la ville. Un petit îlot sans le moindre cas de grippe, et ses habitants tiennent à le protéger.

— Mais vous êtes policier.

— Je serais la reine que cela ne changerait rien. Si nous essayons d'y pénétrer, on nous tirera dessus.

— Ça ressemble plus au Far West qu'à l'East End de Londres, dit le docteur en fronçant les sourcils. (Puis son visage s'éclaira.) Mais je sais comment on peut y arriver.

— *Vous* n'irez nulle part, rétorqua MacNeil. Et surtout pas du côté de l'île aux Chiens.

Elle haussa les épaules :

— Eh bien, débrouillez-vous donc tout seul.

Il lui lança un regard noir, elle se contenta de sourire.

— Faites-moi confiance. Je suis médecin.

MacNeil ne souriait pas. Samantha Looker était médecin, elle aussi. Amy lui avait fait confiance, et maintenant elle avait disparu. Néanmoins, il ne voyait pas d'autre moyen de découvrir ce qui lui était arrivé.

— D'accord. Je vous écoute.

II

Dans le poème épique *Tam o'Shanter*, du barde écossais Robert Burns, le héros éponyme voit une jeune femme, vêtue d'une chemise très courte, danser sur la musique du diable dans une église hantée. Il s'écrie alors malgré lui *« Weel done, Cutty-sark* ! »*, attirant aussitôt sur lui l'attention des sorciers et sorcières. C'est de là que venait le nom du plus célèbre clipper de tous les océans. *Cutty Sark*. Restauré avec amour dans sa splendeur originale, le trois-mâts recevait chaque année des millions de visiteurs. Il était maintenant amarré dans les ténèbres de sa

* Bravo chemise courte !

cale sèche à Greenwich, plus de huit cents kilomètres au sud de Dumbarton, sur la Clyde, où il avait vu le jour.

Après avoir laissé la voiture dans Greenwich Church Street, MacNeil et le Dr Castelli longèrent en toute hâte le clipper et traversèrent l'esplanade menant à Greenwich Pier et à la rotonde en brique rouge qui marquait l'entrée du tunnel piéton sous la Tamise. Quatre cents mètres au nord, les lumières de l'île aux Chiens se reflétaient sur les eaux paresseuses du fleuve. Les immeubles situés en bordure du quai de la rive gauche se voyaient parfaitement, ainsi que les réverbères de St Davis Square. Ils étaient très proches. Mais pour MacNeil, cet espace semblait infranchissable. Il savait que des snipers montaient la garde sur les toits. Il savait aussi que, même s'il n'y avait pas encore eu de mort, le risque de se faire tuer était réel. Et il n'avait pas envie d'être le premier à en faire l'expérience.

Une coupole en verre couvrait la rotonde ; dans la journée, la lumière extérieure éclairait la cage de l'ascenseur et l'escalier en colimaçon descendant au tunnel. Ce soir, les centaines de vitres reflétaient la faible lueur du ciel tandis que l'intérieur était plongé dans la pénombre la plus profonde. Il y avait deux entrées côte à côte. L'une, totalement fermée par une lourde porte noire en acier. L'autre, barrée par une grille surmontée d'une rangée de piques. Un vide d'un mètre, à peine, séparait les piques du linteau.

MacNeil l'examina avec circonspection.

— En supposant que j'arrive à escalader la grille et à passer de l'autre côté sans y laisser ma virilité, quelle garantie aurai-je de pouvoir ressortir à l'autre bout ?

— C'est exactement pareil en face. Les deux rotondes se ressemblent comme deux gouttes d'eau. Les Victoriens avaient la manie de la symétrie. Enfin, les Edwardiens, à strictement parler. Car le tunnel n'a été ouvert qu'un an après la mort de Victoria. Mais étant donné qu'il a été conçu et bâti en grande partie sous son règne, je pense qu'on peut le qualifier sans problème de victorien.

MacNeil la regarda avec un mélange d'admiration et d'agacement.

— D'où sortez-vous tout ça, bon sang ?

— Oh, vous savez, quand je suis arrivée à Londres, j'ai dû faire toutes les visites touristiques d'usage. Le tunnel piéton de Greenwich en faisait partie.

— Je suppose que vous connaissez aussi sa longueur.

— Trois cent soixante et onze mètres, répondit-elle sans la moindre hésitation. Onze mètres de haut, doublé de plus de deux cent mille carreaux. Demandez-moi autre chose si vous voulez.

— Je vous demanderais bien de vous taire, mais je suis trop poli.

MacNeil prit la lampe torche et aida le Dr Castelli à poser les pieds à la base des piques. Pour monter, elle dut relever sa jupe en tweed, dévoilant des petites jambes musclées.

— On ne regarde pas, prévint-elle.

Une fois en sécurité de l'autre côté, elle attrapa la lampe à travers les barreaux pendant qu'il se hissait à son tour au-dessus de la grille, enjambait facilement les piques et sautait à côté d'elle. Puis il récupéra la torche. Un mur blanc carrelé partait à droite vers l'ascenseur immobile, noir et silencieux, à l'abri de sa cage vitrée.

À gauche, des marches métalliques antidérapantes s'enfonçaient en spirale dans les ténèbres. Le rayon de la lampe perçait à peine l'air épais chargé d'une humidité aussi dense que de la fumée.

Une odeur de rouille et de terre mouillée s'élevait vers eux au fur et à mesure qu'ils descendaient l'escalier en colimaçon enveloppant la cage de l'ascenseur. Il semblait sans fin. L'air devenait de plus en plus froid, leur haleine s'échappait de leur bouche en petites volutes blanches. Enfin arrivés au pied des marches, ils obliquèrent à gauche pour pénétrer dans le tunnel proprement dit. Renforcé sur toute sa longueur par d'énormes plaques d'acier incurvées et boulonnées, il s'enfonçait dans une obscurité impénétrable ; les carreaux jaunissants formaient une arche autour d'eux ; au-dessus de leur tête, des coffres rouillés contenaient les câbles de l'éclairage, éteint depuis des semaines.

Ils sentirent sous leurs pieds la douce inclinaison du sol vers le lit du fleuve. De l'eau gouttait du plafond, formait des flaques sur le sol en ciment. Les parois renvoyaient l'écho de leurs pas et de leur respiration comme si les fantômes des gens passés avant eux les accompagnaient. Le froid devenait intense maintenant, la sensation de claustrophobie presque insupportable.

— Doux Jésus, murmura le Dr Castelli. C'était différent quand je l'ai visité avec le guide.

MacNeil l'entendit à peine. Le noir, le froid, la poussée souterraine de l'eau aggravaient son sentiment de frustration. D'une certaine manière tout lui échappait. Il ne dirigeait plus une enquête. Il était ballotté par des évènements. Des évènements qu'il ne pouvait ni prévoir ni gérer. Et sa frustration amplifiait son sentiment d'urgence. Il se mit à courir.

— Qu'est-ce qui vous prend ? cria le Dr Castelli.

— Je n'ai pas le temps de me promener, répondit-il par-dessus son épaule. Si vous ne pouvez pas me suivre, faites demi-tour.

— Je n'arriverai jamais à ressortir toute seule !

Sur ce, il entendit ses semelles claquer sur le béton. Elle décidait de le suivre. Le fait qu'il ait gardé sa lampe torche avait sans doute été décisif.

En atteignant l'autre cage de l'ascenseur, à l'extrémité du tunnel, il soufflait comme un bœuf. Le Dr Castelli était à la traîne, mais il l'entendait courir dans le noir ; il n'eut pas le cœur de l'abandonner. Bientôt, il vit son visage flotter dans le rayon de la torche, rouge, transpirant, une expression proche de la détresse dans ses petits yeux noirs.

— Vous *essayez* de me perdre, hein ?

Hors d'haleine, elle se courba en deux, les mains sur les genoux.

— Je n'ai pas vraiment réussi, on dirait ? observa-t-il alors qu'il gravissait déjà les marches. Allez, dépêchez-vous.

Elle se redressa en grognant, prit une profonde inspiration, et se lança péniblement derrière lui.

Vers le sommet de l'escalier, ils commencèrent à apercevoir la lumière provenant des réverbères alignés le long du parc d'Island Gardens. MacNeil s'approcha prudemment de la grille et scruta l'intérieur du parc. À vingt mètres de lui, une lampe brillait à l'intérieur de l'Island Gardens Café, un petit bâtiment en brique non loin de la clôture. En été, les clients s'asseyaient dehors pour siroter un café ou des boissons fraîches en contemplant le Old Royal Naval College de Greenwich. La terrasse était déserte ; à travers la vitre, MacNeil distinguait la silhouette d'un homme vautré sur un fauteuil. La lumière bleue d'un écran de télévision tremblotait dans le noir. Il voyait aussi, pointé vers le plafond, le canon d'un fusil calé contre l'accoudoir du fauteuil. De toute évidence, il gardait l'entrée du tunnel piéton. Et il avait dû penser que c'était une sinécure. Qui aurait l'idée saugrenue de vouloir gagner l'île par le tunnel ? Et pourquoi ? MacNeil posa un doigt sur ses lèvres afin d'imposer le silence au Dr Castelli, et observa l'homme pendant plusieurs minutes. Ce dernier ne bougeait pas. Il y avait de fortes chances qu'il soit endormi, mais comment en être certain avant d'escalader la grille et de sortir à découvert. Or, à ce moment-là, ce serait trop tard. Néanmoins, MacNeil ne voyait pas d'alternative. Il essaya d'estimer le temps qu'il mettrait à couvrir la distance entre la rotonde et le café si le garde s'apercevait de leur présence. Trop long, jugea-t-il. Pourtant, si ce type dormait vraiment, il lui faudrait quelques secondes pour sortir des brumes du sommeil, et ces quelques secondes nécessaires avant de se sentir complètement réveillé pouvaient suffire. Il n'y avait qu'un seul moyen de le vérifier. MacNeil glissa la torche dans sa poche, escalada rapidement la grille et se laissa tomber en silence de l'autre côté. Caché dans l'ombre, il jeta un regard anxieux vers le café. Toujours aucun mouvement. Il adressa un signe de tête au Dr Castelli, qui réussit tant bien que mal à se hisser jusqu'aux piques, puis hésita.

— Je ne sais pas si je peux y arriver, chuchota-t-elle.

Levant les yeux au ciel, il soupira. Pourquoi diable s'était-il laissé convaincre de l'emmener ? Il sortit de l'ombre et s'approcha d'elle :

— Tenez-vous à ma main.

Il grimaça de douleur quand elle l'agrippa. Appuyée sur lui, elle réussit à se stabiliser. Mais, en enjambant les piques, elle perdit l'équilibre, bascula en avant et déchira sa jupe. Il la rattrapa, amortit sa chute, puis la lâcha. Aussitôt, elle s'affala sur les genoux en poussant un petit cri qui, à peine plus fort qu'un hoquet, parut résonner dans le silence du parc. MacNeil se retourna juste à temps pour voir le garde se lever.

— Merde !

Pas le temps de réfléchir. Nulle part où fuir. Il fonça vers le café, aussi vite que ses jambes le lui permettaient, les poings battant l'air comme des pistons. Il nota l'expression de surprise et d'incompréhension qui se peignait sur le visage de l'homme, vaseux, mal réveillé. Ces secondes de confusion lui suffirent à couvrir la distance. D'un coup d'épaule, il défonça la porte et se projeta de tout son poids sur le garde médusé. Ils tombèrent ensemble par terre. Le téléviseur portable vola à travers la pièce au milieu des éclats de verre, son et image coupés.

MacNeil entendit un grognement quand il s'écrasa sur l'homme, qui lâcha son fusil et expulsa d'un seul coup tout l'air de ses poumons. L'attrapant par le col, il le retourna sur le dos et le frappa deux fois de suite avec un poing aussi gros qu'un jambon de Belfast. Le premier coup lui ouvrit la lèvre. Le second lui fit perdre connaissance.

À bout de souffle, les mains presque aussi douloureuses que lorsqu'il se les était brûlées, MacNeil resta accroupi au-dessus de la forme prostrée. En entendant le Dr Castelli approcher, il leva les yeux. Debout sur le seuil de la porte brisée, elle dit :

— J'ai foutu en l'air ma satanée jupe.

Il lui lança un regard noir.

— Décidément, ajouta-t-elle, c'est une habitude, chez vous, de vous asseoir sur les gens.

Ils s'empressèrent de déshabiller le garde et de déchirer sa chemise et son pantalon pour en faire un bâillon et des liens. MacNeil s'empara de son fusil, et ils sortirent du parc sur Saunders Ness Road. La rue bordée d'immeubles et de maisons jumelées était déserte. MacNeil se sentait très vulnérable à la lumière des réverbères, mais rien ne bougeait, aucune maison n'était éclairée. Il se demanda si les gens dormaient mieux ici, en sachant que des hommes armés de fusils les protégeaient de la grippe.

Après le Poplar Rowing Club, au bout de la rue, ils s'engagèrent dans Ferry Street.

III

De St Davids Square, ils pouvaient voir la rive d'où ils étaient venus. Les mâts et le gréement du *Cutty Sark*, le Old Royal Naval College, les grues alignées le long des quais dans les chantiers de construction des nouvelles habitations de luxe, à l'arrêt depuis le début de la crise sanitaire. Sur les berges boueuses, au pied du quai, rouillaient les carcasses de trois vélos à moitié enterrés dans la vase.

Ils trouvèrent Consort House à l'angle sud-ouest de l'ensemble d'immeubles, et montèrent à pied au dernier étage. Tout comme l'avait fait Pinkie vingt-quatre heures plus tôt, ils s'arrêtèrent devant le numéro 42A, au bout du couloir, à côté d'une fenêtre donnant sur le fleuve. Son nom était sur la porte. *Dr Samantha Looker*. MacNeil poussa le battant du bout des doigts ; il s'ouvrit aussitôt sur un vestibule plongé dans le noir. MacNeil fit signe au Dr Castelli de rester où elle était. Fusil en travers de la poitrine, il pénétra prudemment à l'intérieur de l'appartement. Ses scores avaient toujours été bons aux exercices de tir ; il atteignait la cible neuf fois sur dix. Mais il ne s'était jamais servi d'une arme sous le coup de la colère ; il n'avait jamais visé un autre être humain. Devant lui, les lumières de la rue couchaient la forme des fenêtres sur le tapis d'une grande pièce. Il passa devant une porte ouverte. Une chambre. Il y jeta un coup d'œil. Le lit était vide. Personne n'y avait dormi. Sur sa gauche, la salle de bains, puis la cuisine. L'appartement était chauffé, mais ne donnait pas l'impression d'être occupé. Bien qu'il ne s'attendît pas à trouver quelqu'un dans le salon, il avança avec précaution.

Au moment où il posait un pied sur le seuil, il sentit quelque chose bouger sous sa chaussure, et un cri strident déchira l'air.

— Nom de Dieu ! s'écria-t-il en reculant d'un bond.

Une petite silhouette noire fila à la vitesse de l'éclair. Il chercha à tâtons un interrupteur. Dès que la lumière froide inonda la pièce, il avança en balayant l'espace avec son arme.

Le Dr Samantha Looker gisait dans une mare de sang, à l'endroit où Pinkie l'avait laissée. Son ordinateur était resté allumé, l'écran de veille repassant inlassablement des images du système solaire. À l'autre bout, un petit chat noir, à bavette et socquettes blanches, lui jetait un regard farouche. Il lui avait sans doute écrasé la patte ou la queue, d'où son air méfiant.

MacNeil se retourna vivement lorsque le Dr Castelli entra à son tour.

— Oh, mon Dieu ! s'exclama-t-elle en apercevant le corps à terre.

Immédiatement, elle s'agenouilla à côté de Sam pour chercher son pouls. Puis, levant les yeux, elle secoua la tête.

— Complètement froide. (Elle tâta les muscles de ses bras.) Rigidité cadavérique installée. La mort remonte au moins à douze heures.

MacNeil pensa qu'il ne devait pas y avoir une grande différence d'âge entre les deux femmes, qui se ressemblaient aussi par leur taille et leurs cheveux gris coupés court. Peut-être ces points communs donnaient-ils au Dr Castelli un sentiment plus profond de sa propre mortalité. Elle paraissait secouée. Pour une fois, il n'y eut pas de boutade.

— J'imagine que c'est Sam, dit-elle.

— Probablement.

— Alors à qui Amy parlait-elle pendant tout ce temps ?

MacNeil secoua la tête. Cela pouvait être n'importe qui. Des mots sur un écran. Comment savoir ? Il enjamba le corps et déplaça la souris de l'ordinateur pour effacer les images de l'économiseur. Sur l'écran apparut la même fenêtre de dialogue que sur celui d'Amy. Le Dr Castelli se releva et regarda à son tour.

— Ça a dû se dérouler comme une discussion à trois. Une sorte de téléconférence. Seulement, Amy ignorait la présence d'un tiers.

Elle retira la souris à MacNeil et cliqua pour voir les participants.

— On ne voit que Sam et Amy. Donc, l'intrus a dû se connecter en se faisant passer pour Sam, à partir d'un autre ordinateur, situé ailleurs. Amy ne s'est pas doutée qu'elle ne s'adressait pas à son mentor.

Le curseur clignotait toujours à la fin de son dernier message. *Sam, vous êtes toujours là ? Hello ? Sam ? Répondez-moi !*

— Il n'y a donc aucun moyen de savoir à qui elle parlait, dit MacNeil.

— À moins qu'il soit encore là.

Il lui jeta un coup d'œil interrogateur :

— Comment ça ?

— Eh bien, la fenêtre de dialogue est toujours ouverte. Peut-être que notre faux « Sam » est toujours en ligne.

— Comment le savoir ?

— En lui posant la question.

Le Dr Castelli planta ses yeux dans ceux de MacNeil en haussant les sourcils. Comprenant ce qu'elle voulait dire, il rapprocha la chaise pour s'asseoir devant le clavier avant de se rendre compte qu'avec ses doigts aussi gros que des bananes, il n'arriverait jamais à taper.

— Il vaut mieux que vous vous en chargiez, dit-il en lui laissant la place.

— Qu'est-ce que je dis ?

MacNeil réfléchit. À *qui* parlait Amy ? Logiquement, ce ne pouvait être que Smith. Et ils savaient maintenant que Smith n'était autre que Roger Blume.

— Hello, Dr Blume.

Elle le regarda, hocha la tête, et ses doigts parcoururent le clavier :

— *Hello, Dr Blume.*

Le curseur continua à clignoter en silence pendant un long moment.

— Il n'est plus là, dit MacNeil.

Mais, au même instant, un *fffououou-ouff* annonça l'arrivée d'un message.

— *M. MacNeil, je présume.*

MacNeil ôta ses gants avec précaution et poussa du coude le Dr Castelli. Il avait besoin d'un contact direct, aussi douloureux fût-il. Enfonçant lentement les touches, il écrivit :

— *Oui.*

— *Pourquoi avoir tant tardé ?*

— *Vous n'êtes pas facile à trouver.*

— *Et maintenant que vous m'avez trouvé ?*

— *Où est Amy ?*

— *Ah, droit au but.*

— *C'est fini, Blume.*

— *Il ne faut pas vendre la peau de l'ours avant de l'avoir tué.*

— *Nous avons le sang, dans la maison de Routh Road. Nous avons votre reflet dans les lunettes de Choy sur une photo de passeport. Nous savons que la maison appartient à Stein-Francks. Et un de vos voisins vous a identifié.*

— *Et moi j'ai tout le reste, monsieur MacNeil. Les os, la tête, la moelle, les échantillons, les tests. Sans eux, vous n'avez rien.*

MacNeil fixait l'écran. Si c'était vrai, Blume avait raison. Ils n'avaient rien. Sans corps, pas de meurtre. Aucun moyen de prouver quoi que ce soit. Et les seules preuves en leur possession avaient été obtenues illégalement.

— Espèce d'enfoiré prétentieux, grommela le Dr Castelli.

— *Que se passe-t-il, MacNeil ? Vous avez avalé votre langue ?*

S'ils avaient été face à face, il aurait trouvé les mots à lui balancer à la figure. Mais le clavier le rendait impuissant.

— *Oh, autre chose encore. Je détiens également Tom. Et Amy. Alors, on peut peut-être négocier.*

— *Négocier quoi ?*

— *Les preuves que vous pourriez détenir en échange de votre petite amie.*

— Ne croyez pas un mot de ce que ce fumier raconte, s'écria le Dr Castelli. C'est un sale menteur.

MacNeil réfléchit un instant avant de taper :

— *Où et quand ?*

— *Le London Eye. Mais vous avez intérêt à vous dépêcher, MacNeil. Il est 5 h passées, et il vaudrait mieux que l'affaire soit conclue avant la levée du couvre-feu, avant que vous ne redeveniez un simple citoyen.*

CHAPITRE 25

Le London Eye était une attraction pour adultes installée sur la rive sud de la Tamise. Il ressemblait à une roue de bicyclette géante haute de cent trente-cinq mètres de haut, lourde de dix-sept mille tonnes de câbles et d'acier. Elle avait été construite en des temps optimistes pour célébrer le nouveau millénaire : une trentaine de capsules de verre fixées tout autour de sa circonférence par des anneaux de montage circulaires. Depuis le point le plus haut, la vue était absolument unique. Avant la crise, quinze mille touristes s'y pressaient chaque jour. Mais, immobile et silencieuse depuis l'arrivée de la grippe, elle n'était plus, pour les habitants de Londres, que le rappel omniprésent d'un grand changement. Peut-être irrévocable.

Assis dans la cabine de contrôle en bois, au milieu du verre brisé, Pinkie examinait le panneau de commande aux boutons lumineux verts et rouges. Rien de plus simple, vraiment. Aucun mystère. Exactement le genre de chose dont on rêve quand on est enfant : posséder ce pouvoir au bout des doigts. Appuyer sur un bouton pour faire avancer la machine, appuyer sur un autre pour l'arrêter. Celui-ci ouvre la porte, celui-là la ferme, chaque nacelle étant contrôlée séparément.

Il regarda, de l'autre côté de la passerelle d'embarquement et débarquement, Tom et Amy enfermés dans leur capsule. Il avait obligé Tom à la porter pour l'installer au milieu, sur le banc de bois ovale. La nacelle était devenue une prison sans barreaux. Rien que du verre. Existait-il pire prison qu'une cellule d'où on pouvait constamment voir l'extérieur ? Une cellule d'où la liberté visible vous rappelait sans cesse que vous en étiez privé ?

Pinkie savait qu'il n'aurait pas survécu en prison. On ne l'avait pas inculpé, bien sûr. S'il avait tué un homme, c'était pour protéger sa mère ; et de toute façon, il était trop jeune pour être jugé légalement responsable de ses actes. Plus tard, quand il avait commencé à tuer pour le plaisir et l'argent, il s'était dit que si un jour on l'arrêtait, il se suiciderait. Jamais il ne supporterait de vivre enfermé dans un espace confiné pendant des jours, des semaines, des années, derrière une porte verrouillée – comme dans le placard sous l'escalier. L'étouffement aurait raison de lui.

Il ne se sentait pas très bien. Les fluides s'écoulaient de son corps tout autour de lui. Il était faible et nauséeux. Il savait que la lumière de l'écran de l'ordinateur se reflétait sur son visage et que, s'il se tournait vers la droite, il se verrait sur la vitre. Mais il ne voulait pas se voir. Il voulait garder le souvenir du visage qu'il avait regardé pour la dernière fois dans un miroir. Il n'était pas beau, il le savait – il ne s'était jamais bercé d'illusions – cependant, ses traits avaient du caractère. La vision de ce qu'il était devenu serait insoutenable.

Dans sa poitrine, le gargouillement empirait. Il avait de plus en plus de mal à respirer. Où était passé M. Smith ? Il aurait dû arriver depuis longtemps, comme convenu pendant leur échange de textos sur le téléphone du soldat mort. Il jeta un coup d'œil par la fenêtre. De l'autre côté du fleuve, les tours et les flèches illuminées du palais de Westminster transperçaient le ciel noir et se réfléchissaient sur le flot sombre, lent, régulier. Un bruit sur sa gauche le fit se retourner. Bouche bée M. Smith fixait sur lui des yeux écarquillés d'horreur. Une fois de plus, Pinkie se vit rappeler ce qu'il inspirait aux autres.

— Qui… qui êtes-vous donc ? demanda M. Smith d'une voix hésitante.

S'efforçant au maximum d'articuler son nom avec ce qui lui restait de bouche, il répondit :

— Sssphhh… shinkie.

— Pinkie ? fit M. Smith, incrédule.

Pinkie hocha la tête.

— Jésus, Marie, Joseph. Que vous est-il arrivé ?

— Ssshhhhass… shident.

— Bon Dieu !

Pinkie lut dans ses yeux que M. Smith le savait en train de mourir. Mais il était là, n'est-ce pas ? Il allait terminer le travail. Il n'avait jamais entrepris quelque chose qu'il ne pouvait pas finir. Il tendit le bras pour lancer le sac-poubelle noir vers son employeur. Celui-ci l'ouvrit, et recula à cause de l'odeur. Les os empestaient encore.

— Tout y est ? demanda M. Smith.

Pinkie hocha la tête.

— Bien. Vous pouvez marcher ?

Pinkie hocha de nouveau la tête.

— Je veux que vous montiez au sommet avec la fille. MacNeil ne va pas tarder. Tant qu'elle restera hors de sa portée, j'aurai de quoi négocier. Ça ira ?

Assise sur le banc de bois, Amy regardait fixement la Tamise, sans parler. Difficile de croire que ce grand brûlé fût encore vivant. Il n'en avait plus pour longtemps, c'était certain. Il perdait tellement de fluides qu'il tenait debout par miracle. Elle se demandait ce qui pouvait le pousser à agir ainsi. Car il savait à coup sûr qu'il allait mourir.

Un silence tendu s'était installé entre elle et Tom. Il lui avait téléphoné en sachant pertinemment qu'il l'attirait dans un piège. *Fais-moi confiance*, avait-il dit. Elle l'avait cru. Pour la peine, elle avait été trompée et trahie.

— Je n'avais pas le choix. C'était toi ou Harry.

— Donc, tu m'as choisie.

Il s'était détourné, écrasé par le poids de sa culpabilité. Depuis, aucune parole n'avait été échangée entre eux.

Soudain, un sifflement de pistons pneumatiques accompagna l'ouverture des portes de la capsule. Tom se leva.

— Ils sont deux, maintenant.

Amy vit effectivement deux silhouettes s'approcher. Le brûlé pouvait à peine marcher, mais il tenait toujours son SA80. Il entra dans la capsule, suivi par un homme qui lui sembla vaguement familier. Pas grand. Des cheveux blonds très courts, des sourcils incroyablement foncés. Des lunettes à monture argentée ovale. Son visage était livide ; il paraissait très tendu.

— Que se passe-t-il ? demanda Tom d'une voix cassée par la peur.

L'homme aux lunettes l'ignora. Il regarda Amy, puis le brûlé.

— Où est l'autre ?

— Oui, où est Harry ? lança Tom. Vous m'aviez promis qu'il ne lui arriverait rien.

Si Pinkie avait pu sourire, il l'aurait fait :

— Cané.

Il n'avait pas besoin de ses lèvres pour former ce mot qui sortit clairement de sa bouche.

Un bref silence précéda la plainte sauvage qui s'échappa de la gorge de Tom. Il fonça sur Pinkie. Aussitôt, le SA80 cracha dans la poitrine du médecin légiste une rafale assourdissante, une demi-douzaine de balles qui le soulevèrent presque du sol. Toutes les vitres furent éclaboussées de sang et Tom retomba dans un ultime tremblement. Amy hurla. Elle ne pouvait pas croire ce qu'elle voyait. Malgré sa trahison, elle l'aimait encore. On n'efface pas douze années d'amitié en un coup de téléphone. Et soudain, il était mort. Sans retour possible. Sans dire pardon. Sans rien arranger. Le brûlé l'avait tué. La vie pouvait être difficile. La mort était effroyablement simple.

La tête entre les mains, l'homme aux lunettes se pressait les doigts sur les tempes.

— Nom d'un chien, Pinkie ! Vous avez failli me faire éclater les tympans !

Il jeta ensuite un coup d'œil anxieux vers la Tamise, en se demandant peut-être si les coups de feu avaient été entendus depuis les postes de contrôle de la rive nord. Mais la capsule avait étouffé le bruit.

— Que voulez-vous ? cria Amy.

L'homme se tourna vers elle et dit sèchement :

— Je veux que vous la fermiez. Pinkie va vous accompagner au sommet. J'ai besoin de vous comme monnaie d'échange dans ma discussion avec M. MacNeil. Et je veux que vous soyez loin de lui. Au moindre problème, Pinkie vous poussera dehors.

Amy ferma les yeux. Le cauchemar empirait. Si c'était possible. Elle serait enfermée dans cette capsule à cent trente-cinq mètres au-dessus de Londres avec un psychopathe brûlé au dernier degré qui avait pour mission de la jeter dans le vide si les négociations se passaient mal en bas. Et elle ne pouvait absolument rien faire. Sa seule lueur d'espoir, c'était que MacNeil arrivait et qu'il savait où elle était.

— Contre quoi voulez-vous m'échanger ? demanda-t-elle.

— Toute preuve susceptible de m'impliquer dans la mort de la petite Choy.

Amy entendait ce nom pour la première fois. Elle s'était tellement habituée à l'appeler Lyn que ce fut un choc d'apprendre son véritable prénom.

— Choy. C'est *vous* qui l'avez tuée ?

L'homme ne dit rien.

— MacNeil n'acceptera jamais.

— Alors, je le tuerai, lui aussi.

— Vous n'aurez pas le cran de tuer un officier de police.

— Si je suis capable de tuer une enfant de dix ans et de la dépecer, je peux tuer un policier.

Amy secoua la tête ; elle voulait empêcher sa voix de trembler, essayer de paraître calme et arrogante alors que la peur la liquéfiait à l'intérieur.

— Il y a une grosse différence.

— Ah oui ?

— Les petites filles de dix ans ne peuvent pas se défendre.

Elle espérait exprimer ainsi tout le mépris qu'il lui inspirait.

Mais il se détourna, enjamba le corps de Tom et sortit sur la passerelle, d'où il lança à Pinkie :

— Le bouton vert à droite ?

Pinkie hocha la tête. L'homme se dirigea vers la cabine de contrôle. Quelques secondes plus tard, il y eut une légère trépidation, suivie d'un glissement vers l'avant. Agrippée au rebord du banc, Amy vit alors à travers le toit de verre que les énormes rayons commençaient à tourner. Elle éprouva ensuite une étrange sensation d'apesanteur lorsque la capsule s'éleva pour entreprendre sa lente ascension vers le sommet de la roue.

CHAPITRE 26

Ils entendaient des voix s'appeler, des gens courir. Ils voyaient des faisceaux lumineux se croiser dans le noir. Impossible de revenir en arrière.

Plusieurs véhicules étaient arrêtés en bordure du parc, sur Saunders Ness Road, moteur en marche, phares allumés, transformant la nuit en jour. L'homme qui gardait le tunnel piéton avait dû réussir à se libérer, ou alors quelqu'un, en venant le remplacer, l'avait découvert ligoté et bâillonné. L'alarme était donnée. Un intrus s'était introduit dans l'île. Quelqu'un pouvant être porteur du virus de la grippe. MacNeil savait, maintenant, qu'on leur tirerait dessus à vue. La panique anéantissait la raison.

Il attrapa le Dr Castelli par le poignet pour l'entraîner au pas de course dans Ferry Road. Ses semelles claquaient sur la chaussée. Derrière eux, l'excitation faisait monter le ton des voix. Un moteur s'emballa, des pneus crissèrent.

— Débarrassez-vous de ces chaussures qui font un bruit d'enfer ! ordonna-t-il.

Moitié sautant, moitié courant, elle les ôta l'une après l'autre et les jeta au loin. MacNeil la tira alors sans ménagement dans une allée bordée de pavillons en briques aux toits peu pentus. Une plaque indiquait son nom,

Livingstone Place. Un peu partout des lumières s'allumaient dans les maisons. Quelqu'un se mit à crier à pleins poumons :

— Des intrus ! Des intrus !

MacNeil commençait à paniquer. Ils longeaient des haies bien taillées protégeant de jolis petits jardins soignés dont les pelouses impeccables s'illuminaient les unes après les autres.

— Ils sont là ! hurla quelqu'un d'autre.

Un coup de feu éclata. MacNeil entendit la balle ricocher sur la brique, tout près de lui.

Puis une voix s'éleva :

— Ne tirez pas, pour l'amour du ciel ! Nous allons nous entre-tuer !

Le nombre des poursuivants augmentait à chaque seconde.

Au bout de l'allée, ils tombèrent sur une promenade bordant le fleuve. Longue d'une centaine de mètres. Fermée à chaque extrémité. Ils étaient piégés.

— Excusez mon langage, dit le Dr Castelli. Mais, putain de merde !

MacNeil jeta un coup d'œil par-dessus le mur, vers l'eau. La marée dessinait une ligne fluorescente sur la berge, laissant à découvert un ou deux mètres de boue et de cailloux.

— Non, fit-elle en le regardant.

— On n'a pas le choix. S'ils nous rattrapent, ils nous tirent dessus.

Elle sauta la première et se retrouva dans la boue jusqu'aux chevilles. MacNeil atterrit à son côté, sur les genoux. Ses pieds furent aspirés par la vase quand il se remit debout et lui saisit le bras pour la plaquer contre le parapet.

Des voix et des torches surgirent aussitôt sur la promenade, juste au-dessus de leurs têtes. Des rayons de lumière froide balayèrent la boue à leurs pieds, puis disparurent.

— Ils ne sont pas ici ! lança une voix.

Les bruits de pas s'éloignèrent.

— Fouillez les jardins ! ordonna une autre.

— Maintenant, chuchota MacNeil.

Tenant toujours le Dr Castelli par le poignet, il la tira derrière lui le long du mur. Ce n'était pas une mince affaire, avec la vase qui cramponnait leurs pieds à chaque pas. Puis un affleurement rocheux facilita leur progression. Surplombé par des appartements, le parapet s'incurvait vers la droite. À présent, des douzaines de lumières se réfléchissaient sur l'eau. Tout le monde paraissait réveillé sur la pointe sud de l'île aux Chiens. Et lancé à leur recherche. Ils avancèrent au milieu des cailloux, des rochers, des débris rejetés par la marée, rebuts d'une société peu soigneuse de sa planète, jusqu'à ce que, devant eux, se dessine la forme noire de l'ancienne jetée de Felstead Wharf.

Ils gagnèrent l'abri de son ombre profonde projetée sur la grève, et rencontrèrent des marches. Une fois sur la jetée, ils se sentirent de nouveau exposés. Ils entendaient des voix quelque part au-delà des immeubles. Il y avait de la lumière à toutes les fenêtres. Au bout de la jetée, d'autres marches descendaient vers un petit ponton. Un vieux hors-bord, minuscule, y était attaché, doucement ballotté par la houle. MacNeil comprit qu'il avait sous les yeux leur dernière chance de quitter l'île.

Le Dr Castelli sur les talons, il sauta à bord, en faisant dangereusement pencher l'embarcation, et arracha le tableau de bord. Un déconcertant méli-mélo de spaghettis colorés lui apparut. Il aurait dû être capable de les reconnaître. Mais il avait toujours été du bon côté de la loi. La logique, cependant, devant pouvoir l'aider, il essaya de suivre les fils jusqu'au contacteur d'allumage.

Le Dr Castelli le repoussa :

— Laissez-moi faire. Chez moi, on avait l'habitude de voler des voitures pour s'amuser le samedi soir.

Très vite, elle comprit le fonctionnement du circuit, choisit un fil vert puis un rouge, dénuda l'extrémité de chacun et mit en contact les bouts argentés effilochés. Le moteur toussa, puis s'arrêta.

— Merde, dit-elle.

Deux ou trois tentatives ratées comme celle-là suffiraient à rameuter toute l'île.

MacNeil tendit le bras pour tirer sur le starter :

— Essayez encore.

Cette fois, le moteur se mit à tourner. D'une main experte, elle entortilla ensemble les brins dénudés afin d'établir un contact permanent, et laissa les commandes à MacNeil, qui enfonça le starter avant de lancer à fond le moteur poussif. Un nuage de fumée et une forte odeur de gasoil emplirent l'air.

— Détachez l'amarre ! cria-t-il.

Le Dr Castelli se pencha en avant pour faire glisser le nœud de l'amarre par-dessus le cabestan en bois.

MacNeil engagea une vitesse, empoigna le volant et mit les gaz. L'avant du hors-bord se leva spectaculairement tandis que, derrière eux, de gros remous blanchissaient l'eau.

Soudain, ils surgirent de l'ombre de la jetée et gagnèrent le milieu de la Tamise.

Aussitôt des voix furieuses s'élevèrent de la berge. Plusieurs coups de feu retentirent. D'instinct, MacNeil baissa la tête et vit sur l'eau les petits plumets blancs soulevés par les balles qui leur étaient destinées. Il se demanda pourquoi ces gens se donnaient cette peine. Si le Dr Castelli et lui-même avaient apporté la grippe sur l'île, c'était trop tard de toute façon.

Il lança le bateau en zigzag vers l'autre rive, hors de portée des tireurs de l'île et dit en se retournant :

— On ira plus vite si on continue en bateau. Il y a un appontement là-bas.

Elle hocha la tête.

À l'approche de la rive opposée, il vira cap au nord afin de franchir le méandre en restant le plus loin possible de l'île aux Chiens, qui se réveillait dans la peur.

CHAPITRE 27

I

Les lumières de la ville s'étalaient sous leurs pieds, patchwork irrégulier des quartiers entassés pêle-mêle autour du lit sinueux de la Tamise. Le palais de Westminster. La très controversée Portcullis House, l'iceberg en béton du ministère de la Défense – dont les deux tiers se cachaient sous terre. Plus loin, à droite, les lumières de St Thomas' Hospital et, au-delà, le chantier d'Archbishop's Park où les os de Choy avaient été découverts vingt-quatre heures plus tôt, déclenchant un enchaînement d'évènements absolument imprévisible et inexorable. Après une courte interruption d'une nuit, les travaux avaient repris ; les ouvriers, petites fourmis orange, s'activaient sous les lampes à arc. Beaucoup trop loin pour aider Amy. Même s'ils levaient les yeux vers la grande roue, elle était éteinte et tournait trop lentement pour attirer l'attention.

Amy vit la capsule qui les précédait arriver au point le plus haut, puis entamer la descente. Maintenant, c'était à leur tour de trôner au sommet de cet anneau géant, dans le vent froid de l'aube qui s'engouffrait par la porte ouverte. Il sifflait à travers les rayons et gémissait entre les câbles, presque comme s'il était vivant et prêtait une voix à sa peur.

Avec une légère secousse, la roue s'arrêta. La capsule se balança doucement sur son axe. Ils ne pouvaient pas monter davantage. Amy se sentait incapable de regarder le vide. Cela lui donnerait le vertige et la nausée. Elle jeta un coup d'œil à Pinkie. Assis par terre, adossé à la paroi en verre, il semblait dans un état semi-comateux. L'occasion idéale pour le maîtriser, si Amy avait été valide. Mais elle n'en avait pas les capacités. Juste au moment où la cabine s'immobilisa, Pinkie parut se ranimer. Il se remit sur ses pieds avec difficulté, laissant sur le sol une flaque de sérum, et se traîna jusqu'à la porte. Là, il se pencha dehors et regarda vers le bas ; sa respiration crépita dans sa trachée détériorée lorsqu'il aspira l'air froid. Il se retourna, appuya son fusil contre la paroi, puis avec le plus grand mal, commença à tirer Tom vers l'ouverture.

Amy mit un moment à comprendre ce qu'il avait l'intention de faire.

— Non ! cria-t-elle. Je vous en prie. Il est mort. Il mérite mieux que ça.

Pinkie leva son visage vers elle et soutint un instant son regard. Ses yeux, pleins d'une mélancolie larmoyante, étaient étrangement tristes. Reprenant sa tâche, il amena le corps juste au seuil de la porte. À bout de souffle, il se redressa pour le pousser avec le pied. Tom tomba sans un bruit dans la nuit avant de heurter la superstructure de la grande roue, puis plonger en tournoyant vers les ténèbres où il disparut.

Ensuite, Pinkie reprit son fusil et se cala contre la paroi, à gauche de la porte. Révulsée, Amy lui lança un regard lourd de haine :

— Je vous souhaite de pourrir en enfer.

Il essaya de parler. Mais rien ne sortit, à part un bruit de bouillonnement qui remontait des profondeurs de sa gorge. Il s'affaiblissait à vue d'œil.

II

Ils approchaient de Tower Bridge, des docks de St Katharine et de la hideuse monstruosité en béton du Thistle Tower Hotel, sur leur droite. À gauche se trouvaient les anciens entrepôts reconvertis de Butler's Wharf. Juste derrière, il y avait l'appartement d'Amy, noir et vide. Un vent fort soufflait de l'estuaire, la marée les poussait. Le hors-bord laissait derrière lui une trace verte comme un jet-stream lumineux se reflétant dans l'eau.

MacNeil se concentrait sur le fleuve qui s'allongeait devant eux. La porte des Traîtres, ancienne entrée de la tour de Londres, était murée. Aucun signe de vie à bord du *HMS Belfast* au mouillage. Tout autour d'eux, mille ans d'histoire se bousculaient sur les rives de la Tamise. Le Golden Hind, le théâtre du Globe, la cathédrale St Paul ; l'un après l'autre, les ponts enjambaient les eaux d'un fleuve qui avait été le témoin de tant d'évènements importants, de la décapitation de plusieurs rois au Blitz, en passant par le grand incendie de Londres. Toute cette aventure humaine, source d'inspiration et de cruauté, d'ingéniosité et de malfaisance, pour en arriver à cette triste fin. Les gens terrés chez eux, effrayés à l'idée de sortir dans la rue, réduits à mener une existence de peur et de haine par la faute d'un petit organisme mortel.

Il se tourna vers le Dr Castelli. Peut-être était-ce maintenant l'heure d'affronter la vérité :

— Alors, que pensez-vous qu'il se soit passé ? Avec Choy et Blume.

Elle secoua la tête.

— Qui sait ? Stein-Francks cherchait un vaccin. Il essayait d'être le premier à le trouver. Mais beaucoup d'autres labos s'étaient eux aussi lancés dans la course. Car, après tout, celui qui détiendrait le bon vaccin empocherait les milliards. Vous savez, l'Union européenne à elle seule possède une réserve annuelle de plus d'un milliard d'euros pour acheter des vaccins et des antiviraux en cas de pandémie.

Son regard se perdit au loin, puis elle ajouta :

— Mais Stein-Francks ne pouvait produire un vaccin avant les autres qu'en créant artificiellement une version du virus qui se transmettrait facilement d'une personne à une autre. Ils ont, en quelque sorte, fait sortir le génie de la bouteille. Choy a été infectée. Dieu sait comment. Elle a passé les vacances d'octobre à Sprint Water avec son école, et contaminé à son insu des centaines d'enfants.

Le Dr Castelli prit une profonde inspiration avant de poursuivre :

— Le truc avec les enfants, c'est que ce sont les incubateurs les plus efficaces qu'on puisse avoir. Et ils sont géniaux pour propager les maladies infectieuses. La plupart des adultes sont contagieux juste avant l'apparition des symptômes, puis pendant quatre ou cinq jours après.

Les enfants peuvent répandre le virus entre six jours avant les symptômes et vingt et un jours après. Ce sont des bombes à retardement ambulantes. Sans savoir qu'ils l'ont, ils le transmettent à tous ceux qu'ils croisent – en parlant, en toussant, en éternuant. Vous touchez quelque chose qu'ils ont touché, vous êtes contaminé. L'incubation dure en général entre un et trois jours ; une personne en contamine en moyenne 1,4 autour d'elle. Les enfants font beaucoup mieux ; et en vase clos, le virus se répand à la vitesse d'un feu de brousse.

— Donc, un camp de vacances avec deux mille enfants est le pire endroit où envoyer un enfant infecté ?

— Si vous étiez un bioterroriste, vous pourriez difficilement envisager un meilleur scénario.

— Mais les gens de chez Stein-Francks ne sont pas des bioterroristes.

— Non, ils cherchent juste à gagner de l'argent. Seulement, cette fois, le massacre a dépassé leurs espérances. Des millions de gens vont mourir parce que, d'une manière ou d'une autre, quelque part en cours de route, ils ont merdé. Et Choy en aurait été la preuve vivante. Détruisez-la, vous détruisez la preuve.

MacNeil se força à se concentrer sur ce que disait le Dr Castelli, à suivre sa logique.

— Je ne comprends pas. Elle avait forcément le même virus que les autres, donc ça ne démontre rien.

— Non. Son virus est différent, monsieur MacNeil. Vous m'avez dit, vous-même, que le labo avait découvert que la version du H5N1 de Choy avait été génétiquement modifiée.

— C'est exact.

— Il est donc différent de celui qui a contaminé tout le monde.

— Comment est-ce possible ?

— Parce qu'il a muté, répondit le Dr Castelli en haussant les épaules, comme si c'était la chose la plus naturelle au monde.

Et ça l'était.

— Le virus de la grippe mute sans arrêt – cassure antigénique, réassortiment, recombinaison. Voilà pourquoi le vaccin produit par Stein-Francks n'a pas marché. Bien sûr, ils savaient qu'il muterait, mais pas à ce point. Et personne ne s'est douté que ce virus qui tue tout le monde avait évolué à partir d'une manipulation. (Elle agita un doigt dans sa direction.) Mais que je vous explique. Nous savions que Choy était à l'épicentre de la pandémie ; si nous avions été en mesure de comparer son virus avec celui qui avait été utilisé pour produire le vaccin Stein-Francks, nous aurions tout de suite compris d'où il venait. Aussi sûrement qu'avec une empreinte digitale. Vous comprenez ? C'est pour ça qu'il fallait se débarrasser d'elle.

Ils remontaient le tronçon de la Tamise baptisé King's Reach ; Waterloo Bridge était juste devant eux, le South Bank Centre sur leur gauche. Ils pouvaient déjà voir se détacher, contre le ciel noir, le London Eye, éteint, silencieux, immobile, écrasant de toute sa hauteur les immeubles de la rive sud, et sur lequel se reflétaient les lumières de la ville. MacNeil ne pouvait pas deviner qu'Amy était prisonnière de la capsule la plus haute, retenue par l'homme qu'il avait sorti, deux heures plus tôt, de la voiture en feu sur Lambeth Bridge. En revanche, il savait que dès qu'ils auraient dépassé le Royal Festival

Hall et le Hungerford Bridge, ils deviendraient visibles depuis la berge. Néanmoins, Blume ne s'attendait pas à le voir arriver en bateau ; il le guettait plutôt de l'autre côté de la grande roue, où il surveillait la rue. En coupant le moteur, ils s'approcheraient sans bruit du ponton, et le prendraient par surprise, peut-être avec un éventuel complice.

Dès que le hors-bord glissa sous les nouveaux passages piétons suspendus de part et d'autre du pont de chemin de fer menant à la gare de Charing Cross, MacNeil tira d'un coup sec sur les fils de contact. Le moteur se tut. Ils abordèrent en silence la jetée, située juste en face du ministère de la Défense, sur la rive opposée.

De chaque côté de l'appontement, où un grand bateau de plaisance amarré dansait doucement au gré du clapot, une passerelle métallique rejoignait le pied de la grande roue. MacNeil leva les yeux vers la gigantesque structure qui s'élevait au-dessus d'eux. Il fallait être aussi près pour prendre réellement conscience de sa taille. Une lumière brillait dans la cabine de contrôle, à l'autre bout de la zone d'embarquement et débarquement, mais il ne voyait aucun signe de vie.

Il guida doucement le bateau à l'intérieur du bassin et sauta sur le ponton pour attacher l'amarre au garde-fou blanc qui courait sur toute sa longueur. Le petit hors-bord heurta le bord et le racla. MacNeil se mit aussitôt sur un genou. Le Dr Castelli pensa qu'il voulait l'aider à monter. Mais, à la place, il chuchota :

— Je veux que vous restiez ici.

Elle allait protester quand il lui coupa la parole :

— Ces gens sont des tueurs. Pas de blague.

L'air résigné, elle se pencha en avant pour attraper le fusil qu'ils avaient volé au garde de l'île aux Chiens.

— Tenez, vous en aurez besoin, dit-elle en le lui tendant.

Il secoua la tête.

— Gardez-le. Si quelqu'un s'approche, tirez.

— Même si c'est vous ?

Il la regarda de travers.

— Dans ce cas, faites une exception.

— OK.

Il enjamba la rambarde et remonta au pas de course le ponton couvert en direction de la passerelle sud. Là, il s'arrêta et observa la base de la grande roue. Les quatre gigantesques moteurs rouges dont les rouages faisaient tourner la machine étaient silencieux. En dehors de la lumière allumée dans la cabine de contrôle, tout était éteint. MacNeil émergea de l'ombre du passage couvert et franchit le plus vite possible, en se sentant très vulnérable, les trente mètres de la passerelle protégée par un toit de plexiglas transparent. En passant sous la roue, il remarqua un escalier en colimaçon qui se perdait dans l'obscurité, un accès réservé à la maintenance des monstrueux moteurs suspendus. Devant lui, une grille tubulaire lui barrait le passage. Elle vibra bruyamment quand il l'escalada et retomba de l'autre côté. Les rampes qui zigzaguaient vers la plateforme d'embarquement – où des milliers de gens faisaient autrefois la queue, chaque jour, pour connaître le grand frisson de l'attraction – paraissaient étrangement hantées dans leur désolation. Le vent sifflait à travers les rayons géants, agitait les branches nues des arbres de l'esplanade. D'énormes câbles, de l'épaisseur d'une jambe d'homme, ancraient fermement la structure dans le béton. Il aperçut une terrasse de café, depuis longtemps désertée ; une aire de jeu abandonnée à sa tristesse en l'absence des voix d'enfants qui l'avaient animée.

Blume se tenait debout à côté d'une statue élevée à la mémoire des Brigades internationales qui s'étaient portées volontaires pour aider les Espagnols à lutter contre le fascisme. Poings levés en l'air, visages tournés vers le ciel. Un quart d'entre eux en étaient morts. La voix de MacNeil le prit complètement au dépourvu :

— Vous avez trente secondes pour me dire ce que vous avez fait d'elle avant que je vous torde le cou.

La tension de Blume se relâcha et c'est l'air presque soulagé qu'il dit en souriant :

— Ce serait franchement stupide de votre part, monsieur MacNeil. Car elle subira un sort bien pire s'il m'arrive malheur.

— Où est-elle ?

MacNeil se sentit troublé. Il s'était assuré que Blume était seul avant de l'aborder. Cependant, aurait-il choisi de s'exposer de la sorte, sans aucune protection, s'il n'était pas certain d'avoir l'avantage sur lui ?

— Elle est là-haut, répondit-il en inclinant la tête en arrière et en regardant le ciel.

MacNeil ne saisit pas tout de suite, jusqu'à ce qu'il suive son regard et comprenne qu'il parlait de la grande roue. Sa confusion fit sourire le médecin, qui précisa :

— Pile au sommet. La meilleure place, et sans payer. Mais la chute sera longue… si *vous* n'êtes pas sage.

MacNeil le dévisagea, chaque fibre de son corps le poussait à démolir ce type. Il lui fallut faire un effort suprême pour se contrôler.

— Que voulez-vous ?

— Je veux savoir ce que vous savez, et qui d'autre le sait.

Le regard de MacNeil tomba alors sur l'inscription gravée dans le marbre noir du socle de la statue. *Ils sont morts parce que leurs yeux ouverts ne voyaient pas d'autre chemin.*

— Je sais qu'il s'est produit une sorte d'accident, dit-il. Que Choy a été contaminée par le virus de la grippe pendant que vous étiez en train d'y travailler. Que c'est votre négligence qui a entraîné cette pandémie.

Blume roula des yeux et secoua la tête.

— C'est ce que vous pensez ? Vraiment ? Vous êtes bien bon.

— Que voulez-vous dire ?

— Ce n'était pas un accident, monsieur MacNeil. Nous avons contaminé délibérément la pauvre petite Choy. Et nous l'avons envoyée à Sprint Water en sachant – non, en espérant – qu'elle déclencherait une pandémie.

Si MacNeil s'était attendu à apprendre quelque chose, ce n'était pas ça. Le simple aveu de Blume était proprement effarant. À tel point qu'il ne sut répliquer autre chose que :

— Pourquoi ?

Blume soupira.

— C'est une longue et douloureuse histoire, monsieur MacNeil. Stein-Francks était au bord de l'abîme. Une faillite catastrophique. Tout allait pourtant si bien. Une certaine somme d'argent avait, dirons-nous, changé de main. Certains fonctionnaires de l'OMS avaient déclaré que le FluKill était le médicament de prédilection contre la pandémie de la grippe aviaire que tout le monde prévoyait. (Il sourit avec nostalgie.) Ce qui a déplu à nos concurrents de chez Roche. En gros, on mettait le Tamiflu hors-jeu.

Il croisa les bras sur la poitrine et s'appuya contre le monument des Brigades internationales.

— Les principaux pays occidentaux passaient commande. Et je parle là de milliards. Naturellement, il faut spéculer pour accumuler. Nous avons donc investi massivement dans la production. Il a fallu augmenter le rendement pour faire face à la demande. Nous avons démarré la construction d'un nouveau site de production. Et nous avons mis tous nos œufs dans le même panier – ou, dans ce cas, le même nid. Mais tout semblait tellement sûr. Tout le monde voulait du FluKill. Et puis… eh bien, les Vietnamiens, les Cambodgiens, les Chinois se sont mis à abattre des millions d'oiseaux. Des millions ! Le préjudice économique était inimaginable. Mais ils l'ont fait. En une saison, la menace a commencé à s'éloigner. La grippe aviaire menaçait de s'éteindre, les histoires effrayantes disparaissaient peu à peu des colonnes des journaux. Même l'OMS concentrait désormais son attention sur d'autres problèmes. Puis soudain, tous les gouvernements du monde ont décidé que d'autres priorités méritaient qu'on leur consacre l'argent réservé jusque-là au FluKill. Des commandes ont été annulées. D'autres jamais concrétisées. C'était la fin de Stein-Francks. Oh, nous avions encore beaucoup d'argent. Mais le problème, c'est qu'il n'était pas placé au bon endroit. Principalement dans un produit dont plus personne ne voulait.

MacNeil commençait à y voir clair, comme si une brume se dissipait dans son cerveau.

— Donc, faute de marché pour votre médicament, vous avez décidé d'en créer un.

Blume hocha lentement la tête.

— Ça se résume à peu près à ça. Nous savions que nous jouions avec le feu, mais nous pensions réellement pouvoir le contrôler. On créait une version de H5N1 qui se propagerait facilement chez les humains, puis on produisait le vaccin qui empêchait de l'attraper. Pas avant, bien sûr, que toutes les commandes de FluKill aient été honorées. Nous savions, bien sûr, que le virus muterait. Mais nous pensions qu'il continuerait à être sensible au vaccin. Et, malheureusement, c'est à ce moment-là que tout a mal tourné.

Il regarda le grand Écossais, qui vit du regret dans ses yeux. Mais ce n'était pas le regret d'avoir sacrifié un aussi grand nombre de vies. Non, Blume regrettait uniquement que tout ait « mal tourné » pour les mêmes raisons commerciales qui l'avaient motivé en premier lieu.

— Des millions de gens vont mourir, dit MacNeil. Des millions sont déjà morts.

Le médecin poussa un soupir d'exaspération.

— Quelle différence ? Une vie, un million, dix millions. C'est juste une question d'échelle.

— Vous avez raison. Mais seulement parce que chaque vie individuelle est importante. Et quand il s'agit de vous, ou d'un proche, alors ça devient personnel.

— Exactement.

— Comme perdre un fils.

Blume le regarda et, pour la première fois, son assurance parut vaciller.

— Je suis navré.

— Non, vous ne l'êtes pas. Vous l'avez tué. Aussi sûrement que si vous aviez pris un fusil pour lui tirer une balle dans la tête. Aussi sûrement que vous avez assassiné et dépecé cette petite Chinoise. Votre propre fille !

Avec une moue méprisante, Blume laissa échapper un peu d'air entre ses lèvres.

— Ce n'était pas ma fille. Même pas ma fille adoptive. Ses papiers vous diront qu'elle a été adoptée par M. et Mme Walter Smith. En fait, nous l'avons achetée. Sur le marché international. C'est incroyable comme on peut acheter des gens pour pas cher aujourd'hui. Littéralement. Et des enfants aussi défigurés, eh bien, ça coûte trois fois rien.

MacNeil revoyait la tête reconstituée par Amy à partir du crâne de l'enfant, et se demanda quels malheurs elle avait connus. Rejetée par ses parents biologiques, achetée, vendue, passée clandestinement de frontière en frontière. Dieu seul sait quelle sorte de traitement elle avait pu subir entre les mains des hommes et des femmes qui l'avaient exploitée sans pitié. Et puis, soudain, transplantée dans une banlieue cossue de Londres, scolarisée dans le quartier, envoyée en vacances à Sprint Water. Elle avait dû se croire déjà au paradis. Mais pour finir contaminée par une grippe mortelle et ensuite, comme cela ne l'avait pas tuée, assassinée par ceux-là même en qui elle avait probablement placé sa confiance.

— Elle devait mourir de la grippe. Être incinérée avec tous les autres. Comment aurions-nous pu prévoir qu'elle survivrait ? Nous ne pouvions pas nous permettre de la garder avec nous, c'était la preuve vivante de ce que nous avions fait. Surtout avec cette femme de la HPA qui fourrait son nez partout.

— Vous êtes inhumain ! s'écria MacNeil en avançant d'un pas.

Blume sortit un petit pistolet de la poche de son manteau et le pointa d'une main tremblante sur le policier.

— Peut-être. Il n'y aura donc aucune négociation entre nous, n'est-ce pas monsieur MacNeil ?

Celui-ci sentit ses lèvres trembler de colère.

— Non. Aucune.

— Alors, je vais devoir vous tuer.

— Oui, sans doute.

Un mouvement à la périphérie de son champ de vision lui fit tourner les yeux vers la droite au moment où la petite silhouette du Dr Castelli sortit avec détermination de derrière la statue et balança le canon de son fusil sur la tête de Blume. Le coup l'atteignit juste au-dessus de la tempe et l'envoya au sol. Son pistolet glissa à grand bruit sur les pavés.

— Ignoble salopard ! Vous avez tué tous ces gens pour de l'argent ! Je n'arrive pas à le croire. Vous… vous nous avez envoyé cette enfant pour nous contaminer avec votre abomination, comme un pauvre petit ange de la mort. Vous… vous…

N'ayant plus de mots pour exprimer sa colère, elle épaula, à la place, le fusil et le braqua maladroitement sur Blume, qui se souleva sur un coude et tendit une main en l'air comme pour se protéger de la balle.

— Non !

Mais MacNeil s'était déjà avancé pour repousser le canon vers le ciel et lui retirer le fusil des mains.

— Vous voulez l'épargner ? s'emporta-t-elle. Alors qu'il a tué votre fils !

Il était difficile d'imaginer autant de rage et d'indignation bouillonnant dans une si petite femme.

— Je n'ai pas envie de me venger, dit-il en secouant la tête. J'ai envie de justice. Je veux qu'il soit confronté aux conséquences de ses actes. Je veux qu'il soit confronté à un jury de ses pairs, confronté au verdict de l'humanité. Je veux qu'il pourrisse durant le restant de ses jours en prison, où il pourra réfléchir chaque heure, chaque jour à son manque d'humanité.

Le Dr Castelli prit une profonde inspiration et fit la grimace.

— De toute façon, je n'ai même pas réussi à faire fonctionner ce machin.

— Ça marche mieux quand on enlève le cran de sûreté.

Un coup de feu claqua. Le Dr Castelli poussa un petit cri. MacNeil pivota. Toujours à terre, Blume avait récupéré son arme et tiré ; il pressa de nouveau la détente. Rien ne se passa. Il essaya encore une fois. Toujours rien. Alors, il le jeta, se remit en titubant sur ses pieds et courut vers la grande roue.

Le Dr Castelli tomba contre la statue et s'affala lourdement sur le sol. Sa main droite vola vers le côté gauche de sa poitrine ; du sang coula entre ses doigts.

— Il m'a eue, dit-elle, choquée que cela soit arrivé aussi simplement.

MacNeil s'agenouilla à côté d'elle :

— Qu'est-ce que je peux faire ?

— Courir après lui.

— Je ne peux pas vous laisser comme ça.

— Il a raté le cœur, sinon je serais morte. Et comme je respire encore, il a dû rater le poumon aussi. Dépêchez-vous !

MacNeil n'eut pas besoin de se le faire dire deux fois. Il partit à la poursuite de Blume. Après tout, ce dernier détenait encore Amy. Et vraisemblablement, elle n'était pas seule là-haut dans la capsule.

En se rapprochant de la roue, il se rendit compte qu'il l'avait perdu de vue. Il remonta la rampe jusqu'à la cabine de contrôle. Vide. Puis un claquement de semelles sur du métal lui fit lever les yeux vers les escaliers jumeaux en colimaçon qui entouraient le moteur nord-est du London Eye. Obligé de faire des tout petits pas bizarres à cause de l'étroitesse des marches, Blume escaladait la spirale de gauche. MacNeil se lança à sa poursuite. Le temps qu'il pose un pied sur le premier degré, Blume s'était déjà transféré sur l'échelle qui longeait l'anneau extérieur de la roue. Il l'observa d'un œil incrédule. Cet homme était fou. Manifestement, il avait l'intention de grimper par là jusqu'au sommet, pour rejoindre la capsule où Amy était enfermée. Que ça lui plaise ou non, MacNeil n'avait pas le choix ; il fallait qu'il le suive.

Parvenu en haut de la spirale, il regarda le sol : appuyée sur le garde-corps de la rampe, le Dr Castelli levait la tête vers lui.

— Regardez si vous pouvez faire démarrer cette satanée machine ! cria-t-il.

Sur ce, il pivota et se suspendit à la courbe intérieure de l'échelle. En tordant le cou, il aperçut Blume qui, vingt-cinq mètres au moins au-dessus de lui, gravissait les échelons l'un après l'autre comme un possédé. MacNeil se mit à grimper à son tour, au mépris de la douleur cuisante de ses mains blessées.

Il savait qu'il était inutile d'essayer d'aller trop vite. Il devait conserver un rythme régulier, attraper un barreau à la fois, poser un pied après l'autre. Et surtout ne pas regarder en bas. Mais dès qu'il pensa à ça, il baissa automatiquement les yeux. Il eut l'impression d'avoir couvert une distance incroyable en si peu de temps. Son cœur gonfla dans sa poitrine à tel point qu'il crut étouffer. Il rata un échelon, faillit tomber. La peur le paralysait. Lève les yeux, s'adjura-t-il. Il vit alors Blum passer de l'intérieur de la courbe de l'échelle à l'extérieur, de façon à se trouver sur le dessus au moment où elle s'incurverait autour du sommet de la roue. MacNeil poursuivit son ascension.

Le vent tirait violemment son caban et sifflait autour de lui entre les rayons. Malgré la douleur qui les brûlait, ses mains s'engourdissaient sous l'effet du froid. L'échelle commençait à l'obliger à se pencher dangereusement en arrière. Il était temps de changer de position. Pivotant autour du montant, il agrippa un barreau extérieur et chercha maladroitement une prise du bout de sa Dr. Martens. Il était si terrorisé que ses bras n'avaient presque plus de force. Pendant quelques secondes, il resta carrément suspendu à l'anneau extérieur de la roue, audessus de la ville qui s'inclinait selon un angle bizarre. Il voyait les quatre cheminées de l'ancienne Battersea Power Station vomir leur résidu humain. *Je pense, donc je peux. Bienvenue à la Génération des idées.* Il lui semblait que cela faisait une éternité qu'il était passé devant ces panneaux, à la recherche d'un dénommé Kazinski.

Au loin, sur sa gauche, au-delà de l'hôpital St Thomas, se trouvait le chantier où tout avait commencé. La veille, à la même heure, il était en train de rêver qu'il faisait l'école buissonnière, endormi dans son petit lit d'Islington, trop court pour son mètre quatre-vingt-quinze. La veille, à la même heure, Sean vivait encore. Comme il serait facile de tout lâcher. De se laisser glisser dans la nuit, de mettre un terme à tout ça. Comme la vie serait plus facile dans la mort. C'était une idée séduisante. Elle l'effleura, le tenta. Jusqu'à ce qu'il pense à Amy.

Serrant les dents, il continua à grimper, de plus en plus haut, suivant toujours la circonférence extérieure de la roue en direction de son sommet. Maintenant qu'il pouvait s'accroupir, il tenait bon dans le vent qui faisait son possible pour l'éjecter. Il leva les yeux : la capsule la plus haute était presque directement au-dessus de lui. Il distinguait deux silhouettes à l'intérieur, plus l'ombre d'une troisième vers le centre. C'était peut-être Amy, mais il ne l'aurait pas juré. En revanche, il savait maintenant Blume en sécurité, alors que lui-même était encore dehors, atrocement exposé à la nuit, à plus de cent vingt mètres des eaux glacées de la Tamise. Encore quelques échelons et il arriverait juste sous la nacelle, où les autres ne pourraient pas le voir. Accroché à la superstructure, il tendit le cou pour regarder en l'air. La porte de la capsule était formée de deux battants qui coulissaient sur les côtés. En se suspendant à celui de gauche, il pourrait atteindre l'étroit marchepied utilisé pour embarquer et débarquer.

Tapi dans l'ombre de la capsule, fouetté par le vent, les yeux fermés, il rassembla son courage. S'il ratait son coup, eh bien, il le raterait. Il pensa à l'inscription sur la statue.

Ils sont morts parce que leurs yeux ouverts ne voyaient pas d'autre chemin. Il rouvrit les yeux. Maintenant.

Presque au même instant, alors qu'il se balançait vers le haut pour agripper la barre pneumatique contrôlant la porte, la roue vibra et se mit à bouger. Le Dr Castelli avait trouvé comment elle fonctionnait. Mais cet infime mouvement suffit à fausser son appréciation des distances, et il rata la barre. Sa main bandée se referma sur le vide, il se sentit partir en arrière. La ville s'inclina sous lui et la Tamise bascula de quatre-vingt-dix degrés.

Ses coudes heurtèrent le marchepied. Il se retrouva suspendu, le visage au ras du sol de la capsule, le regard tourné vers l'intérieur. Glissant, lâchant prise, battant l'air avec les jambes, il se sentit tomber.

Il entendit à peine Amy hurler.

III

Pinkie avait été étonné de voir M. Smith escalader le sommet de la roue et tendre une main vers lui pour qu'il l'aide à entrer dans la capsule. Il avait toujours su que M. Smith était un homme possédé par Dieu sait quels démons, mais là, c'était un exploit inimaginable, même pour lui.

Ensuite, MacNeil était apparu. Ils l'avaient tous vu. Son manteau tourbillonnant dans le vent, son visage pâle, effrayé. Pour un homme aussi grand et fort, il avait l'air bien fragile.

Mais pour Pinkie, plus rien n'avait d'importance. Boulot accompli. C'était l'heure de tirer sa révérence. Il se sentait faible, au bord de l'évanouissement, déjà en proie au délire. Voir soudain la grande carcasse de MacNeil se balancer devant l'ouverture de la cabine, tomber en arrière, rebondir sur le marchepied, battre l'air avec ses mains pour essayer de se retenir à quelque chose, en vain, le sidéra.

Il entendit le cri moqueur de M. Smith, qu'il vit faire un pas vers la porte, balancer un coup de pied dans le visage de MacNeil, puis piétiner ses mains bandées. Pinkie regarda ses propres mains, les bandages enveloppant ses brûlures douloureuses. Et il lui vint pour la première fois à l'esprit que c'était MacNeil qui avait bravé les flammes pour l'extraire de la voiture en feu.

— Non, ne faites pas ça, dit-il.

Seul le chuchotement rauque de sa respiration sortit de sa bouche.

— Ce n'est pas juste, insista-t-il.

Mais M. Smith ne l'écoutait pas. Alors, il hurla :

— Stop !

M. Smith entendit un gargouillement effrayant. En se retournant, il vit le fusil SA80 braqué sur lui.

— Qu'est-ce que vous faites, Pinkie ?

Les dernières balles du chargeur propulsèrent directement M. Smith à l'extérieur de la capsule. Il s'envola dans la nuit comme l'un de ses anges de la mort.

MacNeil allait lâcher. Il n'avait plus de force. Pinkie entendit les sanglots de frustration et d'impuissance d'Amy. Quel dommage, pensa-t-il. Lâchant le fusil, il tituba jusqu'à la porte. Il croisa le regard de MacNeil. Vit sa peur dans ses yeux. Et sentit sa propre vie le quitter. Il tomba à genoux.

— Je suis désolé, murmura-t-il sincèrement.

Il savait, bien sûr, que personne ne l'entendrait.

MacNeil se croyait perdu lorsque Pinkie le rattrapa. Il tenait littéralement sa vie entre ses mains. Peut-être feraient-ils mieux de disparaître ensemble. Ou bien, une vie sauvée par ce mort vivant donnerait-elle finalement à sa propre vie le sens qui lui avait toujours fait défaut ?

MacNeil ferma les yeux. Il ne comprenait rien. Mais aucune question ne valait la peine qu'on y réponde quand on était sur le point de mourir. Il savait que c'était lui, l'homme qu'il avait extrait de la voiture en feu sur Lambeth Bridge. Or cet homme n'avait aucune raison de lui être reconnaissant, condamné comme il l'avait été à endurer plusieurs heures d'enfer sur terre. Suspendu au bout de son bras à la chair calcinée et suintante, en le regardant dans les yeux, il avait l'impression de contempler l'abîme. Un vide immense, un néant. Une autre main saisit son col et le tira. Effort surhumain. Jambes calées contre chaque montant de la porte. Souffle profond, éraillé, échappé de poumons brûlés. MacNeil s'accrocha au rebord de la porte, réussit à poser un genou sur le marchepied, et tomba à l'intérieur de la capsule, vautré sur le sol, à bout de forces.

Il roula sur le côté pour regarder son sauveur. Mais il n'y avait plus personne. Avalé par l'abîme qu'était son âme.

MacNeil se tourna et vit la pauvre Amy, le visage noyé de larmes ; tant bien que mal, il se releva, les genoux flageolants, pour aller s'affaler à côté d'elle sur le banc et la serrer dans ses bras.

Au loin, le reflet de la première lueur apparue à l'est dans le ciel d'hiver remonta le fleuve à contrecourant, et MacNeil ressentit le premier chatouillement à l'arrière du nez, puis le premier picotement au fond de la gorge.

REMERCIEMENTS

Je remercie chaleureusement tous ceux qui m'ont accordé avec générosité leur temps et leur expertise pendant mes recherches sur *Quarantaine*. En particulier le Dr Steven C. Campman, médecin légiste, San Diego, Californie ; le professeur Joe Cummins, professeur émérite de génétique, Université Western Ontario ; le Dr A.W. (Freddy) Martin (CRFP), ancien président de la British Association of Forensic Odontologists ; le lieutenant George Murray, Northern Constabulary ; Graham et Fiona Kane qui m'ont autorisé à décrire leur maison ; et Alison Campbell Jensen pour sa cannelle et ses clous de girofle.

DU MÊME AUTEUR

La série chinoise

MEURTRES À PÉKIN, Le Rouergue, 2005 ; Babel noir n° 9.

LE QUATRIÈME SACRIFICE, Le Rouergue, 2006 ; Babel noir n° 15.

LES DISPARUES DE SHANGHAI, Le Rouergue, 2006 ; Babel noir n° 19.

CADAVRES CHINOIS À HOUSTON, Le Rouergue, 2007 ; Babel noir n° 26.

JEUX MORTELS À PÉKIN, Le Rouergue, 2007 ; Babel noir n° 34.

L'ÉVENTREUR DE PÉKIN, Le Rouergue, 2008 ; Babel noir n° 44.

LA SÉRIE CHINOISE (édition intégrale), volume 1, Le Rouergue, 2015 ; volume 2, Le Rouergue, 2016.

La trilogie écossaise

L'ÎLE DES CHASSEURS D'OISEAUX (prix Cezam Inter-CE), Le Rouergue, 2009 ; Babel noir n° 51.

L'HOMME DE LEWIS (prix des Lecteurs du *Télégramme*), Le Rouergue, 2011 ; Babel noir n° 74.

LE BRACONNIER DU LAC PERDU (prix Polar international de Cognac), Le Rouergue, 2012 ; Babel noir n° 101.

LA TRILOGIE ÉCOSSAISE (édition intégrale), Le Rouergue, 2014.

Série Assassins sans visage

LE MORT AUX QUATRE TOMBEAUX, Le Rouergue, 2013 ; Rouergue en poche n° 17.

TERREUR DANS LES VIGNES, Le Rouergue, 2014 ; Rouergue en poche n° 22.

LA TRACE DU SANG, Le Rouergue, 2015 ; Rouergue en poche n° 24.

L'ÎLE AU RÉBUS, Le Rouergue, 2017 ; Rouergue en poche n° 27.

TROIS ÉTOILES ET UN MEURTRE, Le Rouergue, 2019 ; Rouergue en poche n° 29.

UN ALIBI EN BÉTON, Le Rouergue, 2020 ; Rouergue en poche n° 31.

LA GARDIENNE DE MONA LISA, Le Rouergue, 2022.

ASSASSINS SANS VISAGES – TOME 1, Le Rouergue, 2023.

SCÈNE DE CRIME VIRTUELLE, Le Rouergue, 2013 ; Babel noir n° 141.

L'ÉCOSSE DE PETER MAY (photographies de David Wilson), Le Rouergue, 2013.

L'ÎLE DU SERMENT (Trophée 813 du meilleur roman étranger), Le Rouergue, 2014 ; Babel noir n° 163.

LES FUGUEURS DE GLASGOW, Le Rouergue, 2015 ; Babel noir n° 190.

LES DISPARUS DU PHARE, Le Rouergue, 2016 ; Babel noir n° 210.

JE TE PROTÉGERAI, Le Rouergue, 2018 ; Babel noir n° 241.

LA PETITE FILLE QUI EN SAVAIT TROP, Le Rouergue, 2019 ; Babel noir n° 293.

RENDEZ-VOUS À GIBRALTAR, Le Rouergue, 2020 ; Babel noir n° 274.

QUARANTAINE, Le Rouergue, 2021 ; Babel noir n° 307.

UN CHEMIN SANS PARDON, Le Rouergue, 2023.

TEMPÊTE SUR KINLOCHLEVEN, Le Rouergue, 2024.

Retrouvez le nouveau roman de Peter May
aux Éditions du Rouergue

TEMPÊTE SUR KINLOCHLEVEN
traduit de l'anglais par Ariane Bataille

Cameron Brodie est un flic de Glasgow. Un veuf solitaire, qui comme tout le monde endure les transformations causées par le changement climatique : avec la perturbation des courants océaniques, l'Écosse est devenue en ce milieu du XXIe *siècle une terre quasi polaire. Quand son chef lui demande de se rendre dans les Highlands, où un corps a été retrouvé dans un tunnel de glace, Brodie décide d'accepter cette improbable mission. C'est certainement là son unique chance de revoir sa fille…*

OUVRAGE RÉALISÉ
PAR L'ATELIER GRAPHIQUE ACTES SUD
REPRODUIT ET ACHEVÉ D'IMPRIMER
EN AVRIL 2024
PAR NORMANDIE ROTO IMPRESSION S.A.S.
À LONRAI
POUR LE COMPTE DES ÉDITIONS
ACTES SUD
LE MÉJAN
PLACE NINA-BERBEROVA
13200 ARLES

DÉPÔT LÉGAL
1re ÉDITION : MAI 2024
N° impr. : 2401414
(Imprimé en France)